文学力の挑戦

ファミリー・欲望・テロリズム

竹村和子

研究社

目次

目　次

目次

I

第1章　母なき娘《こ》はヒロインになるか
――孤児物語のポストファミリー

孤児文学の誕生

「孤児」という言葉には、「痛ましさ」と「自由」がある。養い親をなくした哀しさ、不遇、困窮……、他方で、係累に縛られない気楽さ、無窮自在さ、闊達さ……。孤児という言葉を聞いて、この二つを漠然と想起する人も多いだろう。けれども両方の意味とも、昔から存在していたわけではない。むろん「孤児」という概念は、洋の東西を問わず古くからあった。英語の orphan の語源はラテン語、さらには古代ギリシア語にまで遡る。日本語でも同様で、天平の時代に書かれた『続日本書紀』（七五六年）には親を失った子に衣食を与える勅令でこの語が使われている。「みなしご」についてはそれよりも古く、正倉院文書（七〇二年）のなかに「巳奈志児」という漢字を当てた記述がある。[1] しかし英語でも日本語でも「孤児」は長らく「寡婦」や「貧民」などと並ぶ社会的位置にすぎなかった。[2]

その「孤児」が一躍ロマンティックな色合いをまとって、文学のなかで脚光を浴びる時代がくる。近代のことだ。『オリバー・ツイスト』（イギリス　一八三八年）、『ジェーン・エア』（イギリス　一八四七年）、『家なき子』（フランス　一八七八年）、『アルプスの少女ハイジ』（スイス　一八八〇年）、『赤毛のアン』（カナダ　一九〇八年）、『あしながおじさん』（アメリカ　一九一二年）などなど懐かしいタイトルのなかに、国を問わず孤児の物語が語られていたことに気づくだろう。とはいえ、これらの多くはいわゆる児童文学的な作品だから、孤児が題材になっても当然と思うかもしれない。しかし児童文学の定義の曖昧さを脇におくとしても、そもそも近代小説そのものが、その黎明期より孤児をよく登場させていた。トニー・タナーは『姦通の文学』のなかで、近代文学と姦通の相関図を描いてみせたが、どうも同じことが孤児についても言えるようだ。

まず近代小説の始祖と言われる英国作家ヘンリー・フィールディングの代表作は、ずばり『拾い子トム・ジョーンズの物語』（一七四九年）である。彼はずいぶんと孤児の設定が気に入っていたようで、このほかにも『ジョゼフ・アンドリューズの冒険物語』（一七四二年）では主人公の恋人を孤児に設定している。またさきほどは『オリヴァー・ツイスト』だけを挙げたが、チャールズ・ディケンズもまた孤児に取り憑かれていた作家らしく、『大いなる遺産』（一八六〇―六一年）や『デイヴィッド・コパフィールド』（一八四九―五〇年）といった孤児を主人公とする作品が並ぶ。転じてドイツに目を向ければ、近代市民の精神形成を描いた教養小説の古典、ゲーテの『ヴィルヘルム・マイスターの修業時代』（一七九五―九六年）にも、孤児院出身の女が登場する。この部分を膨らませたフランスのオペラ『ミニョン』（一八六六年初演）や、その代表曲「君よ知るや南の国」を耳にした人も多いだろう。アメリカ文学はと言えば、その嚆矢の一つと目されているチャールズ・B・ブラウンの『ウィーランド』（一七九八年）では、主人公とその妹が早くに両親を亡くし、それが遠因になって悲劇が展開する。

こういった作品を介して、「孤児」は文学的想像力のなかで新たなニュアンスを獲得していった。いや文学だけが、それをおこなったわけではない。むしろ文学が近代という時代と相呼応しつつ、新しい孤児キャラクターを生み出していったと言えるだろう。それが前述した「痛ましさ」と「自由」の二重奏である。その背景には、そもそも子どもと大人が未分化だった時代から、子どもというカテゴリーを分離し「誕生」させた新しい社会システムがあるわけで[3]、近代家族においては、子どもは両親のもとで養育されるべき大切な存在とみなされた。だから親と死別したり離別した子どもは、ことさらにその不遇さが強調され、彼／女たちを養育する福祉施設「孤児院」[4]が組織的に作られることになった。orphanage という語に孤児の世話をするホームという意味が加わるようになったのは、わずか一世紀半前の一九世紀半ば、時まさしく近代家族が巷に立ち現れるときのことである。日本語の「孤児院」の使用はさらに新しく、初出は二〇世紀直前の一八九九年だ[5]。貧しい子どもは親のあるなしにかかわらず労役に携わらざるをえなかった時代から、「児童福祉」の思想のもとに、親によって養育される子どもと養育されない子どもを分け隔てる時代へと推移していったのである。孤児は、同じように貧しくても親のいる子とは区別され、さらなる弱者のレッテルが貼られ、ときに犯罪に身を染める非社会的存在とさえみなされるようになっていった[6]。

それは同時に、束縛を強める近代家族の桎梏から抜け出たノマド的イメージを、孤児に与えることにもなる。きわめつけは『ハックルベリィ・フィンの冒険』(一八八五年)のハックだろう。なにしろ彼は、酒乱の父親から逃げ出し、自ら進んで孤児となって、筏に乗ってミシシッピー河を下るのだから。ヘミングウェイはこの作品を賞賛し、「あらゆるアメリカ近代文学は『ハックルベリィ・フィン』と題されたマーク・トウェインの本から始まる。……それ以前にどんな作品も存在しなかった。それ以降もこれに匹敵する作品は存在していない」("Green Hills of Africa" 468)とまで語った。しかし孤児性ということで言えば、それ以前にアメリカ文学は夥しいほどの孤児文学を生み出しており、それのみならず、のちに花咲くアメリカ研究においても、旧弊な慣習から脱する「若き」アメリカ、その「自己信頼」の精神を孤児性に重ね合わせて一九世紀中葉の文学を称揚する言説が咲き誇った。「孤児」は、家族という紐帯を離れた自由さ・奔放さのみならず、因習という紐帯からも離れた文化的・政治的な革新性を体現し、国家のメタファーとなるまでに昇格していったのである。

しかし孤児の理想化・理念化は、孤児に負わされていた過剰な周縁性を覆い隠すだけでなく、周縁的なものに対する再度の否定へと向かう。それは、物語のなかではたいてい孤児が社会制度に汚染されていないその無垢なる善良さゆえに、最後には本来の家族のもとに戻れるか、隠されていた遺産を受け継げるか、あるいは結婚によって新しい家族を獲得できるかという、階級的な上昇志向のハッピー・エンディングが用意されているからというだけではない。近代家族の成立と歩調を合わせるようにして書かれた幾多の孤児物語のうち、どれが古典文学として読み継がれ、どれが「女、子ども」

の手すさびとして看過されてきたかという、文学形成の恣意性――文学と社会が共謀しての周縁性の排除――にも関係してくるからだ。アメリカ文学の場合、排除されることになった周縁性とは、皮肉なことに、孤児という概念を誕生せしめた制度――家庭《ファミリー》――であり、そのドメスティシティであった。

孤児形象の収奪

ヨーロッパの紐帯から身を引き離そうとするアメリカ合衆国／アメリカ文学において、孤児文学とその受容は、ジェンダーをめぐって称揚と排斥、独善と妥協、夢想と苦闘のアマルガムを展開してきた。それというのも、そもそも孤児という概念が成立するには、「家庭の価値《ファミリー・ヴァリューズ》」が論駁不可能なものとして存在している必要があり、孤児文学はその前提のうえに立って、孤児の起源的喪失を嘆きつつ、しかしその自由で不屈の精神によって自らの運命を果敢に切り拓く様子を活写し、その結果として彼／女たちを無事「家庭」へと送り返して終わる、というのが常套的な筋立てである。(7) ところが規範への回収ではなく、規範を旧弊とみなして、それからの離脱や訣別をテクストのなかに読み込もうとすれば、そこで賞賛される孤児文学は、規範の揺籃たる家庭に回帰したものであってはならない。だからこの文脈で称揚されるテクストは、そもそも家庭を舞台にしたものではなく、したがって孤児のメタファーを引き受ける主人公は、もっぱら荒野の自然児とか「幸福なる堕落」に身を晒す求道者といった風貌を帯び、ドメスティックなあれこれの叙述はテクストの表面から掻き消されていく。アメリカ文学では、女ではなく男の登場人物が長らく孤児的イメージで捉えられてきたことの謂である。

自主自尊の漂泊者というこの孤児形象は、アメリカに真の独立をもたらしたと言われている第二次対英戦争（一八一二―一五年）を経て、文化的独立の機運が高まった一九世紀半ばの時代的特性を超えて、(8)そののち合衆国の文化イデオロギーにまで格上げされていくが、こういった孤児文学の拡大解釈に大きく貢献したのが、二〇世紀の半ば、冷戦期に出されたR・W・B・ルイスの著作『アメリカのアダム』（一九五五年）である。そこで彼は世界の超大国となるべきアメリカの造型を、ジェイムズ・フェニモア・クーパーの連作『革脚絆物語』（一八二三―四一年）の主人公ナティ・バンポーに託して、「近くに両親もおらず、洗礼式の名付け親もなく、どこからともなく生まれ出て、神と自然のまえに一人立つ者」（104-05）と、孤高なる孤児的イメージで表現した。ちなみにフロンティアを舞台にしたこの連作は、のちのハリウッド西部劇の原型となり、西部劇は一九四〇年代後半から六〇年代初頭までの冷戦緊張時に量産された。面白いことに、その後、冷戦構造が終わりを遂げたあとでも、今度はハリウッドが逆に連作の一つ（『モヒカン族の最後』）を、多文化主義に名を借りたかたちで映画化したほどに（邦題『ラスト・オブ・モヒカン』一九九二年）、この孤児物語はアメリカの文化イメージの（再）生産に貢献している。

しかしルイスが「アメリカのアダム」の原型を求めた一八二〇年から六〇年のあいだは言うまでもなく、そののちも、アメリカ文学においては、実際は男の孤児よりも女の孤児のほうが数多く描かれていた。にもかかわらず、そのほとんどを無視したところに、旧世界の後塵を拝するのではなく、ぜがひとも独自の文化アイデンティティを打ち立てたいというアメリカ（研究）の熾烈な意志を感じるが、葬り去られたテクストを今いちど孤児表象の文脈で捉え直すと、そこで埋葬されたものは、一つアメリカ研究、アメリカの風土に収まりきらない地平をもつことに気づく。それは、孤児とファミリーが織りなす止揚不可能な交渉、とくに女の孤児の存在と彼女に期待される役回りの調停不可能な断層、一言で言えば、近代家族の黎明期に早くも登場してきたポストファミリーへのまなざしである。さらにこれは、狭くファミリーをめぐる言説に留まらず、ファミリーがドメスティシティ（家庭内／国内）という概念を梃子にネイション（国民国家）へとすり替わっていくことを考慮すれば、ポスト・ネイションへのアクション・プランをも想起させる拡がりを備えている。

さらに言うと、本章で考察するのは孤児文学がどこよりも、どの時代よりも花開いた一九世紀アメリカ文学だが、その考察は太平洋を隔てた日本とまったく無関係というわけではない。というのも、敗戦後の進駐軍の巧みな文化操作によってアメリカ文化は日本に根付いたが[9]、そのさいに邦訳された児童書のほとんどが孤児を題材にしたものであったからだ。冒頭ではアメリカ作家のものでは『あしながおじさん』だけを挙げたが、イギリス生まれのアメリカ作家フランシス・イライザ・ホジソン・バーネットの『小公子』（一八八六年）、『小公女』（一八八八年）、『秘密の花園』（一九一一年）、フランク・L・ボームの『オズの魔法使い』（一九〇〇年）、エドガー・ライス・バロウズの『類人猿ターザン』（一九一四年）など、日本でも馴染み深い著作は、一九世紀の孤児文学の隆盛を背景にして、世紀の変わり目に発表されたものである。まさに日本は、戦後アメリカ文学へのイニシエーションを「孤児文学」によって果たしたと言ってよいだろう。あるいは日本は、それ自身の戦前の体制からの訣別を、孤児形象に自らを託して果たそうとしたのかもしれない。しかもこれらの作品は、その後も引き続いて日本のお家芸とも言えるアニメや漫画で翻案され、今もなお人気を博している。

それでは、そもそも孤児文学はどんな地平をそのなかに隠し持っているだろうか。孤児文学が最初に大きく花開いた一九世紀のアメリカを見てみよう。

母なき娘《こ》の物語

孤児という設定には、パラドックスがある。孤児物語の多くが「家庭小説《ドメスティック・ノヴェル》」と言われ、結婚で終わる祝婚歌となっているにもかかわらず、物語の冒頭では家族のいない孤児を登場させるからだ。つまり、当時勃興してきた中産階級に入る——あるいはそこに留まる——ための最良・唯一の道は結婚であるという神話に一応は貢献しているテクスト、そのために無理やり結婚で終わらせたという観さえあるテクストが、一様にその近代家族の破綻で始まるのである。結末で提示される予定調和的イメージを冒頭で裏切るテクスト構造は、単にそれ一つだけを取り出せば、破綻から統合へ、あるいは未熟から成熟へという教養小説の結構として理解できるかもしれない。事実、そのようなものとして読まれてもいた。けれども同様のジャンルの数多くのテクストが、その都度、家族破綻から始まって家族建設へ、また破綻から始まって建設へと、ぐるぐると循環しているのは、むしろこの神話の不安定さを、そのジャンルの存在によって逆説的に示していると言えるだろう。(10)

感傷小説《センチメンタル・ノヴェル》の流れを汲むこれらのテクストは、思弁的というよりも、会話文を多用した平易な描写で成り立っており、多数の市井の読者の共感を誘うように出版界から要請されていたことがわかる。(11)つまり読者が容易に物語の状況に感情移入できるように描かれていた。それは物語のプロットについても同様だったはずで、ということは、孤児は突飛な状況設定ではなく、当時当たり前のように身近に存在していたということである。事実、一九世紀の衛生状況は悪く、分娩にまつわる女の死亡率はやっと第一次大戦後になって劇的に下がったと言われている。だから幼児期に母親をなくすのは一九世紀にはよくあったことで、その意味では、女性作家の作品の走りとされる一八世紀末の感傷小説『シャーロット・テンプル』(スザンナ・ローソン著、一七九一年)や『コケット』(ハナ・ウェブスター・フォスター著、一七九七年)の主人公は、二人とも物語の最後で産褥熱で死ぬことによって、期せずしてその後の夥しい孤児物語を用意し、その基礎固めをしたとも言えるだろう。

しかし母親が死ぬだけでは、本来は孤児にならないはずである。だが一九世紀に流行した孤児物語では、母親が死亡したり病弱だったりしたときには、その夫(つまり父親)は子どもを養いきれず、子どもは孤児的状況になっていく。『緋文字』と同年に出版され、その著者ホーソーンをして嫉妬に狂わせたほどの売れ行きをみせたアメリカ初のベストセラー、スーザン・B・ウォーナー著の『広い、広い世界』(12)(一八五〇年)でも、まず初めに父の破産による財政的困窮があるにせよ、母の病弱さゆえに主人公エレンは両親のヨーロッパ行きに同行させてもらえず、そのまま両親が彼の地で客死したために孤児になってしまったという設定だ。つまり母親が死ぬと、あるいは病弱だと、合法的婚姻によって守られていたはずの父＝母＝子の核家族はもろくも瓦解していった。逆に言うと、孤児になるには、まずもって母親の喪失・不在が不可欠だったということになる。

とはいえ、このジャンルの端緒を切り拓いた観のあるキャサリン・セジウィックの『ニューイングランド物語』（一八二二年）では、主人公ジェインが物語の最後で、娘を連れた寡夫のミスター・ロイドと結婚するプロットになっており、したがってその娘レベッカにとっては母の死がかならずしも家族の破綻になっていない。[13] しかしここで留意すべきは、ジェインとミスター・ロイドの婚約成立のきっかけを作った娘の言葉「ジェインはお母さんに似ている」（282）が示しているように、二人の結婚が、〈男〉と〈女〉の結婚というよりも、〈父〉と〈母〉の結婚と言うべきものであったことである。ジェインは、〈妻〉である以上に〈母〉であることを求められていた。つまり教養小説の結構をとり、「本物の女」へと少女を教化すべく組み立てられているプロットであるにもかかわらず、「本物の女」はファサードにすぎず、そこで真に必要とされたのは「本物の母」だったのである。[14] 逆に言えば、「本物の母」がいれば、その母が実母であれ継母であれ、孤児物語にはならないと言えるだろう。

では相手の男はどうだろうか。このテクストは父親獲得の物語とも評されているが、[15] ミスター・ロイドは〈父〉というよりも、いわゆる〈母〉の属性とされている要素を多分に持つ人物に設定されている。それは、この時代には珍しく娘を自らの手で育てている「子育てパパ」であることからも明らかだが、彼自身の人物造型のなかにすでに母的な属性が織り込まれている。ジェインの友人メアリーは、幼いときに死んだジェインの母親の声とミスター・ロイドの声がよく似ており、どちらも「優しく《スウィート》」て、このことは「貧富の差や地位にかかわらず自然な人の情」(286)を感じさせるものだと述べる。声(声音《こわね》)は、文化的に造型され、身体として自然化されるものであることを考えれば、この時期の成功した結婚、理想的とされる幸福な家庭の物語においては、男もまた深い情愛をもつように身体形成されており、母親的要素を兼ね備えることが期待されていたようだ。この作品が発表されたのが一八二二年で、米国で産業革命が興りはじめた黎明期であったことを考えると、そののち産業革命が進展して性別分化が進み、それによって〈女〉に負わされることになる属性が、むしろこの段階では普遍化されて、男女を問わず、新しい時代のファミリーの心的基盤となるように期待されていたとさえ思われる。

しかし福音主義的なニュアンスがとくに色濃い『ニューイングランド物語』はともかくとして、それ以降の作品では、主人公の女と結婚する男はかならずしもドメスティックな領域に近接しているわけではなく、たとえばマライア・スザンナ・カミンズの『点灯夫』(一八五四年)では、主人公のガートルード(ガーティ)と結婚するウィリーも、彼女の(行方知れずだった)父フィリップも、ドメスティシティ(家庭内／国内)を遠く離れ、フロンティアなどはるかに超えて、前者はインド、後者はリオデジャネイロ、そして両者とも中東にまで足を延ばしている。けれども彼らが結婚するとき、あるいは再婚するに足る好ましい人物として描かれるときには、一様に、「ドメスティックな内的空間《インテリオリティ》」に戻ってくる。彼らが信奉するのは「ドメスティックな美徳」をもった女であり、そしてそのことによって彼ら自身が「ドメスティックな空間」に取り込まれ、馴化／家庭化／国内化《ドメスティケイト》されていくのである。ウィリーは「自分自身の生国を得た」（360）のちは、結局、華美で表層的なイザベルではなく、「自分の記憶のなかで、自分がもっとも大事に思っているもののすべてを体現している」（329）ガートルードを選び、また、世界を放浪し「世の試練を受けてきた」フィリップも、故国で待つ優しいエミリーのなかに「しっかりした錨——確かな避難場所」（421）を見いだす。物語の最後で、心和らぐ夏の夕にたたずむフィリップとエミリーの二人の姿は、渾然一体となって（福音主義的ニュアンスがあるにしても）、まるで一つの形象のなかに溶け込んでいるようだ。

　アン・ダグラスは『アメリカ文化の女性化』（一九七七年）のなかで、一九世紀になると家庭が母の領分となり、そこから男（父）が排除されて、一八世紀の父権制は弱体化していくと嘆じ、ジェイン・トムキンズは逆に『感傷的な筋書き』（一九八五年）のなかで、そのような家庭で展開する女たちの感傷的《センチメンタル》なドメスティック・パワーを讃えた。しかし、いずれにしろ両者は、この時期に始まった領域の分化による固定した性別二元論を前提にして論を進めたが、その性別二元論を生産・流通させていた装置のはずの家庭小説《ドメスティック・ノヴェル》において、その性別の固定性と近代の性中心主義はひそかに流動化され、いわば性別一元論とも言えるようなファンタスティックな世界が、この時期に女たちが読み書いた物語のなかで希求されていたのである。

継母の呪詛

母を失った女の子が「本物の母親」になるには、彼女を教育・啓発する人物、いわば「代理母」が必要となる。しかし孤児物語であるがゆえにこそプロット上必要となるこの代理母は、生物学上の母親ではないという、そのことによって、ジェンダーの本質性という性別イデオロギーを掘り崩し、その社会構築性を皮肉にも浮き彫りにする。孤児物語で常套的に登場する悪役の女たちは、母性自体がそもそも文化的虚構であることを、むしろ明らかにしていくのである。たとえば『ニューイングランド物語』で主人公の継母となり、彼女に不当な仕打ちをするウィルソン夫人が息子から受け取った手紙は、あまりに激しい母への呪詛に充ち満ちている。

> マザー、マザー、そんな風におまえを呼ばなければならないとは。……だがそれなら、そう呼ぶたびに、呪いの言葉を吐いてやる。……おまえが俺をダメにしたのだ。まだ右手《ライト》と左手の区別もつかなかったときに、まさにおまえが教えたのだ――おまえの信奉する神の前で正《ライト》と不正のあいだに区別はないと。……間違ったことを教えたのがおまえなら、俺には罪はない。恐ろしい危険が迫っているのは、おまえのほうだ。俺の心はまったくの白紙だった。そこにおまえは自分の刻印を刻みつけた。神よ――もし神なるものがいるなら――おまえの行いに報いを与えよ。(277)

ウィルソン夫人は、子どもたちを偏狭なカルヴィニズムの支配下におく専制的な母親として、徹頭徹尾、悪役に描かれており、息子からのこの手紙を読んだあとも、頑迷な姿勢を崩そうとはしない。けれどもその一方で、彼女がこののち硬く口を閉ざして「数年を待たずして死んでしまう」(278)原因は瘰癧《るいれき》と説明され、「彼女は子どもの頃からこの病を患っており、そのせいで癇癪持ちが高じたのではないか、心の弊害と同様に体の弊害もまた、人をどんどん悪くさせるものだ」(279)と書かれている。この記述は、さりげなく挿入されてはいるが、ウィルソン夫人もまた、町の名士ではあるものの——いや、だからこそ——ドメスティシティのなかに幽閉された女であり、慢性の病を抱えて、その環境的・身体的鬱屈のために専横的な母になってしまった者として性格づけられていると読める。

そもそも瘰癧は結核性の頸部リンパ節炎症だが、この病気が結核症であることがわかるのは一九世紀になってからで(ちなみに『ニューイングランド物語』の出版は一八二二年)、それ以前は病因が特定されず、この病気の英語名 scrofula は、ラテン語の scrofa(「牝豚」の意)の縮小形 scrofula に由来し，頸腺が腫張して無力的な表情になる症状が、豚を連想させるからだとも言われている。[16] したがってこの病気は、ウィルソン夫人の容姿や態度に対するテクストの侮蔑的態度を表しているが、それと同時に、ウィルソン夫人の孤独も、その病名のなかに比喩的に含意されていると思われる。なぜなら、近代以前に信じられていたロイヤルタッチ(王の触手療法)の対象となっていたのが、もっぱら瘰癧であったからだ。人と人との開放的触れあいとは無縁のドメスティックな内的空間のなかで孤立を深めるウィルソン夫人は、まさに瘰癧を病む女として、この時代に適切に形象化されたと言えるだろう。

さらに言えば、息子の激しい呪詛の手紙のなかには、そのような閉鎖的環境のなかで偏執的性質を強めて鬱屈する母と、その母によって専横的に育てられた息子とのあいだに、現在も展開するかと思われる母子癒着の愛憎劇、変形された近親姦が、悲痛にも叫ばれているように思われる。彼女の病気を語るこのくだりは、地の文として書かれてはいるが、ウィルソン夫人の死に付き添うジェインのシーンから続いている。あまりに天使的に描かれて残酷さや陰鬱さの対極に位置づけられているジェインではあるが、作者の声を中継ぎにして、このような環境で母になる者が必然的に陥ってしまう愚かさと狂気、そして悲嘆に、静かに目を向けているようでもある。

ステレオタイプの悪役は、誇張した人物造型となり、短絡的な価値観を伝える傾向があることも確かである。しかしそのステレオタイプな描写のなかに、逆に生々しい関係性が凝縮され、テクストの無意識となって象徴的に噴出する場合がある。孤児物語には付きものの継母の役回りは、生物学的母親を特権化するように見えながら、その実、家庭に幽閉されている「母」なる者が抱える鬱屈した心理を、慈母のイメージを損なわずに表現できる唯一の形象なのではないか。ここに表出しているのは、社会のなかに存在する女に対する抑圧が、家庭のなかで、母による子への抑圧へとすり替わる抑圧の悲劇的な連鎖である。ウィルソン夫人は、孤児のジェインのみならず、実子――しかも娘のみならず息子――までもを自分の支配下に置いたという点で、母性神話の背面を、すでにこの時期に鋭くえぐり出していると言えるだろう。孤児の物語は、孤児という概念を生産するファミリーの物語であり、したがって孤児の陰画として家庭に閉じ込められる〈母〉の物語でもある。

愛おしき母替わりの女たち

のちに歴史家によって「シスターフッドの絆」とも「ロマンティックな友情」とも呼ばれるようになった一九世紀の女たちの強力な結びつきは、「本物の女」の生産に寄与すると同時に、それを撹乱してもいることは、近年のセクシュアリティ研究によって明らかにされてきた。その嚆矢を飾った論文「愛と儀式の女の世界——一九世紀アメリカの女たちの関係」(一九七五年)のなかでキャロル・スミス＝ローゼンバーグは、女たちの強い絆は「女の生活の存在のリアリティを形成している」(二)と述べ、このことは単なる統計上の数字では出てこないと註で付記している。女たちの関係が規範的な関係性を超えた情緒を育成する絆であればあるほどに、その「存在のリアリティ」は、統計的資料ではなく、表象テクストにおいて書き残るもののはずだ。その意味で、孤児とそれを取り巻く女たちの関係は格好のシスターフッドの表象舞台となった。孤児を虐げる「継母」ではなく、孤児に温かい視線を注ぎ、孤児のトラウマを軽減する役割を果たす女たちである。彼女たちの絆は、それが愛と共感に満ちていればいるほどに、規範的な性役割を踏み超えて、それに合致しない女たちを生産していく。たとえば前節で少し触れた『点灯夫』では、孤児ガーティと、彼女を慈愛深く導いた年上の資産家の娘エミリーとのあいだの関係が、すでに両者が成長したのちにおいてすら、次のように描写されている。

ときおり、彼女[ガーティ]は、年を追うごとに強さを増してくる自分とエミリーとのあいだの甘く心地よい関係に、そして同じように近しく血の通った父子の関係に思いを馳せていたが、そうしていると思いもよらずに、優しさにおいて劣らない［将来の夫となるウィリーとの］以前の友情関係のことが頭に浮かぶのである。（402–03）

すでに安定した（エミリーとの）関係と、いまだ不安定な（ウィリーとの）関係の差があるために、後者に表現上の重点が置かれてはいるものの、エレンの看病にわざわざ立ち戻ったガーティの選択を考慮すればなおさらに、女たち二人の関係は、父娘の親子関係や、将来の夫との恋人関係と同等の、それらと地続きに繋がる「甘く心地よい」関係であることがわかる。

　しかし、イデオロギーの生産とイデオロギーの攪乱の両方を背負う、この女たちのトポスは、とくにこの時期の女性作家のテクストにおいては、ご都合主義的な物語展開となることも事実である。というのも、この時代の中産階級の白人女性にとって、物書きと教師が経済的自立を果たす数少ない道だったが、教師の職は案外劣悪なもので報酬も少なく、結局のところ物書きが経済的に保証される唯一の道で、だからこそ執筆に当たっては、当時稼働し始めた（部数獲得のための）編集システム《エディターシップ》の影響を受けて、プロットを再構築せざるをえなかったからだ。そのためシスターフッドが孕みもつレトリカルなジレンマは、文学的多義性となって現れ出るというよりも、プロット内ジレンマ――つまり安易な物語展開――として表出することになる。それがもっとも典型的に出てくるのは、近年の批評において、伝記的にレズビアンの要素を色濃く持っていたと思われる作家のテクストにおいてである。

たとえばルイーザ・メイ・オルコットの『仕事――経験の物語』（一八七三年）は、彼女の自叙伝とも言われ、また構想から出版までに十余年を要し、表題も「成功」から「仕事」へと変更した曰く付きのテクストである。そのなかで主人公の孤児クリスティと彼女の友人レイチェルは、以下の引用で明らかなように、異性愛関係と見まごうばかりの濃密な関係を築く。

> 彼女［クリスティ］は恋人がそうするように、忍耐づよく、優しく、この内気でよそよそしい女の子に言い寄った。他の人はそれに失敗しているので、ぜがひでも自分が彼女の信頼を勝ち取ろうと決意して。あるときはレイチェルのバスケットに花を入れ、彼女が部屋に入ってくると、いつも微笑みかけて頷くようにした。彼女の趣味の良い指先が作り出した作品には立ち止まって賞賛の言葉を投げかけることもしばしばだった。（104　強調竹村）

テクストはしかし、あくまでも孤児クリスティをドメスティックな内的空間のなかに引き入れるために彼女を結婚させる。だがその一方でレイチェルの方は、クリスティの夫の行方知れずだった妹レティと同一人物だったことにして、彼女をクリスティのもとに呼び寄せ、この濃密な関係をあくまで持続させようとする。

「……ああ、わたしがレイチェルを愛し、彼女もまたわたしを愛していた頃、もう一度幸運にも会えるようになるなんてほとんど考えなかったわ。……彼女にわたしのことを伝えて、早く伝えて」と、レイチェルとレティが同一人物だという幸福な事実がはっきりわかるとすぐに、クリスティは興奮して頼んだ。（268　強調竹村）

さらにご都合主義的なことに、クリスティの夫はこののち南北戦争で戦死することになり、結末では女二人が他の女友だちと一種のコミュニティを作って仲良く暮らすという、今で言うポストファミリー的な結構に、またたくまに纏め上げられる。もちろん当時は、二〇世紀のような激しい同性愛差別は存在しておらず、むしろ女たちの絆は異性愛の核家族を補完するものとして推奨されていた向きがある。しかし他方で、女たちの緊密な空間が性別二元論をなし崩しにする危険性を内在していたことは、エミリー・ディキンソンの書簡など一九世紀中庸の書きものに対する二〇世紀以降の出版規制を見ても明らかである。

　母を喪失している孤児を登場させるからこそ必然的に書き込まざるをえなくなった非血縁的な女同士の保護関係は、それが愛と共感に満ちたものであるとき、皮肉なことに、当時稼働しはじめていた家族神話をあらかじめ空洞化させる攪乱性を胚胎することになった。逆に言えば、異性愛の家族神話を普及させる装置としての「大衆」小説に見られる不自然なプロット展開、相矛盾する人物造型、不要とも思えるエピソードなどは、小説が体現しているイデオロギー自体に構造的に巣くっている矛盾が表象の過程で露呈したものと言えるだろう。

「賢母」の攪乱的カウンセリング

『仕事』についてさらに興味深いことは、レイチェルの描かれ方である。彼女は貧乏を嫌い、家族の反対を押し切って出奔して男と暮らすが、その男に死なれ、淋しい生活のなかでクリスティと出会って、自殺の淵にあった彼女を救い、彼女の精神的支柱になる。これまでの感傷小説ならば、まっさきに糾弾され、その死で購《あがな》わなければならないようなレイチェルの「道を外れた」行為は、しかしこのテクストでは罰せられることはない。むしろテクストが目を向けているのは、窮状を訴えるレイチェルの手紙を無視した兄の後悔の方であり、結果的にレイチェルは兄よりも長生きする。「道を外れて」苦労をし、そのため深く世の中を見ることができるようになった女が、他の女のカウンセラー的な役目を果たし、「新しい道」つまり規範の相対化を図って、苦しんでいる女たちを支援するという設定は、『緋文字』の終章を彷彿とさせる。

彼女自身大いなる苦労をした者として、人々は悲しみや困り事を抱えて彼女のもとにやってきて、助言《カウンシル》を求めた。女たちは……ヘスターの小屋を訪れ、自分たちがどうしてそんなに惨めなのか、どうしたら救われるのかを尋ねた。ヘスターはできうるかぎり彼女たちに慰めを与え、助言を与えた。(263)

またホーソーンは、さらにフェミニズム的視点を明確にして、次のようにも語る。

彼女は自分の固い信念から、女たちに確信を込めてこうも語った。もっと明るい時代になれば、世の中が神自身の時のなかで成熟を遂げて、新しい真実が現れてくるでしょう。そうなれば男女のすべての関係は相互の幸福という、もっと確かな土台のうえに築かれることになるでしょう。(263)

しかしホーソーンはこの部分を「結末」の章のなかで短く触れただけで、ヘスターのその後の内実、女たちへの攪乱的助言のその後を具体的に描くことはなかった。

一方オルコットは、そのような女が、社会的他者である孤児を救い、彼女と強い絆を結ぶということまでは書きえたが、しかしそのようなオルタナティヴな関係が、現実の狭間のなかで規範的ジェンダー配置とどう拮抗し、さらなる心的ドラマを引き起こしていくかということまでは描きえなかった。また別様に見れば、『緋文字』の結末で浮かび上がってくるフェミニズム的視点を踏まえて、ヘスターが娘パールにどんな「助言」をしたかは不明である。ところが、この時期に――そしてそれ以降もずっと――近代社会が求める理想的な母親像をもっとも良く具現していると思われてきた人物のなかに、それを攪乱する要素が秘かに書き込まれている。オルコットが書いたもう一つの少女独立の物語に登場する母親、マーチ夫人である。

『若草物語』は孤児物語ではないが、父が出兵しているために父親不在になっている「不自然な」家族をいかにも「自然な」家族として描いているクィアなテクストである。実際アメリカの孤児物語を分析したジェリー・グリスウォルドの『家なき子の物語』のなかにも、『若草物語』は一章を使って考察されている。むろん、戦地からの手紙によってテクストのなかに侵入し、「小婦人たち」(『若草物語』の原題にもなっている)に「一人前の婦人」になれとつねに諭している父を、規範化権力を体現するテクストの隠された収束点として読み込むことも可能だろう。[17] だがそれでは、この物語がかくも長きにわたって女たちを魅了し、世界のベストセラーとなり続け、さらには数回もハリウッドで映画化された理由が説明できない。むしろこの物語が数世代にわたって女たちを引きつけている理由は、つまり、一つの解釈に還元できない鵺《ぬえ》のような趣を備えることになった理由は、社会が――そして編集者が――オルコットに小説のなかに書き込むように求めた規範的言辞をできるだけ薄めるような、あるいはそれと拮抗するような描写を忍ばせて、規範的言辞を相対化するようにして出来上がった矛盾だらけのテクストが、この『若草物語』であるからではないだろうか。

この物語が抱える一番大きな矛盾は、主人公ジョーが、そのトム・ボーイ的な人物造型にもかかわらず、続編では結婚するという筋立てになっていることだろう。その理由は、読者の求めに応じてプロットを再構築せざるをえなかったからだと伝記上証明されており、[18] またその結果として、非婚を宣言するほどラディカルではないが、女が置かれている逼塞状態には不満をもっている読者を、ちょうど程良きところで満足させるという効果を生んで、この作品を永年のベストセラーにしたという比較的わかりやすいプロット内矛盾となっている。けれどもむしろ秘められた攪乱性を帯びるものとしてここで着目したいのは、「母」の形象に関する隠し絵的な言説である。ジョーたち四姉妹の母マーチ夫人は、こののち近代家族の理想的な母親像とされていく「賢母」だが、彼女の言葉のなかにその賢母イデオロギーを掘り崩す要素が仕組まれている。自分の軽率な所行を恥じたジョーの懺悔を聞いて、マーチ夫人は以下のように自分自身を語る。

あなたは自分の気性が世界で一番悪いと思っているでしょう、でもわたしの気性もまったく同じようだったのですよ。［中略］四〇年間もそれを治そうと努力してきたけど、やっとそれをコントロールすることに成功しただけ。今でもほとんど毎日、わたしは怒りの感情に駆られているのですよ。でもねジョー、それを表に出さないことを学んだの。本当は、怒りの感情など感じないですむことを学びたいけど、そうするにはあと四〇年は要るわね。(131)

ここで面白いのは、マーチ夫人自身の孤児性が表明されていることである。どうやって自分の激情を表にあらわさないことを学んだのかというジョーの問いかけに対して、マーチ夫人は、「わたしの立派なお母さんが、わたしを助けてくれた」と答えつつも、幼いときにその母を失ってしまったがゆえに、完璧に学び取ることはできなかったと告げる。むろんその直後に、ジョーよりも激しい自己表出の叫びを鎮めてくれたのは、彼女の夫――ジョーの「お父さん」――だと一応は述べるが、そのような優等生的な返答も、彼女の巧みなズラシによって空洞化されていく。夫が戦地に出向いて不在の現在（とはいえ、このテクストでは「夫不在の現在」が永遠に続くようである）、彼女を支えているのは娘たちだと言い、さらにさきほどの「お父さん」は、最初は「おまえたちのお父さん」だが、いつしか大文字の《父》に、そしてついには明白に《おまえたちの天なる父》へと換喩的に置き換えられていく。福音主義的装いを取りつつも、女たちは母にも父にも頼ることなく自己を己のものとして、その啓発に励むこと、そして女の属性とされている慎み深さ（激情の抑制）は非現実的な文化的強制でしかないことが、巧みに表明されていくのである。

「家庭教育」という概念が近代市民の社会化に不可欠な装置として登場したのなら、『若草物語』というテクストは、「賢母」による「家庭教育」の理想を描出しているように見せかけつつ、家庭性《ドメスティシティ》からはみ出す「賢母」——自助自立的で夫不在の妻＝母——の攪乱的カウンセリングが娘たちに施されているテクストのようである。

帝国のドメスティシティ

孤児の女の子を取りまく政治は、ジェンダー／セクシュアリティのみならず、階級、人種、さらには国家プロジェクトにも連動する。

そもそも孤児には、経済的に困窮した状況が含意されている。この点で『点灯夫』はいち早く労働者階級の孤児を主人公とし、階級の視点を持ち込んだと評価されている。これ以降、貧しい孤児の女の子が「本物の女」になって「出世」していく物語が人気を博していくが、しかしそういった成功物語は、当時顕著になった階級の流動化を象徴しているというよりも、むしろ階級の固定化のほうに向かうように思われる。もっと正確に言えば、資本主義の拡大とともに必要とされた中産階級の形成に積極的に貢献していった。女たちの孤児物語は、富に安住するのではなく、ピューリタン的な勤勉と節度によって富の蓄積の確保を図るという、階級の倫理的再編成に寄与するものだった。

ニナ・ベイムはメアリー・ジェイン・ホームズの『イギリスの孤児たち』（一八五五年）の主人公メアリーを、「下の者を軽蔑せず、上の者を不必要に敬愛もせず、一つずつ着実に階段をのぼっていく」ヒロインとして、「真の民主主義的ヒロイン」（*Woman's Fiction* 192）と持ち上げた。しかしこのテクストにおいては、彼女の結婚相手は何よりもまず、「ボストンでもっとも裕福な男」（*The English Orphans* 139）と紹介され、また彼女と対照化される姉は、最初は裕福な家に引き取られたが、のちには困窮する筋立てから、このテクストには階級の記号が刻印され、ベイムの言う「真の民主主義的ヒロイン」は、じつは「アメリカ的資本主義倫理に裏打ちされた民主主義的ヒロイン」と言った方がよいだろう。

さらに言えば、階級の問題は、往々にして人種や民族と交差する。異人種間結婚がタブーとされてきたアメリカ合衆国で――とくに一九世紀には――家族の成員としては交わることのない白人と黒人が、孤児を介してその厳格な人種ラインを横断することがある。しかし皮肉なことにそれに寄与するのは、中産階級がおこなっていた人種差別的な黒人雇用――下働きの家政婦や乳母としての黒人の女の雇用――である。一例を挙げると、一八五九年に発表されたE・D・E・N・サウスワース著の『隠れた手』では、主人公の少女キャピトラ・ル・ノワール（通称キャップ）は、混血の乳母ナンシー・グレウェルによって育てられる設定になっている。ここで注目すべきは、そのせいで彼女がおこなう「パッシング」である。彼女を亡きものとしようとする叔父らの追っ手から逃れるために、キャップの出自はぜがひでも隠さなければならないというプロット上の必然を与えられて、彼女はニューヨークのスラム街で、乳母とともに、彼女を「グラニィ」（幼児語で「おばあちゃん」の意味もある）と呼びながら暮らし始める。その生活は、階級を隠し、また乳母が肌の色が淡いムラートで、主人公の肌が浅黒いことから、白人としての人種も隠し、さらにはストリート・チャイルドとして生きるための身の安全の必要から、トムボーイとなって性も隠すという、階級・人種・ジェンダーの三重のパッシングによって成立するものである。それによってキャップは、代理母との疑似家庭（「ドメスティックな内的空間《インテリオリティ》」）に無傷で留まることができたわけだが、しかし下層階級・ムラート・男装のパッシングは、彼女を中産階級・白人・異性愛の女という規範的なドメスティシティの外部《エクステリオリティ》に置くものでもあった。

　ドメスティシティの境を跨ぐこの危うい越境を象徴しているのが、ジェンダーに関わる越境である。自分自身、夫に蒸発されて苦い経験をしている作者サウスワースは、この物語を大方の予想通り結婚で幕を閉じさせつつも、(19)以下のような台詞を付け加えるのを忘れはしない。

　「それ以降、みんな幸福に暮らしました」と言いたいところだが、真実は――そしてそう推測する十分な理由があるのだが――［中略］われわれのキャップがときに「大切な、最愛の、いとしいハーバート」に辛辣な言葉という恩恵を与えることもあった。むろん彼はそれを受けるに値することをしていたのである。（485）

しかし物語の内実を検討すると、ドメスティシティの境を跨ぐこの危うい越境は、唯一ジェンダーについては、右記のように祝婚歌のなかに諧謔を忍ばせて、その不安定さを保持しつづけるが、階級や人種の越境については、南部の大地主の跡継ぎ娘の貴種流離譚という構造のなかにロマン化して、覇権的イデオロギーのなかに回収させている。逆に言えば、家庭《ホーム》の境界を押し広げる女の孤児が、馬にも乗り、ピストルも撃つというジェンダー上の奔放さにおいては許容されるが、階級や人種が関わる自国《ホーム》の価値観のなかには留めおかれることによって、帝国主義的ドメスティシティの体現者、すなわち領土拡大の船首像的な役割を担ってしまうことにもなる。

エイミー・カプランは「マニフェスト・ドメスティシティ」（一九九八年）と題した論文のなかで『隠れた手』に触れ、「そのドメスティック・ヒロインは帝国主義的簒奪の最初の身振りを再演して、彼女のドメスティックな帝国の境界と女の自我の不可侵性を守り抜いた」（601）と述べるが、その傍証のためにカプランが挙げたシーンは、「帝国の境界を守る」という防衛を超えて、積極的な侵略の様相をも呈している。このシーンは、孤児だったヒロインの自由で自助的性質がもっとも良く表明されている箇所で、ならず者がヒロインの寝室に忍び込み、彼女を手に入れようとするが、彼女が機転を利かせて、元の家主によって作られていた秘密の落とし穴に彼を落とし、難を逃れるという場面である。その落とし穴は、元の家主が「インディアン」から土地を奪い取ろうとして仕組んだ仕掛けである。落とし穴は、この物語の舞台である南部ヴァージニア州出身の作家エドガー・アラン・ポウの「落とし穴と振り子」(一八四二年)を類推させ、その因縁が説明される章は、ポウの恐怖小説さながらに陰鬱なゴシック的相貌を帯びている。しかし恐怖小説につきものの闇は、ならず者のシーンでは払拭されている。その理由は、ヒロインが難を逃れるハッピーエンドのせいだけでなく(そんなことを言えばポウのテクストとて、主人公は宗教裁判から生還する)、落とし穴に落とされたならず者が骨を折っただけで命に別状なく、一応は救い出されるからだ(その後、刑務所に送られる)。このシーンにおいて落とし穴は、元家主がアメリカ先住民に企んだときの、人間の欲望の際限のなさ・残酷さ・罪を象徴する深い闇ではなく、少なくとも白人が落ちる場合には、そこから生還できる一過的な仕掛けにすぎない。

ちなみにこの直後の章で、合衆国のメキシコ侵入のエピソードが数章にわたって描かれ、その冒頭は、勇壮な米軍の勝利の報告で始まる。米墨戦争(一八四六―四八年)は米国が起こした最初の帝国主義戦争と言われている。実際、そのならず者のあだ名は「ブラック・ドナルド」、そしてヒロインの愛称は「キャピトル・ブラック」。この命名からも、また二人の「勇壮な」行為からも、ジョアン・ドブソンが指摘しているように両者はダブルであり、「ドメスティックな内的空間」が外に向かって拡張していくときの活力を体現していると言えるだろう。

物語の終末では、ヒロイン「キャピトル・ブラック」は「ブラック・ドナルド」に牢破りの道具と金と馬を内密に与えて、彼を刑務所から逃がしてやる。この行為から、彼女を、いたずらをした息子を諭す母のイメージに重ね合わせることもできるだろう。一見してこの孤児のヒロインは、「本物の女」や「本物の母」とかけ離れた人物として造型されてはいるが、寝室に押し入った侵入者を戒めつつ許し、また人から金品を奪う泥棒を戒めつつ許す彼女の行為は、ドメスティシティの境界を家庭の外へ、国の外へと拡大し、内部と外部の境をなし崩しにしながら、双方を家庭／自国の価値《ドメスティック・ヴァリュー》というフィクションで結ぶ共和国の有徳な、しかし戦闘的潜在力を有する強い母を体現しているのではないか(20)。

孤児はどこに？

孤児という命名は、周縁化された者、他者という意味を運んでくる。しかしそれゆえに、既存システムにまみれない「無垢」の象徴としても受け取られる。前述したR・W・B・ルイスもまた、彼の著書の副題に「無垢《イノセンス》」という言葉を加えた。しかし旧世界から断絶したところに生を紡ぐとされているアメリカの孤児「アメリカのアダム」は、ナティ・バンポーを見てわかるように、けっして「無罪《イノセンス》」ではない。その手は、アメリカ先住民の殲滅と黒人奴隷の搾取に赤く血塗られている。加えてルイスの著作の副題には、「無垢／無罪《イノセンス》」とともに「悲劇」という単語が並んでいる。ルイスは「悲劇」をあくまでアメリカのアダムの内側に見ようとした。しかし内側の悲劇は外側の悲劇抜きには語りえず、また後者を隠蔽する視線でもある。そしてこの視線は、アメリカのアダムだけではなく、前節で述べたように家庭《ドメスティック》／自国の価値《ヴァリュー》を広める「共和国の母」の視線でもある。

しかしこのことは、一つ『隠れた手』のみならず、白人の子どもを孤児に設定しているテクストには通底することだ。なぜならこの時期、黒人奴隷は家族を持つことを禁じられており、またアメリカ先住民も拡張主義によって家族離散の憂き目にあい、両者ともに白人の孤児とは比べものにならないほどの大量の孤児が存在していたはずであるが、ほとんどのテクストは有色人の孤児には沈黙し、ひたすらに白人の孤児に焦点を当て続けていたからである。夥しい数の有色人孤児を抱える社会が、それにもかかわらず白人女性の孤児物語にパラノイア的に固執し、しかも『隠れた手』のように、人種の問題の近くに行きながら、結局はそこから離れていき、他方ジェンダーの点では、例外的に活発な女たちを登場させて、むしろ彼女たちに国境の内側（ドメスティックな内的空間）を守らせるという構図は、人種差別を黙認するだけではなく、さらに積極的な人種優位主義を孕むものである。

しかし他方で、キャサリン・マリア・セジウィックの『ホープ・レズリー』（一八二七年）やハリエット・ビーチャー・ストウの『アンクル・トムの小屋』（一八五二年）、また解放奴隷ハリエット・ウィルソンによって描かれた『うちの黒んぼ——自由黒人の人生からのスケッチ』（一八五九年）など、有色人の孤児的状況を描くテクストも、数は少ないとはいえ、確かに存在していた。

その一つ『ホープ・レズリー』では、女に優しさと従順さを、男に活動と勇壮さを求める父権的配置が、アメリカ先住民殲滅という暴力と不可分に関わること、つまり性差別と人種差別が車の両輪となって、女に対する専横と異人種・異民族への抑圧の両方を生みだしていることを示し、歴史を書き換えたフィクションだとも言われている。[21] 白人孤児のホープと、捕らえられたアメリカ先住民の族長の娘マガウィスカは、二人とも母を失っており、その不在の母たちの霊はこの世のいっさいの夾雑物を飛び越えて、二人の娘を固く結び合わせる――かに見える。母の墓前にたたずむ二人のあいだには、ガーティとエミリー（『点灯夫』）やクリスティとレイチェル（『仕事』）と同様の強く情愛に溢れた絆が書き込まれているようだ。

　この冒険心に富んだ二人の女は、自分たちの逢瀬を確かなもの、秘密のものにするために必要と考える方策の話し合いを終えると、マガウィスカのほうは東洋風《オリエンタル》の挨拶につきものの恭しい優美さで頭を垂れ、ホープのショールの端にキスをすると、外套から香草を取り出して墓のまわりにまき散らし、静かで深い献身の思いを込めて母の墓前にひれ伏した。［中略］

　ホープはしばしそこに佇んでいた。「神秘的だわ」と呟きつつ、その目は、宵闇に消えゆくまで、マガウィスカの気高い姿にじっと向けられていた。「わたしたちの運命がこんなに絡み合っているなんて、神秘的なことだわ。わたしたちのお母さまが遠くから、その子どもたちがここで出会い、固い絆で結ばれるようにと仕向けて下さったのだわ」。（192）

たしかにこのテクストには、ニナ・ベイムが言う「原《プロト》フェミニズム的、親《プロ》インディアン的な」

(*American Women Writers* 158) 要素がある。しかし他方で、そのベイム自身がリディア・マリア・チャイルドの、『ホボモック』(一八二四年)と並べて批判しているように、底流に流れているのは異種族混交を嫌う白人優位主義であり、[22] さらに言えばアメリカ先住民へのオリエンタリズムの眼差しである。事実、白人の娘ホープは、妹がアメリカ先住民と結婚したことを告げられて、「胸にナイフを突きつけられたように身震いする」(Sedgwick, *Hope Leslie* 188)。

それではこの物語は、デーナ・ネルソンやジュディス・フェタリーが主張しているように、攪乱的視点と迎合的視点——「希望」(hope)と「希望のなさ」(hopeless　表題の Hope Leslie をかけたもの)——が絡み合ったテクストなのか。しかしそうであるにしても、彼女たちの関係は、人種を異にする女の孤児たちのあいだに横たわるさらに屈折した心理と関係を告げているように思われる。なぜならこのように驚き嘆くホープに向かって投げかけられたマガウィスカの譴責「わたしたちの血が混じることで、あなたたちの血が堕落すると思うのか」(188)に対して、ホープはただ泣き崩れるばかりで何の返答もしないが、このわずか三頁あとに、なんとさきほどの引用、二人の情緒的絆を語る印象深い記述があるからだ。さらに物語の結末近くでは、「一緒に住みましょう、……同じ小道を歩きましょう、同じ喜びの光を浴びましょう」というホープの提案に対して、マガウィスカは「インディアンと白人は交われないのです、ちょうど昼と夜が一つになれないように」(330)と静かに答えるだけである。これらの描写は、女たちの絆もけっして白人の侵略や独善と無縁でないことを示すと同時に、孤児として社会を相対化する位置にある女たちであるがゆえに、人種主義について「親《プロ》」か「反《アンチ》」か、という単純な二項対立で解釈しつくすことができない葛藤があることを告げている。

「わたしのシスター！　わたしのシスター！」という台詞に示されているように、彼女たちは、生母を失っているからこそ現実化しえる「隠喩的な姉妹」（Zagarell 237; Fetterley 505）であるが、彼女たちの背後に覆い被さっているのは「象徴的なピューリタンの父」（同右）である。[23]しかしだからこそ、彼女たちの「姉妹の絆」には、「人種的」すなわち「政治的」階層性が刻印されており、したがって彼女たちの絆が強ければ強いほど、その独善性がもたらす苦悩と悲しみは、強者ではなく、弱者にふりかかるもの、そして弱者が引き受けなければならないものであることが明らかとなる。

ベイムは、ジェイムズ・フェニモア・クーパーが描く白人の孤児——アメリカの自主自立の象徴とされてきたナティ・バンポー——とモヒカン族のチンガチグックとのあいだの男同士の友情は、ナティの社会的身分が低いので、容易にアメリカ先住民と民主的な友情を結ぶことができるが、女の歴史小説のなかの「お上品なヒロイン」たちは、階級の壁のために文化の相違を越えられないと語った（*American Women Writers* 159）。しかし逆に言えば、孤児性によって結びついた二人が「人種」の壁を乗り越えようとし、けれども乗り越えられない現実を、「階級」という方便でプロット的に回収してしまうとき、残余として残る苦悩や悲しみの情念は、強者ではなく弱者によって背負わされ、感傷小説のさらなるテクスト上の消失点となっていくのではないだろうか。

＊

男の孤児がその孤高性を評価され、自助自立や文化的独立のメタファーとして理念化されるのに比べ、女の孤児たちは、往々にして周縁性から脱して、現存のシステムの内部に取り込まれることを期待されている。しかし、だからこそ彼女たちの「成長」物語は、彼女たちを取り囲み、彼女たちを教化しようとする関係性のなかで、システムを構成する通念の文化的偏向性を、批判と強化のアマルガムのなかで映し出すことになる。この攪乱的要素と、ジャンルに期待されている規範追随的要素は、ベストセラー小説という大衆受けする形式のなかで、レトリカル・ジレンマというよりも、プロット上のジレンマに変換され、このことが、たしかにそれらのテクストの文学的強度を弱めていることは否めない。

けれども、近代的人間とくに近代的女が家族関係のなかで形成されていった一九世紀中庸に、その構築のエイジェンシーとして動員された女の孤児たちは、〈女〉を自然化・本質化しようとする時代の風土とは裏腹に、〈女〉とは階級倫理や人種構造や国家プロジェクトなどさまざまな社会的力学のなかで組み立てられる複合体、つまりリアリティではなく、語の本来の意味で、ヴァーチャル・リアリティにほかならないことを、皮肉にも浮き彫りにしている。それは同時に、彼女たちが放逐され、そしてついには住まうことになる「家庭《ホーム》」が、それが実体化されはじめる当初より、その内実が虚構でしかないことを、それゆえに悲劇と隠蔽された暴力を溜め込んでいることを、身をもって示すプロセスである。だが他方で——だからこそ——その虚構の隙間を埋めるようにして規範から漏れこぼれる関係性を、規範的家族の語彙（「母」や「姉妹」や「娘」といった言葉）をレトリカルに使って編み上げるしたたかさも備えたテクストにもなりおおせている。

女の孤児物語の系譜は一九世紀に咲き誇り、世紀の変わり目に孤児物語の金字塔とも言える作品が立て続けに出版され、[24]また片やヘンリー・ジェイムズの種々の小説やイーディス・ウォートンの著作などの主人公となって文学の表舞台に登場したが、[25]そののち忽然と姿を消す観がある。むろんこれらの作品——とくに児童文学——は、そののちも翻案され、翻訳され、映画化され、アニメ化されて今も流通している。しかし女の孤児の教化と徴用の物語が新しく語られることが少なくなった二〇世紀は、産科医療の進歩と近代家族の伝播によって、もはや「孤」児がいなくなってきたからなのだろうか。いやむしろ、近代家族《ファミリー》の幻影を掘り崩していくのは、生まれて母を失った娘から、産むことそれ自体のイデオロギー化へと変節していったことによってであるように思われる。次章では、子どもの認知の問題系を取り上げることにしよう。

註

（1）『日本国語大辞典』第一二巻（二〇〇一年）、七三二、七七七頁。
（2）たとえば鎌倉中期の『十訓抄』には「孤児寡婦なりともあざむくべからず」（三・序）という表現があり、英語で年号が特定できるもっとも古い文献（Caxton, *Chivalry*）には「騎士の務めは寡婦と孤児を養い守ること」と書かれている。『日本国語大辞典』および *Oxford English Dictionary* より。
（3）フィリップ・アリエス『「子供」の誕生』参照。

（4）日本では昭和二二年（一九四七年）に児童福祉法が制定され、「養護施設」と改称された。

（5）双方、*OED*. Vol. 10, p. 945. および『日本国語大辞典』七三五頁。なお孤児に特定せずに、困窮している老人・病人・孤児などを収容する施設は、英国でも日本でも存在していた。英国は教会と結びついて、ときにasylumと呼ばれ、日本の場合には明治になって「養育院」として存在していた。

（6）たとえば、ディケンズの『オリバー・ツイスト』。

（7）ジェリー・グリスウォルドの『家なき子の物語』のなかで、孤児物語がいくつかの祖型に分けられている。

（8）この嚆矢は、ラルフ・ウォルドー・エマソンの「アメリカの学者」。

（9）これについては、たとえば越智博美「戦後少女の本棚――第二次世界大戦後の文化占領と翻訳文学」を参照。

（10）ただし一九世紀も後半になると、エリザベス・スチュアート・フェルプスの『サイレント・パートナー』（一八七一年）や、サラ・オーン・ジュエットの『田舎医師』（一八八四年）のように結婚を選択しない女、またファニー・ファーンの『ルース・ホール』（一八五四年）のように、寡婦になったのちの苦境が綴られる作品も登場してくる。

（11）たとえば、ルイーザ・メイ・オルコットの『若草物語』（一八六八年）は読者からの手紙やそれを重要視する編集者によって、ジョーの結婚が書き加えられた（Showalter, *Sister's Choice* 参照）。

（12）ホーソーンは、当時ベストセラーを産出していた女性作家を「あのおぞましい物書きの一群」"damned mob of scribbling women" と揶揄した（一八五五年にウィリアム・ティクナーに宛てた手紙）。

（13）Tanabe, Chikage. "Catharine Maria Sedgwick's *A New-England Tale* and the History of American Sentimental Novels" 参照。

（14）佐藤宏子が『アメリカの家庭小説』で洞察したように、この物語は、結婚の成立によって対立が解消して終結するジェイン・オースティン的物語ではなく、最終的に「愛と平和に満ちた『家庭』が成立する」物語である

（四七）。

（15）佐藤宏子は『ニューイングランド物語』とともに、同じ作家の著作『レッドウッド』においても、父親探しと夫探しが重なる物語であることを指摘し、かつ、そのような夫＝父を福音的世界に引き入れる物語だと表する。

（16）『平凡社世界大百科事典』「瘰癧」の項より。

（17）『若草物語』のなかで不在の父こそ、まさに無意識を抑圧して自己形成を促す「原父」（ラカン）とも、あるいはまた主体化／隷属化《サブジェクション》を巧妙に強いる「言説権力」（フーコー）とも解釈することができる。さらに言えば、『家なき子の物語』で語られているように、マーチ家の心性を近代的自我であるヘーゲルの「不幸な意識」にさせる内的訓令の権化が、彼だと言えるかもしれない。

（18）Joel Myerson, Daniel Shealy, and Madeleine B. Stern, eds. *The Selected Letters of Louisa May Alcott*（Boston: Little Brown, 1987）. 300, 194, and 125.

（19）ニナ・ベイムは *Woman's Fiction* のなかで、サウスワースが力強い女を登場させながら結婚で終わる筋立てにすることを間接的に非難している（126）。

（20）これがけっして過去の話ではなく、この形象が現在にも存続していることは、ローラ・ブッシュが二〇〇一年の感謝祭の日におこなったラジオ演説に如実に現れている。The fight against terrorism is also a fight for the rights and dignity of women. In America, next week brings Thanksgiving. After the events of the last few months, we'll be holding our families even closer. And we will be especially thankful for all the blessings of American life. I hope Americans will join our family in working to insure that dignity and opportunity will be secured for all the women and children of Afghanistan. Have a wonderful holiday, and thank you for listening.（Laura Bush. "Radio Address to the Nation." 17 November 2001, 12:55 pm.）

（21）中澤なえ「女性が書き換えるアメリカ史」、およびそこでも指摘されているLeland S. Person, "The American

Eve" 参照。

（22） Diana Loercher Pazicky, *Cultural Orphans in America* にも同様の記述が見られる。なお中澤ななえ「女性が書き換えるアメリカ史」および Lucy Maddox, *Removals* も参照。

（23） しかし親族関係的に言っても、ホープの妹とマガウィスカの弟との異人種間結婚によって、義理の姉妹になっているわけであり、この点で白人至上主義の掘り崩しを未来に投機したかたちでおこなったと評されてもいる（中澤ななえ、Maddox）。

（24） 『小公子』（一八八六年）、『小公女』（一八八八年）、『秘密の花園』（一九一一年）、『あしながおじさん』（一九一二年）『小さな孤児アニー』（一九二四年）など。

（25） ヘンリー・ジェイムズの『ある婦人の肖像』（一八八一年）、『メイジーの知ったこと』（一八九七年）、『鳩の翼』（一九〇二年）、イーディス・ウォートンの『歓楽の家』（一九〇五年）など。

引用・参考文献

Alcott, Louisa May. *Little Women*. Ed. Mitsu Okada. Tokyo: Kenkyusha, 1929.（ルイザ・メイ・オルコット『若草物語（新装版）』中山知子訳、講談社青い鳥文庫、二〇〇九年）

——. *Work; A Story of Experience*. Ed. and with an introduction. Joy S. Kasson. Thorndike, Me.: G. K. Hall, 2001.

Ariès, Philippe. *L'Enfant et la vie familiale sous l'ancien régime*. 1960. Trans. by Robert Baldick. *Centuries of Childhood: A Social History of Family Life*. New York: Vintage Books, 1962.（フィリップ・アリエス『「子供」の誕生——アンシァン・レジーム期の子供と家族生活』杉山光信・杉山恵美子訳、みすず書房、一九八〇年）

Baym, Nina. *Woman's Fiction: A Guide to Novels by and about Women in America, 1820–1870*. Ithaca, N.Y.: Cornell UP, 1978.

——. *American Women Writers and the Work of History, 1790–1860*. New Brunswick, N.J.: Rutgers UP, 1995.

Burchfield, R. W., ed. *Oxford English Dictionary*. Oxford: Oxford UP, 1982.

Child, Lydia Maria. *Hobomok, A Tale of Early Times*. Boston: Cummings, Hilliard &Co., 1824.（Cited from the reissue, New Brunswick: Rutgers UP, 1986.）

Cooper, James Fenimore. *The Leatherstocking Saga / James Fenimore Cooper*. Ed. Allan Nevins, New York: Pantheon Books, 1954.

Cummins, Maria Susanna. *The Lamplighter*. Ed. Nina Baym. New Brunswick, N.J.: Rutgers UP, 1988.

Dickens, Charles. *Oliver Twist; or, The Parish Boy's Progress*. Introduction. G. K. Chesterton. London: Dent, 1907.

Dobson, Joanne. "Introduction" to *The Hidden Hand, or, Capitola the Madcap*. New Brunswick: Rutgers UP, 1988. xi–xlii.

Douglas, Ann. *The Feminization of American Culture*. New York: Avon Books, 1977.

Emerson, Ralph Waldo. "The American Scholar." *Essays for College Men*. Ed. Norman Foerster, Frederick A. Manchester, and Karl Young. New York: H. Holt, 1915.

Fern, Fanny. *Ruth Hall and Other Writings*. Ed. Joyce W. Warren. New Brunswick, N.J.: Rutgers UP, 1986.

Fetterley, Judith. "'My Sister! My Sister!': The Rhetoric of Catharine Sedgwick's *Hope Leslie*." *American Literature* 70–3（September 1998）: 491–516.

Foster, Hannah Webster. *The Coquette or, The History of Eliza Wharton*. 1797. Ed. and with an introduction. Cathy N. Davidson. Oxford UP, 1986.

Griswold, Jerry. *Audacious Kids: Coming of Age in America's Classic Children's Books*. New York: Oxford UP, 1992.（ジェリー・グリスウォルド『家なき子の物語——アメリカ古典児童文学にみる子どもの成長』遠藤育枝・廉岡糸子・吉田純子訳、阿吽社、一九九五年）

Hawthorne, Nathaniel. *The Scarlet Letter*. 1850. CE 1. Columbus: Ohio State UP, 1962.

——. "Letter to William D. Ticknor on Jan.19, 1855." CE, XVII, 304.

Hemingway, Ernest. "Green Hills of Africa." 1935. *The Hemingway Reader*. Ed. Charles Poore. NY: Charles Scribner's Sons, 1953. 453–75.

Holmes, Mary Jane. *The English Orphans*. 1855. Manybooks. net. 16 Nov. 2004. 〈http://manybooks.net/titles/holmesma13871387813878-8.html〉

Jewett, Sarah Orne. *A Country Doctor*. With an Introduction and Notes. Kenneth S. Lynn. New York: Garrett Press, 1970.

Kaplan, Amy. "Manifest Domesticity." *American Literature* 70–3（September 1998）: 581–606.

Lewis, R.W.B. *The American Adam: Innocence, Tragedy and Tradition in the Nineteenth Century*. Chicago: U of Chicago P, 1955.（R・W・B・ルーイス『アメリカのアダム——一九世紀における無垢と悲劇と伝統』斎藤光訳、研究社出版、一九七三年）

Maddox, Lucy. *Removals: Nineteenth-Century American Literature and the Politics of Indian Affairs*. Oxford UP, 1991.（ルーシー・マドックス『リムーヴァルズ——先住民と十九世紀アメリカ作家たち』丹羽隆昭訳、開文社出版、一九九八年）

Nelson, Dana. "Sympathy as Strategy in Sedgwick's *Hope Leslie*." *The Culture of Sentiment: Race, Gender, and Sentimentality in Nineteenth Century America*. Ed. Shirley Samuels. New York & Oxford: Oxford UP, 1992. 191–202.

Pazicky, Diana Loercher. *Cultural Orphans in America*. Jackson: UP of Mississippi, 1998.

Person, Leland S. "The American Eve: Miscegenation and a Feminist Frontier Fiction." *American Quarterly* 37（1985）: 668–85.

Phelps, Elizabeth Stuart. *The Silent Partner*. Ridgewood, N.J.: Gregg Press, 1967.

Poe, Edgar Alan. "The Pit and the Pendulum." *The Collectied Works of Edgar Allan Poe: Tales and Sketches, 1831–1842*.

Ed. Thomas Ollive Mabbott. Cambridge: The Belknap Press of Harvard UP, 1978.

Rowson, Susanna. *Charlotte Temple, A Tale of Truth*. 1791.（スザンナ・ローソン『シャーロット・テンプル』山本典子訳、溪水社、二〇〇三年）

Sedgwick, Catharine Maria. *A New-England Tale*. London: John Miller, 1822.

——. *Hope Leslie, or, Early Times in the Massachusetts*. 1827. Ed. and with an introduction. Mary Kelley. New Brunswick: Rutgers UP, 1987.

Showalter, Elaine. *Sister's Choice: Tradition and Change in American Women's Writing*. Oxford: Oxford UP, 1991.（エレイン・ショウォールター『姉妹の選択——アメリカ女性文学の伝統と変化』佐藤宏子訳、みすず書房、一九九六年）

Smith-Rosenberg, Carroll. "The Female World of Love and Ritual: Relations between Women in Nineteenth-Century America." *Signs* 1–1 (Autumn 1975): 1–29.（キャロル・スミス＝ローゼンバーグ「同性愛が認められていた一九世紀アメリカの女たち」カール・N・デグラー著『アメリカのおんなたち——愛と性と家族の歴史』立原宏要・鈴木洋子訳、ニュートンプレス、一九八六年）

Southworth, E.D.E.N. *The Hidden Hand, or, Capitola the Madcap*. Ed. and with an introduction. Joanne Dobson. New Brunswick: Rutgers UP, 1988.

Stowe, Harriet Beecher. "Uncle Tom's Cabin." 1852. *Harriet Beecher Stowe: Three Novels: Uncle Tom's Cabin Or, Life Among the Lowly; The Minister's Wooing; Oldtown Folks*. NY: Library of America, 1982.

Tanabe, Chicage. "Catharine Maria Sedgwick's *A New-England Tale* and the History of American Sentimental Novels." *Proceedings of the Kyoto American Studies Summer Seminar* (2001): 223–31.

Tanner, Tony. *Adultery in the Novel: Contract and Transgression*. Baltimore: Johns Hopkins UP, 1979.（トニー・タナー『姦通の文学——契約と違犯　ルソー・ゲーテ・フロベール』高橋和久・御輿哲也訳、朝日出版社、一九八六年）

Tompkins, Jane. *Sensational Designs: The Cultural Work of American Fiction, 1790–1860*. New York: Oxford UP, 1985.
Warner, Susan Bogert. *The Wide, Wide World*. 1850. General Books LLc, 2009.
Wilson, Harriet E. "Our Nig." 1859. *Our Nig; or, Sketches from the Life of a Free Black, In a Two-Story White House, North. Showing that Slavery's Shadows Fall Even There*. Boston: Printed by Geo. C. Rand & Avery, 1859. 〈http://utc.iath.virginia.edu/africam/ournighp.html〉
Zagarell, Sandra. "Expanding 'America': Lydia Sigourney's Sketch of Connecticut, Catherine Sedgwick's *Hope Leslie*." *Tulsa Studies in Women's Literature* 6 (Fall 1987): 225–45.
越智博美「戦後少女の本棚——第二次世界大戦後の文化占領と翻訳文学」『欲望・暴力のレジーム——揺らぐ表象／格闘する理論』竹村和子編、作品社、二〇〇八年。
佐藤宏子『アメリカの家庭小説——十九世紀の女性作家たち』研究社出版、一九八七年。
小学館国語辞典編集部『日本国語大辞典』第一二巻、小学館、二〇〇一年。
進藤鈴子『アメリカ大衆小説の誕生——一八五〇年代の女性作家たち』彩流社、二〇〇一年。
中澤ななえ「女性が書き換えるアメリカ史——キャサリン・マリア・セジウィック『ホープ・レズリー』」野口啓子・山口ヨシ子編『アメリカ文学にみる女性改革者たち』三三—五二頁。
野口啓子・山口ヨシ子編『アメリカ文学にみる女性と仕事——ハウスキーパーからワーキングガールまで』彩流社、二〇〇六年。
——『アメリカ文学にみる女性改革者たち』彩流社、二〇一〇年。
『平凡社世界大百科事典』第三〇巻、一九八八年、一四頁。

第2章　子どもの認知とポストファミリー
——「パールの使命は果たされた」のか？

私生児《ママ》の父と法的に宣告された者は誰であれ、その子を育て養育する責務が与えられる。

——マサチューセッツ植民地法

もっと明るい時代になれば……新しい真理が現れて、男女のすべての関係が相互の幸福という、もっと確かな土台のうえに築かれることになるだろう。

——ナサニエル・ホーソーン『緋文字』

「子どもの認知」物語としての『緋文字』

近代に登場した資本主義は、人が活動する場所を二つに切り分けた。一つはモノを作り出す「生産の場所」、もう一つは命を継続させたり産み出す「再生産の場所」——いわゆる領域の分化《セパレイト・スフィアーズ》である。前＝近代にはこの二つの機能（生産と再生産）はさほど空間的に分化されておらず、身分の上下を問わず、両者はたいていい同一の場所でおこなわれていた。たとえば支配階級の居住地（城や宮殿）がそのまま執政の場所であったり、職人や商人の場合も作業場や店舗は居宅と同一であるか近接していたり、また農作業場は農民の住まいから地続きといった様相を呈していた。しかし産業資本主義の導入とともに、多数の労働者が一堂に会して働く工場が建設され、工場や事務所といった「生産」の場所が、そこで働く人々が住まう住居とはべつのカテゴリーとして誕生するようになった。それとともに、そういった「生産」に携わらずに、したがってそのような生産の場所には足を向ける必要がなく、ひたすら「再生産」の場所である《家庭》で自らの生をまっとうする、まっとうできる、まっとうしなければならない階級が誕生した。中産階級の女たちである。逆に言えば、公的場所から画然と区別されるようになった聖なる《家庭《ファミリー》》は、レセ・フェール(自由放任主義)の原則が支配する有為転変の資本主義社会において、出自によっては自らの正当性を主張できない新興階級が、おのれの正当性を裏づけるために案出したメルクマールである。だからこそ、そこで一生涯を送るように期待されている(むろん父の家庭から夫の家庭へと移動する——交換される——のだが)中産階級の女たちは、彼女たちの社会的存在を、彼女たちの活動場所である《家庭／家族《ファミリー》》の用語で説明されることとなった。つまり彼女たちは、個別的な人間であるまえに——個別的な人間としてではなく——「妻」「母」「娘」といった親族関係の語彙によって、その社会的位置を獲得することになったわけである。

最初はごく一握りの階級(資本家)の階級的正当性のための装置が、マルクスが言うように普遍化され、また中産階級そのものの拡大も加わって、ついには女たち一般が、一義的には親族関係の語彙で語られるようになっていく。反面、男たちは「夫」や「父」であるまえに、個人的な人間として社会的に承認された。しかしそれゆえにこそ、男たちの公的空間を補完するために、女たちは私的空間の換喩として機能すべく動員されねばならなかった。それはつまり、「私的」な親族関係が、「公的」な社会を背後から支えるための必要不可欠な「公的」装置となっていったということである。一見すれば、前＝近代のほうが家系重視、血統重視の封建社会であり、近代になると、民主主義の名のもとに個としての人格が尊重され、血族関係の重視は時代遅れになったように錯覚される。しかしそのじつ近代という時代は、自由や平等といったスローガンの陰に隠れて、前＝近代よりも強力な血統主義が全人口的に流布していった時代だった。それを可能にしたのは、近代を成り立たせているもう一つの因子である近代科学が、乳幼児の死亡率を大幅に下げたために、以前にもまして実子主義がまかり通ったこと、加えてその近代科学が平均寿命も延ばしたために、実親が死亡するケースが減って、義理の親子関係が激減したからである。まさに近代家族は、法によって認可された夫婦と、生物学によって裏書きされた血縁の子ども（たち）が生涯にわたって家族関係を持ち続けるという、歴史上まれに見ぬほどの「血縁至上主義ファミリー」となったのである。しかし――だからこそ――子どもは誕生のさいに正しく認知されなければならず、その認知が与えられないような関係は異端視され、つまり「姦通」として強力に弾劾されることとなった。

しかし振り返ってみると、トニー・タナーが看破したように、近代文学は姦通小説で始まった（なにしろ親族関係の語彙で構成されている近代人の煩悶は、まずもってその親族関係を侵犯する行為をめぐって展開するはずであるから）と言われるほど、姦通小説は隆盛を極めたにもかかわらず、子どもの認知小説には、めったにお目にかからない。前章で見てきたあまたの孤児物語のなかにさえ、孤児の認知に関わるくだりはほとんどない。逆に言えば、それほどまでに近代においては、子どもの認知の問題は姦通などをはるかに超えて社会を紊乱《びんらん》させる危険な因子であり、近代小説さえも、その潜在的な革命性に恐れをなしたのかもしれない。

あるいは、近代小説の主たる書き手であった男性作家は、そもそもが非男性的領分であるドメスティシティには食指を動かさず、「女」は描いても、「妻」や「子ども」、ましてや子どもの誕生にまつわる男の責任などということには文筆の手を染めたくはなかったのだろう。他方、女性作家のほうは、それこそ性に不均衡な「領域の分化」のために自立的作家となることはまれで、編集者の意向を汲みつつ執筆しなければならない条件下では、子どもの認知という危険なトピックは扱いづらかったのだろう。あるいはそもそも認知は父親によってなされるとみなされているので（母親の場合には「出産」という「事実」によって自然に認知されると考えられていた）、それにまつわる心理ドラマは本来、父親においてもっとも複雑に深く展開されるだろうから、女性作家はあえてその描写に挑戦しようとしなかったのかもしれない。ちなみに子どもの認知が「問題」となるのは婚外子においてであり、親子法の歴史的発展の過程で、父親の自発的な意思によって認知がおこなわれる「任意認知」から、子どもの保護や福祉のために血縁関係を法的に確認するという事実主義的認知へと移行してきた。(1) いずれにしろ、子どもの認知をめぐる物語は、洋の東西を問わず、ほとんど描かれなかった。

しかしながら、その出版時より一貫して高く評価され、アメリカ文学の金字塔の一つとして読み継がれているテクストを、じつは子どもの認知の物語として読み直すことができる。一八五〇年に出版されたナサニエル・ホーソーンの代表作『緋文字』である。一七世紀の清教徒社会を舞台にしたこの作品は、ピューリタニズムの宗教観を表明しているとか、罪と罰あるいは贖罪についての普遍的テーマを扱っているとか、さらには「緋文字」の意味の置換をめぐる記号学的読解や、序文「税関」にまつわる脱構築的なマルクス主義読解、そしてむろんヒロイン、ヘスター・プリンの扱いをめぐるフェミニズム的読解など、さまざまに解釈されてきた。しかしヒロインとヒーローの姦通によって生まれた子どもパールについては、傍証的にしか取り上げられないことが多く、彼女を主軸に据えた批評はきわめて少なかった。それほど扱いにくいのがパールであるが、その理由の一つは、彼女の描写のテクスト的不統一と思われる事柄である。姦通によって生まれてきた彼女は、小さいときには「悪魔の落とし子」(93)と形容され、社会からの疎外を強調されているにもかかわらず、小説の末尾では唐突に富を得て結婚し、子どもを産んで「幸福に」暮らしているらしいと報告される。[2] しかしこの矛盾や飛躍と見える叙述は、彼女を何かべつのテーマの傍証として扱うのではなく、彼女自身を主軸に据えて作品を読み直すことで、矛盾や飛躍以外のものとして考えることができるかもしれない。わたしにそう思わせた理由は、一九九五年公開のハリウッド映画『スカーレット・レター』において、成人したパールが語り手となっていたことである。この映画はホーソーンのテクストとは似て異なるものだが、パールを語り手とした作りには人の虚を突くものがあった。成人したパールの声をスクリーンのなかに聞いた瞬間に、パールはけっして「生ける象形文字」(207)や「幻の小妖精」(92)ではなく、まさに生きている人間、しかも重要な登場人物であることを再確認した。

それでは『緋文字』というテクストを、子どもパールの物語として――彼女の認知をめぐる《家庭《ファミリー》／家族》の物語として――もう一度読み直してみよう。

「他者化され、他者化する」非嫡出子

この物語は一七世紀の清教徒社会を舞台にしているが、姦通を「罪」とする根拠を宗教だけに求めておらず、むしろそれが政治的・社会的次元を巻き込んだものであることが、テクストの冒頭で強調されている。「観客の態度には厳めしさがあって、それは、信仰と法をほぼ同じものとみなし、両者がその性格のなかで渾然一体となって溶け合っているような人々には……いかにもふさわしいものだった」(49–50)。事実この物語は、そのような観客のまえに繰り広げられる「公的懲罰」(50 強調竹村)としてのヘスターの処刑台シーンで幕を開ける。またヘスターの相手ディムズデイルも、聖職者として神をしばしば引き合いに出すが、彼の身を嘖む苦悩は、神の教えに背く行為を冒したというよりも、それを人々の前で告白できないこと、公的改悛をおこなえないことに起因している。実際、神に対しては、日ごと夜ごとの祈りのなかで彼はすでに自らの行為を告白していた。

それでは、「自分たちのしたことにはそれ自体の神聖さがあった」(195) とこの二人に言わせていた行為が、一方はそのために獄舎につながれ晒し者にされるほどの、他方は公的発覚を恐れて戦々恐々

としなければならないほどの「犯罪」と変わっていったのはなぜだろうか。たしかにヘスターの夫チリングワスは来るべき時を過ぎてもニューイングランドに到着せず、生死さえ不明なままの状況であったので、もしもヘスターが妊娠して子どもを産むことになれば、彼女たちの行為ははっきりと公に現れ出る。生まれてくる子どもは、その存在そのものによって、両親の行為を二人だけの「神聖さ」から、社会的タブーである姦通へと明確に変容させていく。テクストではヘスターが晒し台に姿を現したとき、「胸に嬰児をしっかりと抱きしめ、その動作によって彼女の衣服につけられた「罪の」印を隠すつもりであったかのようだ」(52)と書かれている。この描写から、いや何よりも小説の表題から、読者は「緋文字」が最初に罪の印として存在し、その具体的化身として赤子が描かれているように錯覚する。けれども罪の印としてまず存在したのはこの赤子、パールである。彼女は罪の印であるだけでなく、罪を印づけるものとして存在した。つまり、彼女自身が社会的他者となるよりもまえに、子を孕んだ女とその相手の男を、その誕生の予感においてすでに周縁化するのであり、周縁化される恐怖を与えるのである。事実このテクストでは「緋文字」よりもまえに、ヘスターの「腕のなかの三カ月ほどの嬰児」(52)がまず登場する。

それではそのように誕生した非嫡出子は、その後どのように社会のなかに取り込まれるのだろうか。一七世紀から一八世紀のニューイングランドの植民地では、子どもの認知に関して、英国のコモン・ローと一五七六年制定の貧民救助法のなかの婚姻と子どもの条項に従っていた。こういった法体制においては、すべての子どもは女ではなく、責任ある成人の男によって養育されることが求められ、これに則って一六六〇年にマサチューセッツ植民地の法律ができた。『緋文字』の舞台はテクストの記述からみるとその法律制定の一〇年ほど前のことだが、この法律自体が前述の英国法に準拠したものなので、思想風土的には同様だったと思われる。この法律によると、非嫡出子に対する養育の義務は、法的に父親と判断される者に課せられた。(3) そしてこの法制は時代を経ても緩和されることなく、『緋文字』が執筆された一九世紀中葉においても生きている処遇だった。(4) つまり嫡出子であろうと非嫡出子であろうと、子どもの後見人は母親ではなく、父親だったのである。逆に言えば、父からの認知をもらえない子どもは、社会的な後見人を欠く存在となる。したがってパールは、父ディムズデイルが逡巡しているかぎり、社会的に不安定な位置に置かれたままとなる。親族関係の語彙によって(誰の子どもであるかということによって)一次的な社会的アイデンティティの獲得がなされるとすれば、パールの社会への参入はディムズデイルの告白次第であり、逆にディムズデイルのほうは、その告白によって彼自身が社会的に放逐されることになる。娘と父親は、認知をめぐって双方の社会的位置が反比例する関係にあった。

ディムズデイルは自らの行為を告白しない理由を、「いったん自分の暗く汚れた姿を人々の前に現してしまうと、善行を積んだところで、過去の罪が償えなくなる」(132)と語るが、ここで留意したいことは、彼の罪は「過去」のものではなく、子に認知を与えないという、現在進行している罪でもあるということだ。事実彼は、「悪鬼」が自分に向かって押し寄せる「妄想」に取り憑かれるが、その妄想のなかに登場するのは、自分自身の父母の姿、そしてそれに続くヘスターと娘パールの姿である。

長い勤行のなかで……幻が浮かんでくるようになった……今、悪鬼の形を取った一群となってやってくるのは……白い顎髭をはやして聖人のように眉をひそめた父親と、顔を背けて通り過ぎる母親だった。［中略］そして幻のためにおぞましさをいや増している部屋のなかに、さらにすーっと入ってくるのはヘスター・プリンで、幼いパールを伴っていた……。（145）

彼の悪夢のなかに現れるこの連続した親族の形象は、彼の罪が姦通の一点においてのみならず、親族関係の位置づけに関わるものであることも示唆している。

他方、社会にとっては、非嫡出子の父親を特定すれば、社会はその断罪行為によって、罪人とそうでない人をくっきりと二分し、法の侵犯者から距離を置いて、自らを安全な位置に保っておくことができる。しかし父親が特定されないかぎり、社会は不穏分子を自らのなかに抱え込み、法がふたたび侵犯されるかもしれない脅威に晒されつづける。そしてこの脅威を可視化するのが、認知されていない非嫡出子パールであり、彼女はこの不分明な位置によって、社会のなかで弾劾されずに潜んでいるままの他者をつねに喚起する存在となる。だからこそ社会は、その父親に成り代わり、父親の役目を代わりに果たして、その子を社会のなかに再取り込みしようとする。ウィルソン牧師は、「キリスト教徒たる男はみな、父に見捨てられたこの哀れな子に、父の心配りをみせる正当な権利がある」（116）と語ったが、しかしそのような牧師からの、そして社会からの働きかけは、あえなく頓挫してしまう。我が子をそばに置きたいというヘスターの懇願もさることながら（おそらくそれだけでは社会はパールを母親から引き離しただろう)、その父ディムズデイルが、自らは名のることがないままにヘスターの懇願を側面から擁護して、パールを社会に託することを阻んだからである。その結果パールは、チリングワスをして「あの子の気質のなかには法則がない」(134)と言わしめ、母親からでさえ、「人間の子どもだろうか」(92)と訝しく思われるほどの存在となった。父からの認知も受けられず、社会の監督下にも置かれないパールは、精神分析的に言えば、まさに象徴的父を欠いた存在、いまだに象徴界の敷居に佇んでいる前=言語的な存在である。

パールの最初の他者化(非嫡出子として印づけること)においては、社会はこれに成功して、異端者を罰し、婚姻制度を守ることができた。しかしパールの二番目の他者化(社会的訓育の外に置くこと)については、社会がこれを望んだものではない。前者の他者性を、象徴秩序の内部にいる構造的他者(社会の中心を確固たるものにしておくために、それと差異化して周縁化されているもの、それゆえ社会にとって必要不可欠で、現存の言語によって説明可能な他者)とすれば、後者の他者性は、さらにラディカルな他者(社会システムのなかでは生存不可能な他者、社会を根底から覆し、攪乱する可能性をもつ真に危険な他者)である。この他者は、いまだに象徴界に入らない前=エディプス的な存在であるがゆえに、まさに父・母・子のエディプス関係を基盤とする社会制度には与《くみ》しない。非嫡出子として生まれ、父からの認知も受けられず、社会の監督下にも置かれない「はぐれ者」(93)パールは、そのような社会制度と拮抗するラディカルな他者となり、その制度の誤謬——父・母・子のファミリー力学のなかにすべての親族関係を封じ込めようとする強制権力——を可視化しつづける。それでは、彼女をこのような他者の位置に置いたままにしている父親ディムズデイル自身は、他者性とどのように切り結んでいるのだろうか。またディムズデイルを取り囲む人物たちはどうなのか。

クローゼットのなかのクィア・ファミリー

告白しない――子を認知しない――がゆえに、ディムズデイルは罪人（構造的他者）として印づけられることはない。しかし彼は、告白しなければならないとパラノイア的に悩むことによって、社会規律を内面化した構造的他者の位置に自らを追い込んでいる。本来権力者であり規律者であるはずの牧師による「姦通」は、社会制度の根本的な瓦解を誘発する大きな危険性を秘めたものである。彼は「思考と想像力がきわめて活発で、感受性が非常に強い」若者であり、またヘスターとの関係のなかに「それ自体の神聖さ」があると感得もしていたが、そうであればあるほどに、その「神聖さ」を「姦通」と名づける社会制度の虚構性を浮き彫りにし、翻っては、社会による他者化作用さえも疑わしくさせるはずである。しかし彼は自ら名のって社会に打って出ることをせず、むしろ呵責を募らせることによって、自分の行為に本来備わっていたはずのラディカルさを、社会のなかで「罪」と呼ばれるものに矮小化させていった。彼が告白しないまま、そのことに囚われていけばいくほどに、彼の行為は社会的次元――社会の法や言語の次元――で解釈可能なものに変容し、そして自分自身をも、社会規律に照らして二四時間監視しつづける超自我に変え、自らを罰し続けていくことになる。まさに彼は「寝ず、の行」をおこなっていた。

そしてこれを幇助しているのが、彼自身もまた他者的存在であるチリングワスである。(5) チリングワスは社会に帰属することのない「さすらい人」(76)であり、「穏当という域をはるかに超えるほどに深く広い知的教養と……観念の自由」(123)を持ちあわせ、獄舎でのヘスターとの対話のさいには、制度としての自らの結婚について懐疑的な言葉を吐くような人物である。さらに彼は、ボストンに辿りつくまえに捕囚されていた「インディアン」の地においては、西洋と異なる体系の知を会得していた。いわば彼はパールと同様に、現存の社会システムの埒外にいる他者である。しかしここで注意しなければならないことは、システムの外側にいる他者は、システムの内側では生存することはできないということだ。パールが「妖精」とか「悪魔の子」と語られているように、また彼女についての叙述がほぼ幼児期の段階、七歳で終わっていて、学童期以降の描写がなされていないように、システムの外側にいる他者は、とりあえずは犯罪者か病人か学童期以前の幼児として――つまりは解釈可能な他者として――生きる以外に道はない。

したがってラディカルな他者性を有するチリングワスは、そのものとして社会のなかで生存することはできない。彼は「孤高の学究人」という仮装をして生きてきた(ここで彼の身体的奇形が換喩的に強調されている)。しかし彼はヘスターと結婚することによって、そのような仮装ではなく、現実社会のなかで生きることが可能だと「愚かにも」思い、また他方で、それが妻の離反で終わるだろうことも「予測してしかるべきだった」(74)と吐露しているような男である。このようなチリングワスにとって、むしろ自分の他者性をそのままにして社会のなかで生存する唯一のチャンスが、皮肉なことに、妻の姦通によって可能になったのではないか。それは、姦通相手に取り憑き、彼に社会的告白をさせず、しかし心のなかでは告白しているのと同じ状況にさせること、つまりディムズデイルの内的な他者化に連座して、それを介して彼自身のラディカルな他者性を温存しておくことである。チリングワスが社会のなかで生き続けるには、自らの他者性をひた隠しにしている彼自身のクローゼットのなかに、ディムズデイルを引きずり込む必要があった。

とはいえ、ディムズデイルに告白させないようにしておくには、自分自身がヘスターの夫であることを隠させねばならず、そのためには彼女に、「自分を裏切るな」と約束させることが必要である。その前提のうえに、彼は「一人の女と、一人の男と、一人の子ども」の輪のなかにするりと入り込み、「おまえ［ヘスター］のいるところが自分の家になり」、さらには「彼［ディムズデイル］のいるところが自分の家になる」と語る（76）。まさにチリングワス自身が言うように、この四者は「もっとも緊密な紐帯」（76）を結ぶ運命共同体――近代家族の語彙を混乱させるクィア・ファミリー――を形成していたと言えるだろう。

ここで「近代家族の語彙を混乱させるクィア・ファミリー」という表現を使ったのには意味がある。というのも近代社会において、超自我の形成は象徴的去勢によって引き起こされるが、この象徴的去勢は、「父」による「禁止」の言葉を介しておこなわれるからだ。チリングワスはディムズデイルに姦通の「禁忌」をつねに思い起こさせることによって、彼の「父」の役目についたと言えよう。しかしそうなると、チリングワスの妻ヘスターと「息子」ディムズデイルとの恋愛は、結果的にはエディプスと同様に、母と息子の近親姦となる。さらに言えば、チリングワスとヘスターの年齢差、およびチリングワスへのヘスターの従順さ（緘黙を強いられて、それを守ること）を考慮すれば、ヘスターをチリングワスの娘的な存在とみることもできる。そうなれば、「娘」ヘスターと「息子」ディムズデイルの交情は、姉弟（あるいは兄妹）のあいだの近親姦となる。さらに別様にみると、チリングワスとディムズデイルという、一般社会からはるかに卓抜した知性を有する（がゆえに一般社会とは齟齬をきたす）二人が互いが互いを必要としつつ起居を共にしている状態もまた、男二人のクィアな共棲と言うことができるだろう。むろんプロット上は、ヘスターとディムズデイルの恋愛はチリングワスが登場する以前に起こっており、チリングワスとディムズデイルの同居も、後者の告白への布石として表面上語られてはいる。しかしここで強調したいことは、そもそも近代の規範的家族は、現実的な意味でと同様に象徴的な意味において、近親姦タブーと同性愛タブーという二つの一次的禁止によって成り立っており、この点で彼らが七年間の長きにわたって現出させているこの奇妙な関係――チリングワスの言葉を使えば、「愛からか憎しみからか、はたまた良いことか悪いことかは別として」結ばれている「緊密な紐帯」――は、これらのタブーを侵犯する親族関係の語彙の混乱によって成立しているということである。

しかしこの親族関係の語彙の混乱（クィアネス）は、各構成員がそれぞれの思惑によって自分たちの関係を隠しているクローゼットのなかだけのものであり、チリングワスを除いては、その紐帯の緊密さに気づいてもいない。無自覚にクローゼットのなかに留まったままのこのクィア・ファミリーは、非常に危うく、張りつめた緊張状態にある。この緊張状態を解きほぐす可能性としてテクストのなかで示唆されているのは、ヘスターとディムズデイルが、パールを連れてボストンを去ることである。それは、二人の恋愛を「姦通」と命名し、パールを「不義の子」と呼ぶことのない社会――結婚制度に基づいた家族関係には縛られない新しい世界――へ旅立つことを意味する。しかしディムズデイルにとってその旅立ちは、ちょうど「ロジャー・マルヴィンの埋葬」（一八三二年）におけるルーベンと同様に、自分に覆い被さる超自我に依然として憑きまとわれながら、不可能な別世界へと赴くことである。森の場面でヘスターは、「大海原のまんなかでそれ［緋文字］を捨て去り、永久に海に沈めてしまいましょう」と叫び、「［そのときには］この地を、まるで夢に見ていただけの土地であるかのように思い起こすでしょう」（211）と語るが、その旅の途中で、おそらくこの夢想の現実化を阻むのは、ルーベンの場合と同じく、すでに大きく肥大したディムズデイルの超自我であることは想像に難くない。ルーベンは誤って――しかし必然的に――彼の息子を撃ち殺してしまった。それは彼のなかの超自我が心の壁を突き破って、現実の粛正へと躍り出たとも言えるだろう。そうしてみれば、この旅立ちをかたくなに拒んだパールは、彼女自身が社会の外に位置している人間であるがゆえに、自分たち三人のこれからの運命が、ルーベン一家のそれと同様に、ディムズデイルの肥大した超自我――彼の心の声という擬態を取った社会の禁止の権力――によって、脆くも粉砕される危険性を敏感に察知したのかもしれない。事実、旅立ちを話し合っている二人に向かって、パールが明確に「威嚇的」態度を取るのは、ディムズデイルが「我知らず彼の習い性になった仕草——胸に手をおく動作をした」(209) 直後であった。

クローゼットの緊張状態を破る可能性としてもう一つ考えられるのは、パールの学童期以降を叙述することである。しかしそれは、前述したようにチリングワスとディムズデイルとヘスターのあいだで結ばれている夫—妻(娘)—恋人(息子/友人)という幾重にも絡んだ関係を、一度も規範と交渉させることなく、さらにそこに次世代を参入させることである。ジュディス・バトラーはソフォクレスの『アンティゴネー』のなかに親族関係の混乱を見たが、しかしそれとて、オイディプスが彼の行為を悔いて自ら盲目となったあとの後日談であり、父(ライオス)も母(イオカステー)も、息子(オイディプス)さえも舞台から去ったのちの、さらにその子どもたちの話だった。したがってもしもパールの学童期以降の姿を、チリングワス、ディムズデイル、ヘスター共々に描くことになれば、それは、三世代にわたってのクィアな親族関係をとおして、家族神話の虚妄を暴く物語となりえただろう。残念なことにホーソーンは、このテクストをそこまで拡大して、パールを梃子に近代家族の親族関係を抜本的に問い直すことは、直接にはおこなわなかった。

最後の選択肢はディムズデイルの告白であり、このテクストが選び取ったプロットである。それでは、他者たちが住まうこのネガティヴな拡大家族クローゼットは、それによってどのように変容し、そこから何が現れ出てきた《カミングアウト》のか。

非嫡出子の未来

森のシーン以前のディムズデイルは、チリングワスの誘導によって社会規律を内面化した内なる構造的他者の位置に留まり続けていたが、森からの帰途は「まえと同じ牧師ではなくなり」、むしろまったく正反対の冒涜的態度を取って、その豹変ぶりは「死に至る罪」(222)とさえ語られる。社会規律を蔑《なみ》する衝動が、「その衝動に抗う自己よりもさらに深い自分自身の場所からわき起こっている」(217)とき、その人間はもはや構造的他者ではなく、表象不可能なラディカルな他者性を身に帯びた存在となり、当然のことながら社会のなかで生き続けることはできなくなる。事実、彼は告白ののちに息絶える。

その告白の直前におこなった知事選出の祝賀演説(牧師の役割の政治性のさらなる傍証)においても、「彼の主題」は「神と人間社会の関係」に関わる「予言」であり、それはかつての予言者たちのものとは異なって「神の審判と人々の破滅」の物語ではなく、「その地の高く栄えある運命を予示していた」(249)ことから、彼は、いまだ実現されていない未来の社会の姿について語ったと推測される。しかしその具体的内容はテクストでは分節化されておらず、また聴衆にとっても「聞き取りにくい言葉」であり、いやむしろ「それが聞き取れていたら、猥褻な表現媒体になっていただろう」(243)とさえ伝えられる。そうなれば、そのあとに続く彼の告白も、単なる罪人の自白——つまり内なる構造的他者の顕現——という以上の意味をもつ。実際に聴衆の幾人かは、彼が自分の罪を告白したわけでも、彼の胸に緋文字の印を見たわけでもなかったと断言している。したがってここでおこなわれたはずのディムズデイルによるパールの認知は、パールを「正当な非嫡出子」として社会のなかに再取り込みするものではなく、むしろ七年にわたって社会的に遺棄されてきたパールが醸成してきたラディカルな他者性にこそ呼応するものだったと考えられる。彼女に賦与されたのは、非嫡出子という「汚名」ではなく、おそらくは何か別の親密性の関係だろう。しかしそれはどんな関係性なのだろうか。

> パールは彼［ディムズデイル］の唇にキスをした。呪文は解けた。この荒々しい《ワイルド》幼子も一つの役割を果たした悲しみの壮大な場面が、彼女のあらゆる共感の心を開花させた。彼女の涙は、その父の頬に落ちた。その涙は、彼女が今後は人間の喜びと悲しみのなかで育っていくこと、永遠に世の中と争うのではなく、世の中において一人の女性となっていくという誓いだった。母親に対しても、苦しみの使者としてのパールの使命は、すべてここで果たされたのである。(256)

この場面は、かつて彼女の母を晒し台の上で弾劾し、彼女自身の養育をめぐっては権力を振りかざした社会秩序のなかに、パールがすんなりと回収されていくと解釈するには、あまりにも清冽な場面である。しかし他方ここにいるのは、かつてのパール、来たるべき世間との対決に備えて精力を研ぎ澄ませていた彼女ではない。ディムズデイルの告白ののちに訪れたパールの変化を描写する場面は、いかにも曖昧である。

しかし振り返れば、ディムズデイルの演説や告白も、一方では前述したようなラディカルさを備えていながら、他方では、その表出を自分自身の死と引き替えにおこなうしかないものだった。彼は、「人の正義はそれがどんなに選りすぐられたものでもまったく無価値だ」(259)という認識を人々に示したとしても、現在の「正義」の境界を超えた新しい社会をその身で提示することはなく、ただ「彼の死にざまを寓話に仕立て上げた」と人々に思わせただけだった。したがってもしもこのような状況下でそのままパールをボストンに留まらせれば、彼自身が手渡したラディカルさを、今度は彼女がその「死にざま」ではなく、「生きざま」によって具体的に示さなければならなくなる。まさに「彼女の荒々しい《ワイルド》血を、もっとも敬虔な清教徒の血統と交える」(261)という、途方もない未来の家族を具体的に描く必要が生まれてくる。他方、彼の手渡したものが社会規範への単なる帰依だとすれば、パールは認知されたことによって、皮肉なことに非嫡出子としての構造的他者の位置に、今度ははっきりと公的に留め置かれることになる。そうなれば、森からの帰途ディムズデイルが示した攪乱性も、彼の告白の両義性も打ち消される。

テクスト上のこの困難さを避けるために、テクストではパールをほどなくこの地を母親とともに去らせ、そして彼女の養育が終わった時点で、母親だけをもう一度この地に引き戻した。ヘスターの帰還は、ディムズデイルが曖昧さのなかで、また死と引き替えに手渡したものを、彼の意図を超えて現実化しようとする試みだったと思われる。ヘスターがその後半生において女たちの悩みを聞くなかで伝える「自分の固い信念」とは、「もっと明るい時代になれば……新しい真理が現れて、男女のすべての関係が相互の幸福という、もっと確かな土台のうえに築かれることになるだろう」(263) というものだった。

　では彼の地でのパールはどうなったのだろうか。テクストでは、「乙女のまま墓に入ってしまったか」、あるいは「荒々しく《ワイルド》て豊か《リッチ》な性質が和らげられ鎮められて、女の穏やかな幸福を享受できるようになったか」(262) という二つの道がまず示され、その直後でパールが生存していると報告されることによって、つまり前者が打ち消されることで、あたかも真実は後者であるかのように読者は錯覚させられる。しかしパールの「荒々しくて豊かな性質」は、はたしてすっかり「和らげられ鎮められ」たのだろうか。彼女が結婚して幸福に暮らしていると記載されており、それが愛情に溢れたものであることは伺えるが、それ以上のことはテクストでは報告されない。逆に、ここで他とそぐわずに挿入されているのは、「富によってしか買えないような……贅沢品」(262) を彼女が享受していることである。(6) この贅沢さは、かつて否定されていた「荒々しくて豊かな性質」と呼応するものであり、たとえば『ブライズデイル・ロマンス』(一八五二年) のゼノビアを彷彿とさせる華麗さと活力を示すものである。(7) テクストではパールの「その後」のなかに、ヘスターやゼノビアの場合と同じく、現存の秩序を超える過剰さを加えようとしているのではないだろうか。

　もう一つ、パールのその後について特筆されているのは、彼女の手紙が紋章で封印されていたことである。一見してこのことは、貴族の家に嫁いだ幸運のしるしのように読めるが、「英国の紋章学では未知の紋章である」(262　強調竹村) とわざわざ断り書きされており、それによって、彼女が英国に住んでいないこと――すなわち、彼女を非嫡出子として規定した社会が準拠していた英国の法の埒外で暮らしていること――が表明されている。またさらに言えば、それは紋章ではあるが、「貴族」の家紋を指すとは明記されておらず、その「未知」性に鑑みて、現有システムとは異なった新しい社会／ファミリーのしるしとみなすこともできる。「荒々しさ」と対になって「和らげられ鎮められ」たはずの「豊かさ」が、「贅沢品」や「富」、さらにはヘスターがパールの子どものために指す刺繍の「絢爛豪華な豊かさ」（262）――「絢爛豪華で豊かな」刺繍こそ、刑罰をもってしても馴化できないヘスターの内なる「荒々しさ《ワイルドネス》」の象徴だった――へと濫喩的にずらされることによって、パールの現在の生活がヘスターのそれと呼応しながら、およそニューイングランドの基準をはるかに超えた風変《クィア》わりなものであることが含意されていく。

　そしてこれを可能にしたのが、彼女に「富」を授けたチリングワスの遺産である。彼は死にさいして法外な額の財産をパールに残し、それによって彼女は「ニューイングランド随一の金持ちの女相続人」（261）となった。米国の法制度の基盤にある英国のコモン・ローは父系相続を決めており[8]、またチリングワスが遺言執行人として挙げた人物が、かつてパールの養育権をめぐって父親の権利と義務を主張していたベリンガム総督とウィルソン牧師であることから、チリングワスの遺産譲渡は、ヘスターの夫つまりパールの父として、合法的になされたものだと解釈できる。しかしなぜ彼はパールに財産を譲渡したのか。

　彼の遺産譲渡を伝える直前の段落で語られているのは、「愛と憎しみが根底において同一だ」（260）

という認識である。その理由は、テクストによれば、愛も憎しみも「それがもっとも強くなるときには、［二人のあいだの］高度の親密さと内奥の理解を前提とし、人は自分の情動と精神生活の糧をその相手に求める」(260)からである。この段落は、「老医師と牧師は……この世の憎しみと反目が知らず知らずのあいだに黄金の愛に変わっていたことに気づいていたかもしれない」(260)という言葉で終わる。したがってその次に書かれるパールへの遺産譲渡は、生物学的父であるディムズデイルと争って、チリングワスがパールの法的父としての権利を求めようとしたゆえとは考えにくい。むしろそれは、チリングワスがかつて「自分の家」と呼んでいた憎しみと緊張のクローゼット・ファミリーの扉を開け、新しいかたちの関係性をそこから導き出そうとしたものではないだろうか。

チリングワスは、おそらくは若い頃から、そのラディカルな知性ゆえに社会とのあいだに疎隔感をもち、それを隠しつつ生きてきた存在だった。ディムズデイルも同様の過剰さを抱えていたが、彼はそれを社会で「罪」とされている行為をおこなうことで表出し、しかもそののちは自らを「罪人」とみなすことで、罪悪感に満ちたクローゼットのなかに我が身を押し込めていた。しかしそのディムズデイルが、自らの命と引き替えに、そのラディカルさをともかくも噴出させたとき、チリングワスは、彼自身が長く秘匿しつづけたラディカルさを、これ以上、復讐という擬態をつかって隠しておく気力を、もはや根底から失ったのではないだろうか。いやむしろその気力が萎え果てたのちに、彼に一条の光として浮かび上がった可能性が、ディムズデイルと自分とヘスターとパールの四人が秘かに培ってきた親密圏の紐帯を、自己防衛や憎しみや怯えといった退行的なクローゼットのなかに秘匿するのではなく、それを現し出す《カムアウト》ことだったのではないだろうか。

なるほどチリングワスの「悪魔性」は諸処で言及されており、ディムズデイルの告白の場面では、彼を手放さないでおこうとするチリングワスの必死の形相、死に物狂いの狂態が強調されている。しかしディムズデイルが彼の元を完全に離れてしまったのちにおいても、なおチリングワスは、「彼らが登場人物であるこの罪と悲しみの劇に親密に関係するものとして、当然のことながら自分もまた列席する権利があるかのごとく、彼らのあとに続いた」(253)。そして「結び」の章においても、彼の「非人間的」(260)な部分が言挙げされてはいるが（しかし「人間的」という言葉ほど、このテクストで問題化されているものはない）、その描写の直後で、前述の愛と憎しみの表裏一体性が語られ、しかもその理由は、「ロジャー・チリングワスに対してだけでなく、彼の仲間たちに対して、つまりこれまで本書でつきあってくれた影のような人たちに対して、ぜひとも寛大でありたい」(260)という語り手の願いゆえである。しかし「これまで本書でつきあってくれた影のような人たち」とは、一体誰なのだろう。ロジャー・チリングワスの「仲間たち」がテクスト上で具体的に記述されたことは一度もなかった――ディムズデイル以外に、そしてチリングワスが「自分の家」と呼ぶものに連座しているヘスターとパール以外に。したがってここで漠然と示されているのは、社会規範と齟齬をきたすがゆえに社会から疎まれ、あるいは社会と拮抗することになる「はぐれ者」(93)や「さすらい人」(76)であり、おそらくそのなかに含意されているのは、（幾重もの留保をつけながらではあるが）この物語にときおり「わたしたち」として顔を出す語り手であり、そしてその語り手によってこの物語に反応するように呼びかけられている読者ではないだろうか。それほどまでにこのテクストでは、表面上のプロットとは裏腹に、正邪の区別が鱗状に重ね合わされている。

だが他方で、チリングワスがおこなったかもしれないカミングアウトの試み——現行の言語体系のなかで表象不可能として排除されている関係性を現出させようとする試み——は、一朝一夕に成就することはない。だからこそ物語では、牧師であるディムズデイルの場合は、説教壇に立ち、モラルを伝授するという権力の姿を借りながら、その権力について疑義を呈するという戦略——すなわち既存の言葉を使いつつ、その意味をその言語使用のなかで変えていくパフォーマティヴな説教——を選んだ。ヘスターも同様に、自らの選択で罪の印たる緋文字を身につけることで、その意味を変えていくパフォーマティヴな挑戦をおこなった。しかし現存の言語の力は大きく、彼女たちの試みは困難を極めた。ディムズデイルは死と引き替えにそれをおこない、ヘスターが彼女自身の信念を篤志看護婦という仕事をとおして人々に示すことができるようになったのは、パールを育て終わった後半生においてだった。しかし父母よりも一世代若いパールは、彼女自身の人生のなかで、それを表出しなければならない。しかし、現存の言語によって幾重にも防御されているシステムは、新しい社会の姿を、身をもって示すことを困難にしている。だからテクストは、まるで恩恵のようにパールに財産を授け、一見して当たり前の女に成長したような彼女の人生の風聞のなかに、富による過剰さ、過剰さゆえの攪乱性を忍ばせたのではないか。

そうしてみればチリングワスは、ディムズデイル、ヘスター、パールに連なるパフォーマティヴな攪乱の輪のなかに、遺産の譲渡という手段で加わったと言えるだろう。財産遺贈という既存の制度を使いながら、その富でシステムを空洞化させる可能性に賭けたのである。父系列譲渡の法的風土のもとでパールに合法的に財産を遺贈できたということは、彼が彼女の父として、ヘスターの夫として、一つのファミリーの成員だと公的に証明したということである。しかし他方で、財産を遺贈した娘が、既存のファミリー規範が及ばない場所――まさに以前にヘスターが森の奥を抜けて「幸福になれるかもしれない世界」(197)、「試みと成功に満ちている未来」(198)と呼んだ場所――に赴いて、あるいはそのような場所を自ら作り出して、それによって現行の規範に縛られない生き方をする可能性に賭けた。

パールの役目は、先に引用したように、ディムズデイルの告白に涙する場面で、母親に対しては「苦しみの使者としてのパールの使命は、すべてここで果たされた」と述べられている。たしかに、「苦しみの使者としてのパールの使命」は終わった。しかし婚姻とその実子を基盤とする近代家族の制度的狭隘さの犠牲となって、「非認知」の「非嫡出子」というカテゴリーを押しつけられていたパールの役目は、その父親の曖昧な告白によって、すべて果たされたのだろうか。

「結び」の章の終末近く、ヘスターでさえ――社会から罪人の刻印を押されて、一生涯続く悲しみを背負ったがゆえに――「もっと明るい時代」の「予言者」にはなれないときに、もしも「来るべき啓示」を告げる予言者がいるとすれば、それは「女であるにちがいなく」(263)、しかもそのような女は「気高く純粋で美しく、さらには暗い悲しみによってではなく、軽やかな喜びを媒介にして賢明になり、そして神聖な愛がいかにわたしたちを幸福にするかを、その目的に叶った人生の真の試練によって示している女であるにちがいない」(263)と表明されている。この姿こそ、暗い悲しみや争いだけではなく、喜びを知り、人生の真の試練を幼いときに経験しつつも、両親の「神聖な愛」、いやチリングワスの「愛」さえも遺産を相続することによって受け入れたパールの姿ではないだろうか。してみれば、パールの役目はまだ終わっていない。このテクストでは、ここではないどこかで豊かに幸福に暮らしてるとのみ書かれているパールが、いま、こ、こで生きていることを示すことができるまで、つまり婚姻制度と実子偏重の親族関係によって構造化されるのではない新しい親密圏が現実化される「もっと明るい時代」が来るまで、パールの役目は続いていくのではないか。

このテクストはその契機を、チリングワスの遺産譲渡に求めた。冒頭で述べたように、近代の家族制度は資本主義によって要請され、強化されたものである。とすれば、新しい親密圏の成立を予言するパールに、その手段を与えたのが、遺贈された資産であったのは皮肉なことだ。あるいは、ちょうど彼女の父も母も、そして法律上の父もすべてパフォーマティヴな攪乱をそれぞれのかたちでおこなったとすれば、近代の家族制度の根幹にあるマネーを使いつつ、その家族制度を空洞化させる関係性を築こうとする試みは、もう一つのパフォーマティヴィティと言えるかもしれない。しかしそれがどんなものか、むろんテクストで語られることはない。それはこのテクストの著者ホーソーンの顰《ひそ》みに倣って文学活動をおこなったヘンリー・ジェイムズ——既存の制度をヨーロッパに、それと対峙するものをアメリカン・マネーと無垢に託したジェイムズ——に受け継がれることなのかもしれない——失敗の軌跡ではあるけれども。さらには、近代資本主義によって親族関係が再構築されるさまを、じつはアメリカン・マネーからほど遠いように見える深南部で隠し絵のように配したウィリアム・フォークナーのテクストのなかに、書き刻まれているのかもしれない。次章では、深南部ヨクナパトーファで繰り広げられる親族関係の再構築（の失敗）の物語『アブサロム、アブサロム！』を取りあげよう。

註

（1）『平凡社世界大百科事典』第一一巻（一九八五年）、五六七頁。

（2）テクストは、Nathaniel Hawthorne. *The Scarlet Letter*. 1850. CE 1（Columbus: Ohio State UP, 1962）を使用した。

（3）*Colonial Laws of Massachusetts, Reprinted from the Edition of 1660*（Boston, 1889）. 257. Reprinted in Robert H. Bremner, et al. eds., *Children and Youth in America: A Documentary History*, vol. 1: 1600–1865（Cambridge, Massachusetts: Harvard UP, 1970）. 50.

（4）"Status of illegitimate children in the United states." 1827. Reprinted in James Kent, *Commentaries on American Law*, vol. 2（Boston, 1896）. 210–16. Reprinted in *Children and Youth in America*. Vol. 1. 368.

（5）チリングワスについての興味深い考察は以下。當麻一太郎「『緋文字』の一考察――Chillingworth は "a prophet or magician"，それとも both か――」（『研究紀要』日本大学文理学部人文科学研究所、第六三号、二〇〇二年）。

（6）本文中には、そのような贅沢品をヘスターに贈ったことだけが記述されているが、前後の描写を含めて、それはパールの現在の生活に未不相応な贅沢品ではなく、彼女自身も楽しんでいる品々と思われる。

（7）本書第10章「ジェンダー・レトリックと反知性主義」二五六頁参照。

(∞) Kathleen M. Brown, *Good Wives, Nasty Wenches, and Anxious Patriarchs: Gender, Race, and Power in Colonial Virginia* (Chapel Hill: U of North Carolina P, 1996). 129.

第3章　親族関係のブラック／ホワイトホール
——ウィリアム・フォークナー『アブサロム、アブサロム！』を乱交的に読む

一度も所有したことのないものを諦める愛……けれどもわたしはそれを捧げた
——ウイリアム・フォークナー『アブサロム、アブサロム！』

象徴界が親族関係を「構造的」宿命として反復するかぎり、象徴界は親族関係の呪いを中継し、行為していくのではないか。
——ジュディス・バトラー『アンティゴネーの主張』

親族関係の言説

親族関係という言葉には、いくぶん時代錯誤的な響きがするかもしれない。もっとも法の世界ではこの概念はさらに精密に腑分けされて、今でも人の法的位置を厳格に規定している。しかしポスト産業社会の日常感覚では、親族関係はどこか遠い世界、因習的な過去の出来事のように錯覚されている

のではないか。だがわたしはここで、新しく組み替えられようとしている人間関係、とくに家族形態のなかに、もう一度従来の固定的な親族関係、とくに血縁関係を呼び戻そうとしているのではない。むしろその逆だ。一見して時代錯誤的に見えるその概念が、じつはポストファミリーを標榜する言説のなかに無傷のまま温存され、それが人種や民族を巻き込んだジェンダー／セクシュアリティをめぐる抑圧をさらに不可視のものとしているのではないかと危惧している。さきほど法の世界では、いまだにこの概念が人の法的位置を規定していると述べた。法は、具体的な「国家の法」であると同時に、象徴界という言語の《法》でもある。それでは《法》による親族関係の従来の解釈は、これまで何を規範化し、どんな可能性を葬り去ってきたのか。言葉を換えれば、《法》と親族関係はいかなる関係を持ってきたのか。そしてそれを批判的に検証することで、両者は今後いかなる関係を持ちえるのだろうか。

もっともここでは、親族関係を理念的に考察することが目的ではない。それはべつの機会に譲ろうと思う。本章ではウイリアム・フォークナーという、その作品のすべてが何らかの親族関係を扱っている作家を論じるに当たって、今述べた問題意識のもとに、とくに『アブサロム、アブサロム！』を取り上げ、親族関係の前提にどのような近代の性の力学が潜んでいるのか、それがフォークナーの『アブサロム、アブサロム！』のなかでいかにテクスト化され、また変形されているのか、その意味は何かということを考察したい。とはいえこのテクストは、登場人物たちがすべて何らかの親族関係のなかに位置づけられる作品なので、ここでは範囲を限って、まずヘンリー、ジュディス、チャールズ・

ボン（以下、ボンと表記）をめぐる親族関係の破綻について分析し、つぎにその構造を彼らの父親のサトペンをめぐる男たちの関係に敷衍したのちに、ヘンリーによるボン殺害の意味を考察し、最後にローザ、ジュディス、クライティが行為している女たちの親族関係の攪乱作用を位置づけたいと思う。

何が禁止されたのか

ヘンリー、ジュディス、ボンのあいだには、もしもジュディスとボンの結婚が成立していれば、表面上は、つまり何も知らない町の人々の目からは、きわめて自然な親族関係が成立していたと言える。しかしそうはならなかった。その原因は、直接にはサトペンの「禁止」の言葉である。サトペンは南部の慣習から逸脱している「よそ者」ではあっても、この場合の彼の言葉は、それがもしも公衆のまえで発せられたら、かならず公衆の禁止の言葉、つまり《法》の「禁止」の言葉になりえるもの――「近親姦の禁止」――を告げていた、と、語り手のクェンティンとその大学のルームメートであるシュリーヴによって再構築される。サトペンがヘンリーに告げた話の内容がいったい何だったのかは、ボンからの問いかけとしてテクストのなかで何度も疑問に付され、その「真実」に対しては、読者は宙づりの状態に置かれている。しかし半世紀ほどまえに起こったこの出来事を、物語が語られる現在において再構築するというテクスト構造に照らして、ここではクェンティンとシュリーヴが構築した筋に沿って考えてみたい。

さて父から息子へと「族内婚の禁止」の《法》を告げる典型的な例であるサトペンの発話は「効力」をもち、近親姦は実行されなかった。だがそれにもかかわらず、規範的な親族関係は破綻した。一方の息子（ヘンリー）は殺人者となり、もう一人の非公認の息子（ボン）は殺害され、家父長的な彼自身の家を建設するという「サトペンのデザイン」は、これで潰えた。ではなぜ禁止の言葉が効力を発したにもかかわらず、つまり禁止の言葉が聞かれ、禁止が行為されたにもかかわらず、《法》の支配はそれを全うすることができなかったのか。その理由は、これが一見して父から息子へと《法》の言葉を告げる典型的な例であるはずなのに、じつは典型的な例ではなく、ねじれたものであったからだ。というのも、近親姦はそもそもボンとジュディスのあいだの出来事であるはずで、禁止の言葉はそのどちらか、ボンかジュディスに向けられなければならなかった。しかし実際は、ボンは、サトペンによってあらかじめ息子であることを奪われており、他方ジュディスもまた、彼女の「結婚への意志」も「愛することのはじまり」もみな、彼女自身のものではなく、彼女の兄ヘンリーを通してのもの、ヘンリー自身のものだったからである。

むしろテクスト内で頻繁に繰り返されているのは、ボンに向けられるジュディスの愛ではなく、ヘンリーの愛、「ヘンリーはボンを愛していた」という台詞である。ではその「愛」は、いかなる性質のものなのか。

自分の服装や言葉づかいをヘンリーが真似るのを、一年半のあいだじっと見てきたボン、また青年のみが（女にはとてもそんなことはできない）、他の青年や成人した男に与える完全で無私な献身の対象に自分がなっているのを、一年半のあいだ見てきたボン、そして兄が屈したのとまったく同じ自分の魅力に、妹もこの一年間屈してきたのを見てきたボン、しかも妹をその魅力のとりこにし、……そこに居ないボンのイメージに彼女を引き入れたのは、兄［ヘンリー］であるかのようだった。（85）

ヘンリーのボンへの思慕は、憧憬によって導かれる模倣関係や、また「女」（ジュディス）を贈与として男同士の紐帯を深める族外婚の互恵関係として結実するような、男たちのホモソーシャルな感情であるように見える。しかし他方でそれは、女（ジュディス）が感じるのと「まったく同じ魅力」を感じるエロティックな愛でもある。前掲の引用のなかに示されているように、相異なる二つの心情、ホモソーシャリティとホモエロティシズムは、ヘンリーのなかで一見して矛盾することなく交錯している。しかしそもそもホモソーシャリティは、男たちの絆の底に伏流水のように流れるホモエロティシズムを表面化させない装置ならば、この二つの心情が、公的にはホモソーシャリティを前景化していながらも、同じ一つの文のなかに秘かにふと混じり合うのは不思議なことではない。ヘンリーは他所で、「自分が妹、情婦、花嫁に変身できれば、［ボンに］自分を略奪してほしい、その人［ボン］を略奪者として選びたい」（77）というきわどい台詞を吐くが、これとて、妹の愛の行方を苦慮する兄という文脈のなかに忍び込ませたものである。そしてこのようなヘンリーの思慕を「じっと見てきた」ボンは、「へンリーを、彼独自の流儀という以上のもっと深い意味において愛して」おり、「ヘンリーとジュディスのうちでは、ヘンリーの方を愛していた」(85–86) とさえ報告されている。

つまりここでサトペンによって——彼自身は気づかずに、したがって言表化されずに——含意されたのは、表面的な近親姦の禁止だけでなく、隠蔽された同性愛の禁止であったと取ることができる。もしもサトペンの禁止の言葉が直接ヘンリーに告げられなくて、ジュディスに向けられていたら、ヘンリーは単にジュディスの「兄」として、またボンの「友人」として、たとえその問題にともに苦慮することはあっても、禁止の言葉の直接の発動の外側にいることができた。しかし禁止の言葉はヘンリーに告げられ、だからこそ近親姦の禁止の言葉は、彼の無意識のなかで変質し、そして匿われ、「それは彼自身の試練となった」(73) のである。

では父からの禁止の言葉に対して、ヘンリーは表面上どのように反応したのか。彼は問題を、字義通りに近親姦の問題にすり替えたようとした——ちょうど《法》の言葉がそうであるように。だが彼の場合は皮肉なことに、すり替えた問題である近親姦の禁止に執着することによって、ボンとともに——激論であれ、戦場であれ、殺しの場面であれ——二人の男が激しく対峙する苦悩に彩られたエロティックな闘争の場に旅立つことが可能になり、そして結局は、《法》の支配から逸脱していくことになる。ヘンリーのその後の心境は、次のように語られている。

彼[ヘンリー]は、あなた[ボン]のことが好きだから、ぼくはああしてあげた、あなたもぼくのことが好きなら、こうしてください、とは言えなかった。……彼は……唯一の友人と運命を共にするために、自分が知っているすべてのものに背を向けてしまった。(72)

このようにヘンリーがボンと二人でニューオーリンズへ出かけ、また戦場という「男たちの空間」へと、すべてを捨てて二人で出かけていくことになったのは、この禁止の言葉の皮肉な結果の一つである。いわばサトペンの近親姦の禁止の言葉によって、(近親姦の禁止のまえにあって、異性愛の近親姦の禁止を制度の始まりと詐称する) 同性愛の禁止という至上の《法》の言語に、ヘンリーは意図せずに向き合ってしまった。言葉を換えれば、いままで押し込めていた自分のなかのホモエロティシズムが、サトペンの言葉によって無意識のうちに実体化しはじめたと言えるだろう。そのためヘンリーの内面は分裂する。なぜなら、ゲイル・ルービンの「女の交通」から、イヴ・K・セジウィックの「ホモソーシャルな欲望」へ、またジュディス・バトラーの「異性愛のヘゲモニー」の概念へと受け継がれて論考されているように、そもそも異性愛の近親姦の禁止は、同性愛の禁止という前提があってはじめて、制度の「起源」としてのその位置を獲得するが、同性愛を温存させたままで近親姦の禁止のみを求める場合は、近親姦の禁止の絶対性を空洞化してしまうだけでなく、禁止の言葉すら発しないほどに抑圧している同性愛の可能性に、つねに強迫観念的に晒されることになるからだ。その結果、近親姦と同性愛の両方のタブーのうえに成立している親族関係は、非常に不安定なものになる。まさにヘンリーが陥った状況がそうである。

ヘンリーとボンがニューオーリンズでボンの結婚の事実を確認するくだりで、ヘンリーは何度も、「結婚の儀式」（強調竹村）が重要なのだと言う。「ヘンリーのような背景をもった青年にとっては、黒人の情婦など当然のことだった」ので、「彼にとって問題だったのは、［黒人の女とのあいだで結婚の］儀式がおこなわれたということだった」(87)。ヘンリーにとっては、女たちは三つのカテゴリーに区分され、一つは白人の「淑女」、二つ目は金銭を仲立ちとする白人売春婦の「女」、三つ目は白人の女の世話をし、白人の男の性搾取の対象となる有色人の「雌」である。そして最初の「淑女」以外は、結婚という「儀式」をしてはいけない種族、つまり親族関係の制度のなかに侵入してはいけない存在だ。いみじくもヘンリーが「問題は儀式だ」と述べたように、婚姻関係は性関係と等価ではない。婚姻関係は儀式上の性関係、すなわち公の言葉によって選別化された性関係であり、その選別化によって性対象の序列化をおこない、そしてそのような対象とのあいだでなされるセクシュアリティを序列的に意味づけていくものである。それはセクシュアリティを次代再生産と結びつけ、さらには制度内の次代再生産と制度外の次代再生産を区別し、そうして次代再生産の可能性を伴うが制度の外のセクシュアリティ（非合法の異性愛）、および次代再生産を伴わないセクシュアリティ（同性愛）を、社会的に生存不可能なセクシュアリティとして烙印を押して《スティグマタイズ》排除する。いわば《法》の「欲望」は、性関係を親族関係に読み替えていくものなのである。

ここで重要なことは、あらかじめ性対象になるべき人間がカテゴリーとして存在しているわけではなく、性関係と親族関係を連動させる解釈枠がまず存在しており、その解釈枠によって、性対象となる人物の属性が社会的につくられるということだ。その例がサトペンの離婚である。人種間結婚に対する禁止がはたらくことによって、サトペンとユーレリア・ボンとの親族関係は解消され、否定された。離婚のまえとあとを分け隔てるものは、セクシュアリティの破綻ではなく、有色人の血がまじったものを規範的な親族関係に入れないという《法》である。逆に言えば、規範的な親族関係から排除されることによってはじめて、ユーレリア・ボンははっきりと有色人というカテゴリーに入ったと言える。その意味でヘンリーがボンに語った女の区分は、前後転倒的なものである。

また同じ意味で、ヘンリーはきわめて正当なサトペンの嫡子だと言うこともできる。その理由は、彼がエレンという「淑女」から生まれた息子であって、制度化されたセクシュアリティの所産であり、認可された息子であるというだけでなく、まさにそのような規範的な親族関係の構築を求めたサトペンの「デザイン」を、そのままに継承しているからである。サトペンの「デザイン」のもっとも大きい要素は、あくまで白人父系列の家の建設であり、それだからこそ、エレンとのあいだの息子ヘンリーが死ぬことでその望みが断たれたのちには、エレンの妹ローザに「まず男の子を産んで、そののちに結婚する」という申し出をおこなった。サトペンのデザインする親族関係は、出自の卑しい者が伝統的な南部社会に入り込むための手段ではなく、新しく生まれつつある親族関係、すなわち近代の新しい核家族の親族関係だったと言える。(1)これについては後に触れる。

さて話を元に戻して、女を、そして女とのセクシュアリティを、制度の内と外で峻別するイデオロギーが否定されるときに、何が起こるのか。発生するのは、制度の内にいる者が、それまで享受していた特権が脅かされる不安と恐怖である。だからこそヘンリーは、自分の心を悩ましているものが、よく考えれば「二つの儀式」つまり「重婚」ではなく、「二人の女」だということ、「自分の妹をあの女と同じ情婦の一人にしようとしていること」(94)だと悟る。しかし彼にとって、問題はじつはもっと深い。

カテゴリー区分を侵犯した婚姻の儀式は、カテゴリー区分によって守られていた「白人淑女」の社会的アイデンティティを奪うだけでなく、女をそのように妻と妻でない者に分割することで——つまり男にとって家庭内のセクシュアリティを彼の正しい性対象選択と説明して、公的にはその性対象選択を受け入れることで——巧妙に隠匿していたものを、明るみに引きずり出すことでもある。一つの規範侵犯は、その規範を揺るがすだけでなく、その規範の前提となっているべつの規範の信憑性に疑義を生じさせ、規範の文脈は連鎖的に不安定化される。事実、妹との「重婚」が問題にされている場面では——注意すべきことは、ここでは近親姦すらほとんど問題になっていない——ヘンリーとボンのあいだの濃密な関係が何度も挿入される。たとえば次の引用はその一例である。

ボンの愛情の対象、ヘンリーの深い心遣いの対象は、ジュディスではなかった。ジュディスはただの空白の人影、空っぽの容器にすぎず、彼らは各々そのなかに、自分自身の幻影でも、相手の幻影でもなく、相手がそう信じている姿と思えるものを保持しておこうと努めた——それは、一人前の男と青年、誘惑する者と誘惑される者、互いに知り合い、誘惑し誘惑され、互いに相手の犠牲になり、自分自身の強さによって打ち負かされた征服者、自分自身の弱さによって打ち負かす被征服者という姿であり、それは、ジュディスが若い女として彼ら二人の結び合った生活のなかに踏み込んできた以前から、そうであった。(95)

ボンとヘンリーのあいだには、ニューオーリンズ以前にも、そしてその後の戦場という極限状況においても、相互に誘惑的な関係が存在していた。

そしてここで強調したいことは、このような関係が誰によって報告されているかということである。サトペンの挫折した「デザイン」は、クェンティンが二人の人間から聞いた話という結構になっている。一人はローザだが、もう一人はクェンティンの父のジェイソン・コンプソンであり、ジェイソン・コンプソンは、その父のコンプソン将軍から話を聞いた。そしてその話を、クェンティンはシュリーヴに語る。ヘンリーとボンとのあいだの「誘惑的な関係」は、ローザ自身の怨念の語りとは異なって、高揚した口調で生き生きと活写され、男たちのあいだを次から次へと中継されて、語られていく。

それはまさに、サトペンをとりまく男たちの関係でもあった。サトペンは南部の人間とは異質の存在のように思われている。だがそのじつ南部の男たちは、サトペンがエレンと結婚するまえの三年のあいだ、そして結婚後も、サトペンの殺風景な家に招かれ、「毛布で仮寝」したり、「狩猟したり、夜はトランプをしたり、飲んだり」(30) していた。客は自らウィスキーを持参し、コンプソン将軍は金を貸そうとも申し出、またサトペンから彼の過去の話を聞いた相手も、妻のエレンではなく、コンプソン将軍であった。女を輪の外側に置き、輪の内側ではエロティシズムとすれすれの絆を深めていく。それはサトペンが誇張し戯画化した男たちの世界である。裸の黒人の男を決闘させ、ときに自分もそれに加わるという、暴力として放出され備給されるエロティシズムの舞台を作ったのも彼だ。[2] そしてそれは男たちを魅了した。ちょうどボンが、大学の同級生たちを魅了していたように。サトペンの場合は「悪魔的な」ところをより強調しながらではあるが、制度の内（異性愛のエロティシズム）と制度の外（同性愛のエロティシズム）の境目の幻惑を、男たちにそっと披露していたのである。この意味では、ボンはサトペンの内密な「デザイン」を受け継ぐ、まさに内密な嫡子だと言えるだろう。

そしてこの秘匿されたエロティシズムを経験し、これを語るのは、社会的地位をもったコンプソン将軍であり、それを伝え聞いたジェイソン・コンプソンである（決闘の場面はローザによっても報告されるが、そのときの視点は、むしろエレンや子どもたちの反応の方に焦点が当てられている）。つまりヘンリーとボンの関係は、単に大学で芽生え、青年期の終焉とともに終わる暫定的、発達論的なものではなく、広く男たちのあいだで経験され、男たちのなかでひそかに語り継がれていくようなものである。[3]

さてそのようなホモエロティシズムとホモソーシャリティ、公的空間と私的空間が、性対象を女に限定し、さらには女を序列化する父系列の親族関係の枠組みに守られつつ、かろうじて危うい均衡を保っている風土のなかで、その危険も知らず、それを無邪気に享受していた若者ヘンリーは、ボンと混血女との結婚を知って、その風土がいかに危うい均衡のうえに成り立っているのかがわかる。しかし他方で、彼はあくまで《法》の内側に立ち、秘められた愛をなんとか単なる友情と読み替えて、妹の近親姦に苦慮し、結婚という「儀式」にこだわる兄であろうとする。

ここで興味深いのは、ヘンリーもボンも法学部の学生だったことである。ヘンリーを法学部の学生に「引きずり込んだ」（81）のは、ボンである。ボンもまたヘンリーと同様に、「儀式」に固執した。しかしボンの場合は、混血の女との結婚の儀式をおこなう――つまり社会的に生存不可能な性関係を《法》のもとにおく――ことによって、《法》そのものを行為しつつ《法》の意味を変えようとするパフォーマティヴな攪乱行為をおこなうが、ヘンリーはボンによって、おそらくはそのような目的のために法学部に勧誘されたにもかかわらず、彼はあくまでも《法》そのものに固執しようとし、それによってヘンリーの緊張はますます高まっていく。

親族関係のブラックホール

ボンの結婚を知って以来の四年間は、ヘンリーを、ホモエロティシズムを隠蔽したままの温々《ぬくぬく》としたホモソーシャルな空間に留めおくことはしなかった。むしろ彼は、《法》の遵守と《法》への懐疑――あるいは《法》の欲望と彼自身の欲望――の両方に引き裂かれることになった。彼はまさに、ボンを慕う多くの大学生がかき立てられた「絶望」を、極度に増幅させて経験していたことだろう。ジュディスの場合は、「彼女自身は意識していなかったが、彼［ボン］を所有することによって、彼のイメージをすっかり自分のものにすることができるという希望を持っていた」が、ヘンリーは「その欲望に意識下では気づいていたが、同性であるがために、自分たちのあいだにはどうしようもない乗り越えられない障壁があることがわかっており」(75–76)、そのため「鋭い痛みを伴う、ぞっとするような、およそ希望など持てない絶望」(76)に陥っていたと思われる。

そのような絶望状態——欲望の混乱のなか——で、ヘンリーが下した結論は、非常に奇妙なものだった。彼は四年間の煩悶ののちに、父親に告げる。

いいえ、[ボンは結婚]できるのです。はじめぼくはそう言いましたが、そのときはまだ決断していませんでした。ぼくはボンを引き留めていました。けれども四年かけて決断しました。ぼくはやります。きっとやります。(283)

近親姦の当事者がボンとジュディスであることを思えば、ヘンリーはこれほど勢い込んで、いったい何を「やろう」というのだろう。しかしやはりこれは、ボンに惹かれつつも《法》の遵守に絡め取られていたヘンリー自身の、ヘンリー自身のための、決断なのだ。なぜならジュディスとボンの結婚によって、ヘンリーは、女を交換するホモソーシャルな公的空間に留まることが可能になるからである。彼は一度開いた深淵(同性愛の可能性)を、べつのタブー侵犯(近親姦)によって塞ごうとしたということになる。だがこれも、そもそもが規範的な親族関係を侵犯するものであるがゆえに、非常に不安定なもの、決断とも言えぬ決断、ヘンリーをさらなる錯乱へ、さらなる煩悶と絶望に投げ入れるものだ。そしてヘンリーのこの決断を聞いて、サトペンがようやく告げたのは、ボン自身に黒人の血が混じっているということだった。

ヘンリーは非常なショックを受けてボンに会いに行くことになるが、ヘンリーにショックを与えたのは、人種間結婚の可能性だろうか。事実ボンはヘンリーに尋ねる。「君が耐えられないのは、人種間結婚であって、近親姦ではないんだね」(285)。ヘンリーは答えない。たぶん答えられないのだろう。彼にとっては近親姦の禁止よりも、重婚の禁止よりも、人種間結婚のタブーの方が強烈であり、それが南部ということなのか。ここにあるのは人種間結婚のタブーだけなのか。しかしもしもそれだけならば、近親姦の問題にこれほどヘンリーが介入する必要はなかった。白人と錯覚されていたボンは、混血の女との結婚が発覚した時点で、後景に退くはずだったからだ。人種間結婚だけが問題ならば、いわばこの物語はこれほど長くなる必要がなかったとも言える。

一つの読みとしては、ボンとジュディスの結婚は、女の交換にならないということである。女の交換は、交換する男たちがヘゲモニーを握っていることが前提条件である。彼らには、女を交換する権能が社会から与えられていなければならない。ヘンリーがボンを撃つ引き金になるのは、「あなたはぼくの兄だ」というヘンリーに対して、ボンが「いやちがう、ぼくはニガーだ、君の妹と寝ようとしているニガーだ」(286)と語ったことである。女を交換する相手がヘゲモニーをもっている白人ではなく、有色人であるとき、対等な白人の男同士の絆によって白人の性規範を維持するという、そもそものホモソーシャリティの目的は根拠を失い、ホモソーシャリティを仮構することで閉じこめておいたホモエロティシズムは、もはやどうしようもなく噴出する。[4] だからこの台詞の「ニガー」という言葉は、妹に向けて発せられたのではなく、ヘンリーに向けて、ヘンリーの秘匿されたエロティシズムに向けて発せられたとも考えられる。だからこそボンは「寝る」と言い、「結婚する」とは言わなかったのではないか——結婚という儀式があれほど重要だと思っているヘンリーに対してであるにもかかわらず。またたからこそヘンリーは、「ボンを愛し、悲しみ、そして悲しみつつ、愛しつつ、殺した」(77)のではないか。

ここで強調されているのは、儀式ではなく、エロスである。「ニガー」(黒んぼ)という言葉には、ヘンリーが「そこに存在している」と気づきつつも、《法》の言葉によって抑圧し、あたかもないものであるかのごとくふるまおうと、渾身の力を振り絞って抵抗したものが凝縮していると考えられる。決定的な言葉、宿命的な言葉である「ニガー」は、白人父系列の親族関係を保持するために禁じていたものすべて——人種間結婚、近親姦、重婚、ホモエロティシズム等々——を表し、すべてを呑み込む意味作用を起こしているのではないか。あたかもそこに行けば、すべてのもの、すべての抵抗が跡形もなく消えてしまう場所、あらゆるものをその負の力によって引きつけ、引き入れ、しかしそこに入ったからには、ふたたび何も、どのようなかたちをとっても、ふたたび現れてくることはない怪物的存在、ブラックホールのように。「ニガー」こそ、あらかじめ否定されたものが逆説的にもつ〈否定の引力〉、呪いの暗く《ダーク》重い投網を表象しているのではないだろうか。

だからこの言葉を発したことによって、まさにボンは死を迎え、この言葉を聞くことによって、ヘンリーは社会から消えていく。前掲の長い引用のなかの撞着語法を使えば、ボンは、白人父系列の性規範に抵抗するという「彼自身の強さによって打ち負かされた征服者」、そしてヘンリーは、白人父系列の性規範から抜けられなかったという「彼自身の弱さによって打ち負かしはしたが、征服された者」なのだろう。あるいはその逆かもしれない。つまり、ボンは白人父系列の親族関係から排除された他者ゆえに、その「弱さによって打ち負かしはしたが、征服された者」であり、そしてヘンリーは、白人父系列の親族関係の内部にいる強者ゆえに、その「強さによって打ち負かされた征服者」かもしれない。いずれにしろヘンリーは、ボン殺害によって、近親姦も人種間結婚も同性愛も防ぎはしたが、サトペンの「デザイン」は潰え、白人の父系列の親族関係は、そのなかに巨大なブラックホール、消失点を抱えていることが浮き彫りにされる。

もう一度さきほどの質問にかえって、これは南部の問題、南部だけに発生する問題だろうか。クェンティンとシュリーヴの会話は、南部性ということをめぐってでも語られる。だがサトペンが戯画化して誇張し、そして求めたのは、白人の核家族だった。サトペンの「デザイン」は、旧家の継承ではなく、彼自身の成功した家――資本主義的な競争原理のなかで獲得される家父長的な核家族――を持つことだった。事実、物語は一九一〇年まで継続して語られるが、この時期、またこの作品が発表された一九三六年には、人種間結婚のタブーは南部だけでなく、むしろ黒人の移動によって北部、アメリカ合衆国にも広く及んだ。それのみならず、サトペンの親族関係の「デザイン」は、ドメスティック・

イデオロギーの進展とともに新しい性規範として一九世紀中葉以降に確立されていき、またヘンリーが体現したホモエロティシズムをその底に内包した同性愛嫌悪《ホモフォビア》は、二〇世紀初頭にその猛威をふるい、今もまだアメリカに浸透している心性である。しかも近親姦・同性愛・人種間結婚のタブーは、並列にならんで近代の性抑圧を構成しているのではなく、互いが互いの根拠になるというウロボロスの輪となって、近代の複層的な性の抑圧体制を稼働させている。

物語は、「『なぜ南部を憎んでいるんだ』」というシュリーヴの質問に対して、クェンティンが「『それを憎んじゃいない』」と答え、そのあと描出話法のイタリック体で、「憎んじゃいない、憎んじゃいない！　それを憎んじゃいない！　それを憎んじゃいない！」と続く台詞で終わる。このリフレインのなかに繰り返される「それ」は、ちょうど「ニガー」がそうであったように、もはや「南部」という限定的なシニフィエを超えて意味作用を起こしているのではないだろうか。と同時に、「憎んじゃいない」という言葉のリフレインも、じつは今は「それ［近代の親族関係の法］を憎む」しかないが、しかし「それ」が「『構造的』宿命として反復」されるものであるかぎり、その「呪い」もまた「中継して行為」（Butler, *Antigone's Claim* 66）せざるをえないことを、そして行為の中継が、その苦しみのなかで、もしかしたら「構造的宿命」を変質させるものとなるかもしれないことを、示唆しているのではないだろうか。

親族関係のホワイトホール

ではテクストは、女たちをどう表象しているのか。エレンもローザもジュディスもクライティも、きわめて南部的設定で人物造形されているが、にもかかわらず彼女たちには、南部のみに収斂しない要素があるように思われる。彼女たちはサトペンの「デザイン」によって徴集される人物だが、サトペンが建設しようとした「家」は、女たちの扱いにおいても、彼に始まり、彼に統合されていく近代の核家族の様相を呈している。

彼は妻を得るとき、自分の肩身が狭くなるような良家からではなく、とはいえ自分が揃えた食器類を不注意に壊してしまうこともないような階層から選んだと語られている。ここで注目したいのは、「彼が買ってきた新しいナイフやフォークやスプーン」(145)という描写である。これらのカトラリーは代々受け継がれるものではなく、「新しく購入された」ものであり、妻エレンの機能は、それらをうまく処理するドメスティックな能力で測られる。またサトペンが「建設した家」のなかに作られ、エレンが「そのなかで他者として生き、死なねばならない繭に似た補足的な殻」(111)は、近代の性規範が要請し、中産階級の女たちを閉じこめた殻とあまりにも酷似している。いわばエレンは、南部の女としてではなく、近代アメリカの白人中産階級の抑圧と矜持のなかに絡め取られ、制度のなかの「他者」として生き、死んだと言っていいかもしれない。

他方ローザ、ジュディス、クライティは、制度のなかの女にはなれなかった。しかしそのことが、逆に彼女たちを、制度のなかの女に要請される規範的な異性愛の桎梏の外に置くことになった。たとえばジュディス。彼女はボンを愛しているが、ローザからは「彼を愛すべきやり方で愛することはできない」(120)と断罪される。ジュディスは少女時代、混血の異母姉クライティと一緒に寝ていた。「表むきにはジュディスはベッドを使い、彼女［クライティ］は床の上の藁ぶとんを使ったことになっていたが、二人は何度も藁ぶとんのうえで、また一度はベッドのなかで、一緒に寝ていたのを見つけられた」(112)と報告されている。「表むきは」という言葉と呼応する「見つける」という言葉には批判の意味が込められ、またそれを「見つけた」のは、制度のなかの女エレンである。事実当時、白人の女の子を、性規範が及ばない黒人の女の召使いと同じ部屋で寝させてはいけないと考えられていた。女の子同士のあいだにエロスの交換が出現すると恐れられたのだ。

ではローザはどうか。ローザは、二人が「遊ぶような遊び［同じベッドで寝ること］はしなかった」(112)。だが彼女は、クライティの手が自分の身体に触れたとき、極度の狼狽と興奮を経験する。彼女は「黒人の手が、有無を言わさず("arresting")、臆面もなく、わたしの白人の女のからだに置かれたことに、驚きや激怒を感じるまえに急激な激しい衝動」(111)を覚えたと告白する。"arresting"という単語には「がっしりと掴む」という意味があり、実際クライティの手はローザを引き留めるために差し出されたものだが、他方で"arresting"という形容詞には、「魅了する」という意味もある。またクライティの手が掴むものは、肩や腕ではなく「わたしのからだ」であり、しかもそれは、"body"よりも肉感性を強くあらわす"flesh"という単語で表現されている。したがってローザとクライティのあいだに一瞬訪れたものは、強烈な「からだとからだの接触」(111)であって、それは「恋人同士もよく知っている、あの面倒な階級序列など無にするようなもの……わたしであることの秘めやかな内奥の砦に触れ合う」ものだった(111–12)。ちなみにこの手の描写の次の段落に、ジュディスとクライティが同衾する場面が語られている。

ジュディスもクライティもローザも、「家を建設する」というサトペンの「デザイン」の犠牲者であるように描かれている。実際「その手もまた、彼女[クライティ]やわたし[ローザ]と同じように、知覚・感覚を持った犠牲者だった」(112)と語られる。だが彼女たちは単なる犠牲者ではない。彼女たちは「知覚・感覚を持った犠牲者」であり、自分たちが「姉妹」であること、そして自分たちのあいだには、たとえ互いへの嫌悪が綯い交ぜになっているとしても、共有・交換される情緒的・身体的接触があること、文中の言葉を使えば、「信じられないこと、信じようとはしないこと、信じてはいけないことを知って」(112　強調竹村)いる者たちである。だから彼女たちは、人種によって、あるいは親族関係への参入の有無によって区分するセクシュアリティ規範、性自認の規範を、知らぬまに無効にする道程に足を踏み出していたと言える。

ローザは自分のことを「女でも娘でもなく、むしろ男として生きてきたし、おそらく男であるべきだった」(116)と述べる。また一度も会ったことがないボンへの思慕を語る独白のなかでは、自分の愛を「愛以上のものであり、自分は全知の愛《オール・ポリマス・ラブ》をもつ両性具有の唱道者」(117)だとも述べる。そしてこの「全知の愛」こそ、人種・民族・階級の優越性のうえに立った異性愛主義的で父系列の性規範が排除・抑圧しようとした、多形的なエロティシズムではないだろうか。またそれこそ、血縁関係《キンシップ》を中心化する従来の親族関係《キンシップ》ではなく、拡大家族を構成する親密性《キンシップ》のエロティシズムではないだろうか。だがそれは、規範的な親族関係の樹立のためには、あらかじめ排除されなければならないもの、あらかじめ失われなければならないもの、つまり「一度も所有してはいけないもの」である。前半の議論を思い出して欲しい。それは、もしもそれを所有したとたんに、所有した人を許されざる階級や人種としてカテゴリー化し、烙印をつけて《スティグマタイズ》排除するものである。

だがローザも、クライティも、ジュディスも、それを「知った」。知ることがまさにタブーであるような事柄を。だからこそ、「一度も所有したことのないものを諦める愛」を、彼女たちは「捧げる」のだ(119–20)。どのようにして。それは、ちょうどボンがそうしたように、制度から拒絶されながらも、制度に関わることによって制度そのものを変えていくことである。親族関係という制度から排除された女たちが、その排除の論理を攪乱するためにおこなった親族関係のパフォーマティヴな行為とは、親族関係を模倣することである。ジュディスはボンの子どもを育て、クライティは白人の弟をかくまい、ボンの子どもの子ども(ジム・ボンド)の面倒をみる。それらの行為は、規範的な親族関係に合致しないものを超高密度の重力で固く強く抑圧しているブラックホールのなかから、それらを解放するホワイトホールのような役目を果たすのかもしれない。ホワイトホールとは、ブラックホールのなかにあって、ブラックホールからの出口と想定されているものである。

だが結局、彼女たちの真似事の親族関係は、笑劇のような結末を迎える。ジュディスはボンの息子を母親のように看病するなかで、その病気に感染して死に、クライティは救急車と警察をとりちがえ、かくまっている白人の弟を救おうとして彼とともに焼死し、ジム・ボンドは行方不明になる。彼女たちの親族関係の攪乱行為は、表面的にはすべて失敗したかのようだ。だがそもそもブラックホールは、最近の研究からその存在が確認され、特殊な装置で観察さえされはじめたが、ホワイトホールの方は、ブラックホールに落ち込んだ物質やエネルギーが放出される出口と想定されているだけで、その出口が存在するのかどうか、あるいはブラックホールに落ち込んだ物質やエネルギーがはたして放出されえるのかどうかさえ、定かではない。いわばそれは「白い闇」――ホワイトと名づけられてはいるが、ブラックホールのなかにあり、ブラックホールよりもっと暗い闇、だが唯一の希望の曙光として仮想されたもの――にすぎない。(5)

しかしその仮想的な希望は、親族関係の真似事をする行為、結局は失敗に終わった行為を「語る」ことで見いだしうるのかもしれない。物語のなかで親族関係を行為することがなかったローザは、親族関係を延々と語ることによって、かろうじてその抑圧の重さから抜け出る出口を求めようとしているかのようだ。だが親族関係の重圧は、無限大の密度になるまで凝縮しているものであるがゆえに、その超密度からの脱出は、無限大の闇をそのなかに内包した語り――語りそのものの首尾一貫性をあらかじめ失った語り――となる。だからローザの不確かな語りは、べつのホワイトホールによって受け継がれて、少しずつ解きほぐされていかねばならないのかもしれない。しかしそのホワイトホールもまた、ブラックホールの重力に巻き込まれ、それに絡め取られているものである。だからこそローザの語りを中継する語りは、同じく親族関係の崩壊の瀬戸際にいる者——シュリーヴへのホモエロティックな愛と[6]、妹キャディへの近親姦の愛の両方に悩んでいるクェンティン——の語りとなるのだろう。あるいは闇のただなかにいて、闇から抜け出そうともがいている語りは、非規範的な親族関係《キンシップ》から生まれ、挫折した親密性《キンシップ》のなかで育てられたジム・ボンドの「白痴」の言葉がもっとも適切なのかもしれない。

いずれにしろテクストは——そしてもしも付け加えることができるなら、それを読み、それについて語るわたし自身の語りも——いまだに、近代の親族関係の複層的な偏向の磁場から完全に抜け出して、あらたな親族関係=親密性《キンシップ》を言表化しえてはいない。象徴界（言語）が親族関係の呪いを中継し、行為していくものならば、おそらくわたしたちに残されているのは、さらなる「乱交的な従順」(Buter, *Antigone's Claim*)、すなわち「呪い」のテクストをさらに乱交的、攪乱的に読むことだろう。

註

(1) ジーナ・L・ヒックスは、結婚の儀式が、有色性とホモエロティシズムを排除するアングロ=サクソンの核家族の性倫理の成就であることを指摘し、それをクレオールの「対抗物語」と対峙させている。本論を初めに二〇〇一年秋の日本ウィリアム・フォークナー協会全国大会のシンポジウム「フォークナーと女性の表象」で発表した折、その質疑応答で斉藤忠利からなされた質問は、サトペンとハイチ革命の関連性であったが、両者は時代的に若干ずれるにしても、クレオールのセクシュアリティとアングロ=サクソンの北部的な性規範のあいだの力学が、いかにテクスト化されているかについては、さらに考察の余地があると思われる。なおこれについては、フォークナーを扱ってはいないが、マックローがすでに論じている。

(2) ジョゼフ・A・ブーンは、サトペンが設《しつら》えた決闘シーンのホモエロティシズムを、エディプス神話の隠された前＝テクストとして分析している。

(3) ライルズはコンプソン氏がホモエロティシズムを感知していたことを早い時期（一九八三年）に指摘したがホモソーシャリティの視点で考察しなかった。

(4) 有色人のあいだに同性愛の「悪弊」があるとみなし、人種差別と同性愛嫌悪の双方を加速させるイデオロギーについては、おのおの立場は違うが、Fanon, Fuss 参照。

(5) 本論の「ホワイトホール」の概念は、リュス・イリガライが提唱した、ファルス中心主義に占有されない「女の身体」「女の書きもの（エクリチュール・フェミニン）」と同種のものではないか、したがってジェンダー／セクシュアリティの本質主義的な解放言説にくみするのではないかという指摘が、前掲のシンポジウムののちに三浦玲一より寄せられた。本論では、「からだとからだの接触」の身体性を、ファルス中心主義の《言語》に対抗する「本質的身体」として引用したのではなく、規範的異性愛の親族関係から現在のところは排除されている親密性の一形態として言挙げした。したがって女同士の身体の接触や、ローザの首尾一貫しない語りが、《法》を攪乱するとしても、その攪乱の根拠は歴史的文脈のなかに位置づけられるものであり、非歴史的本質として理念化されるものではない。これについては、ダヴィド＝メナールが興味深い論を展開している。彼女によれば、ペニスとファルスの非同一性に気づかざるをえない女の位置は、ファルスが普遍性を捏造するという文化的文脈に置いてこそ、「暫定的に」女に批判的視野を与えるものである。

また同じく三浦から、ローザの「全知の愛」は、「男の（競争）社会」を補完するものとも解釈でき、そうなると、南北戦争後の感傷小説や親密性の称揚レトリックの隠微に加担するのではないかという、文学史的パースペクティヴからの生産的な指摘もいただいた。たしかにテクストは、「女＝親密性＝感傷性（センティメンタリズム）」の構造を伝播させる一九世紀後半の女性感傷小説のコンヴェンションを継承している。だがすでにゴシュガリアンなどによって、感傷小説自体の攪乱性が指摘されている。『アブサロム、アブサロム！』においても、非規範的な親密性の行為や、それを語る語りは、「失敗」している。ここで「失敗」しているという意味は、テクストが、従来の分節化が機能不全になる地点までもを、あるいはそれを超えた地点までもを、表象しようとしているということだ。したがって馴染みの言葉をつかえば、このテクストは「壮大な失敗」であり、「失敗」であること自体によって、権力の補完性から免れ、語りの現在性（アクチュアリティ）を生みだしていると思われる。以上の見解を述べる機会を与えてくださった三浦玲一に感謝したい。

（6）シュリーヴとボンの男同士の関係については、前掲のシンポジウムの質疑応答で伊藤詔子から指摘をいただいた（同様の言及がMichelにもある）。伊藤は論文でもそれに言及し、「ボンがヘンリーの肩に毛布をかける」（284）場面と、シュリーヴがクェンティンに「オーバーをかけてほしいか」（289）と尋ねる場面の類似性に着目して、ここで「シュリーヴ＝クェンティンのホモセクシュアルな一体化」（伊藤　三〇）が成し遂げられると述べる。このアナロジーの指摘はきわめて意義深く、また同論文の註4の記載「クェンティンがヘンリーと共有してきたボン＝シュリーヴへのホモセクシュアルな欲望とそれへの罪意識は、南部の瓦解の胚珠として今やクェンティンに内在し、彼の破滅の一因をもたらした」という解釈にわたしも大筋では賛同する。しかし一点だけ。本論で述べたように、ホモエロティシズムに対するタブーが南部特有のものではなく、むしろ近代アメリカの性規範において強力なものであるならば、瓦解が求められるのは近代的な性規範だと考えられる。またホモエロティシズムに対する両カップルのスタンスも、誤差のない相同形としては捉えない。なぜなら、ボンとヘンリーの場合は、否定されたホモエロティシズムの受容／受難、すなわち二人の死の予兆となり、シュリーヴとクェンティンの場合は――少なくともこのテクストでは――ホモエロティシズムの否定の力学を転覆する可能性を暗示するものと解釈するからだ。だが後者の場合も「オーバーをかける」行為（ホモエロティシズム）は、欲望されつつも、他の弁明（「寒さ」という言い訳）を必要としない形態での充足を求めて、実際には行為されずに宙づりの状態に置かれている。そしてその欲望が他の弁明なしに備給できるかどうかは、テクスト内では明らかでなく、その意味でも、前註で述べたように、このテクストは「壮大な失敗」としての現在性《アクチュアリティ》を追求したものであると解釈する。

引用・参考文献

Boone, Joseph A. "Creation by the Father's Fiat: Paternal Narrative, Sexual Anxiety, and the Deauthorizing Designs of *Absalom, Absalom!*" *Refiguring the Father: New Feminist Readings of Patriarchy*. Ed. Patricia Yaeger and Beth Kowaleski-Wallace. Carbondale, Ill.: Southern Illinois UP, 1989. 209–37.

Butler, Judith. *Gender Trouble: Feminism and the Subversion of Identity*. New York & London: Routledge, 1990.（ジュディス・バトラー『ジェンダー・トラブル――フェミニズムとアイデンティティの攪乱』竹村和子訳、青土社、一九九九年）

——. *Antigone's Claim: Kinship between Life and Death*. New York: Columbia UP, 2000.（ジュディス・バトラー『アンティゴネーの主張――問い直される親族関係』竹村和子訳、青土社、二〇〇二年）

David-Ménard, Monique. *Les constructions de l'universel: Psychanalyse, philosophie*. Paris: PUF, 1997.（モニク・ダヴィド＝メナール『普遍の構築――カント、サド、そしてラカン』川崎惣一訳、せりか書房、二〇〇一年）

Fanon, Frantz. *Black Skin, White Masks*. Trans. Charles Lam Markmann. New York: Grove Press, 1967.（フランツ・ファノン『黒い皮膚・白い仮面』海老坂武・加藤晴久訳、みすず書房、一九七〇年）

Faulkner, William. *Absalom, Absalom!*. 1936. New York: Random House, 1986.（ウィリアム・フォークナー『アブサロム、アブサロム！』大橋吉之輔訳、冨山房、一九六八年――本文中の引用は、大橋吉之輔訳を参照しつつ、竹村が訳した。）

Fuss, Diana. *Identification Papers: Readings on Psychoanalysis, Sexuality, and Culture*. New York & London: Routledge, 1995.

Goshgarian, G. M. *To Kiss the Chastening Rod: Domestic Fiction and Sexual Ideology in the American Renaissance*. Ithaca, New York: Cornell UP, 1992.

Hicks, Gina L. "Reterritorializing Desire: The Failure of Ceremony in *Absalom, Absalom!*." *The Faulkner Journal* 12–2 (1997): 23–39.

Liles, Don Merrick. "William Faulkner's *Absalom, Absalom!*: An Exegesis of the Homoerotic Configuration in the Novel." *Journal of Homosexuality* 8, 3–4 (1983): 99–111.

McCullough, Kate. "The Boston Marriage as the Future of the Nation: Queerly Regional Sexuality in Diana Victrix." *American Literature* 69–1 (March 1997): 67–103.

Michel, Frann. "William Faulkner as a Lesbian Author." *The Faulkner Journal* 4, 1–2 (1988/89): 5–20.

Rubin, Gayle. "The Traffic in Women: Notes on the 'Political Economy' of Sex." *Toward an Anthropology of Women*. Ed. Rayna Reiter. New York: Monthly Review Press, 1975. 157–210.

Sedgwick, Eve Kosofsky. *Between Men: English Literature and Male Homosocial Desire*. New York: Columbia UP, 1985.（イヴ・コゾフスキー・セジウィック『男同士の絆――イギリス文学とホモソーシャルな欲望』上原早苗・亀澤美由紀訳、名古屋大学出版会、二〇〇一年）

—— *Epistemology of the Closet*. Berkeley: U of California P, 1990.（イヴ・コゾフスキー・セジウィック『クローゼットの認識論――セクシュアリティの二〇世紀』外岡尚美訳、青土社、一九九九年）

伊藤詔子「ポー、フォークナー、ゴシックアメリカ」『フォークナー』三号、松柏社、二〇〇一年、一七―三二頁。

II

第4章　別れる理由、あるいは別離という生
――シリーズとしてのレズビアン・パルプフィクション

涙を流している暇はないの。ベス。わたしは感情的に成長したのよ。あなたはもっと遠くへ行ける。あれよりも、もっと良いものになれる。そうできるなら、そうしなきゃ。わたしには、あなたを引き戻す権利はないわ。

この短い引用から、ひとは何を連想するだろうか。英語を少し読むひとなら、ベスは女の名前であり、この日本語の訳から語り手は女であると想定できるので（不思議なことに英語では、三人称単数形には明瞭に性のしるしが刻まれているのに、一人称と二人称には文法的な性別はない）この引用を、どこか遠くに旅立とうとしている友人を心広く勇気づけている女の台詞と思うだろうか。あるいは想像を膨らませて、娘を送りだす母の言葉と読むだろうか。それともさらに「特殊に」解釈して、愛した女と別れる女、愛した女を男のもとに旅立たせる女の言葉と考えるだろうか。この場合は、最後の

シチュエーションである。だが、そう読む人は少ないにちがいない。なぜならわたしたちがそのような物語に接する機会は、きわめて少ないからだ。わたしたちはある文章を読むとき、これまで蓄積してきた物語のコードに照らし合わせて翻訳し、理解可能な状態にして、読む。

しかしそれにしても、この引用は不思議な台詞である。この小説が書かれたのは一九五七年、ストーンウォール暴動のはるか一〇年以上もまえのこと、共産党員だけでなく同性愛者も「狩った」マッカーシズムの余韻がまだ覚めやらぬ頃、合衆国ではもっとも同性愛嫌悪が強かったと言われている時代である。であるならば、社会の常識そのままに男のもとへ去る女に対して女が吐く台詞は、悲嘆と怨嗟、絶望、怒り、呪いに満ちたものになるのではないか。

むろんこの台詞のまえに、ローラは(これが彼女の名前である)、待ち合わせの駅に遅れてきたベスに、「何があったの」と急き込むように尋ねる。二人の出発を数カ月遅らせようとするベスに、「いいえ、わたしたちは待つことはできないわ。今、行かなきゃ。でないと行けなくなってしまう、わかっているでしょう」と容易ならぬ様子で言う。そして「チャーリィを愛しているの? これはそのせいなのね。もうわたしを守ってくれる必要はないのよ。本当のことが知りたいの。彼を愛しているの?」とたたみかけるように尋ねる(Bannon, *Odd Girl Out* 188–89)。読者には、ローラの真摯な感情と苦悩が、ひしひしと伝わってくる。だが彼女は、「そう[彼を愛している]」というベスの呟きを聞いたのちは、「ベス、わたしはあなたを愛している。これほど強く、心から人を愛することはできない。もしかしたら、将来はもっと賢く愛することはできるかもしれないけれど」(189)と言ったあと、さきほどの言葉を「優しく落ちついて」語り、ベスを男のもとに行かせるのである。

ローラにとってはかけがえのないものの喪失であるはずの別れが、なぜこれほどの落ちつきを、片方で生みだすのか。ベスの逡巡をみても、この別れがローラとベスの関係の変容によって引き起こされたものではなく、異性愛主義という制度に起因するものであることは明白である。しかしそれならば、なぜローラは、社会に膝を屈したベスを責めないのか、あるいはそのような愛の結末になってしまう自分の性指向を呪わないのか。ちょうど三〇年ほどまえに書かれ、それ以来、唯一真っ向からレズビアニズムを扱った小説として、好悪とりまぜてレズビアンたちに読まれてきた『孤独の泉』の主人公スティーブン・ゴードンのように。スティーブンは、「恋をする権利もなければ、同情される権利もない者たち……神は残酷です。神はわたしたちをおつくりになるとき、わたしたちに疵《きず》をつけられた」(204) と言って、自分を、社会を、創造主を、呪った。思えば『孤独の泉』を構成する五部のすべては、別れと喪失の「アンハピー・エンディング」で終わっている。ではひるがえってベスとのこの別れは、ローラにどのような意味をもたらすのか。それを考えるには、まずローラはどのような人間なのかを知らなければならない。

この物語は、先程述べたように同性愛嫌悪が強力で、大手出版社が「色物」を扱うよしもなかった時代に、通勤途中の通行人に街角のキオスクで売られたアンダーグランドの出版物である。とはいえこの手の読み物は、けっして少部数の私家版などではなく、おもに覗き見的《ヴォワイヤリズム》な男の読者を対象に、おびただしく刷られて、売られ、読まれ、捨てられた煽情的なレズビアン・パルプフィクションだ。

しかし男の読者を相手にして男によって書かれたきわどい出版ビジネスのなかに紛れ込んで、女が女の読者に宛てて書いたものがあった。これがそうである。作者はアン・バノン、タイトルは『変な女の子の自覚』、「ビーボ・シリーズ」の第一作である。

「ビーボ・シリーズ」の名前は、当時ニューヨークのグリニッジヴィレッジで花開いていたレズビアン・サブカルチャーでとくに目立った存在だった「男役《ブッチ》」の典型が、シリーズ二作目から登場するビーボ・ブリンカーであり、彼女の人気が高かったため、その名に因んだものである。だがわたしは、この連作をむしろ一見して平凡な女「ローラ」のシリーズと呼びたい。なぜなら世紀の変わり目以降、またたくまに社会の性倫理と性実践を支配することになったセクソロジーによって、同性に対する愛情はホモセクシュアリティやレズビアニズムと呼び変えられ、その表象はことごとく抑圧されてしまったからである。たとえばラドクリフ・ホールの『孤独の泉』は発禁処分、デューナ・バーンズの『女の暦』は限定出版のためほとんど流通せず、ヴァージニア・ウルフの『オーランド』は批評界から無視され、ヘミングウェイの『エデンの園』は死後二五年を経てようやく一九八六年に出版され、ガートルード・スタインはもっぱらモダニズムの詩で評価され、H・Dは自伝的な小説に対して自己規制をはたらかせるか、生前の出版を拒否する処置をとり、リリアン・ヘルマンの『ジュリア』は曖昧な女の友情にまとめられ、『子供たちの時間』の「口に出せない行為」は最後まで口に出されずに主人公の死とともに葬り去られ、ウィラ・キャザーは女同士の愛を一遍も書かず、死の直前にすべての手紙は「彼女と家族の名誉のために」焼却された。そのような女同士の愛の表象の不在の時代をへて、いったい何が起こったのか。女同士の愛は認識できない領域《テラ・インコグニータ》へと追いやられ、表象の産出はおろか、巷の人間がその可能性を想像することすら困難な状況が発生したのである。

ローラは、そのような文脈に置かれていたどこにでもいる「変な女の子《オッド・ガール》」だった。だから彼女は、自分がこれから、何に、どのように恋をするのかがわからない。いや彼女にも、わかっていることはあった――

この世には男を愛する男もいれば、女を愛する女もいるということを。そして彼女はそういった人たちを可哀相に思い、そういった人たちを避けていた。避けることは簡単だった。男たちはなよなよしていたし、女たちはズボンを履いていたから。たしかに、彼女がハイスクールのときに熱を上げていた相手は、みな女の子だった。でもその熱は短いものだったし、曖昧模糊としていたし、心に秘めた感情だった。そういった感情が同性愛と呼ばれていると知れば、心底ショックを受けただろう。（*Odd Girl Out* 24）

だから彼女は「ひとが眉を顰《ひそ》める特殊な情愛があることに漠然と気がついており、彼女自身もそういった情愛には眉を顰めてはいたが、それが実際どんなものか、それがどういうふうに起こるのかはまったくわからず、自分にそれが起ころうなどとは、考えもしなかった」(24)。そのような状況にいる内気で静かで引っ込み思案で、いつも何かを待っているような、いわゆる「女らしさ」の典型のようなローラが、大学の寮で、積極的で自信に溢れ、短髪でズボンを履いてTシャツを着ているベスに幻惑される。学生運動も女性解放運動もまだほど遠い、一九五〇年代のことである。けれども「男の子のように」活発だったベスは、あろうことかチャーリィと恋に陥り、逡巡しつつも彼と結婚することになり、それによって、ローラとともに大学町を去ってニューヨークに乗り出す二人の計画は頓挫してしまう。そこで冒頭の引用である。

異性愛の文学表象は、たいていアンハピー・エンディングで終わる。トニー・タナーが『姦通の文学』で述べたように、近代小説は結婚制度のなかに潜む不連続を直視し、それを侵犯するものだから。他方、異性愛の大衆小説はたいていハピー・エンディングで終わる。大衆小説は結婚制度という共同幻想を、ロマンチック・ラブという糖衣にくるんで、読者にかき立てるものだから。そして同性愛の文学表象は——そんなものはほとんどなかったのだが——同性愛をおぞましきもの《アブジェクト》とする社会通念から抜け出ることはなかった、ヴァージニア・ウルフでさえも。また同性愛の大衆小説は——そんなものもほとんどなかったが——むろん、そのなかにハピー・エンディングはきわめて少ない。アン・バノンが本格的な作品と評するヴァン・パカードのテクストも、「暗く、悲嘆に暮れて終わる」(Bannon, "Interview" 18)。そしてローラも、第一作の結末でベスと別れる。しかしその別れは、悲痛さを残しながらも、なぜ力強いのか。それは自分が同性を愛すると知ったローラが、さらに自分を知ろうとするからだ。

「行かないで、こんな風に。……あなたは、逃げ﹅て﹅い﹅るのよ」(強調竹村)というベスに、ローラは、こう答える。

いいえ、わたしはそれに直面するの。わたしが何者かを知った今、わたしは自分に忠実になれるわ。わたしの人生を壊さずに、それをできるだけ誠実に生きてみる。ここではそれはできない。あなたとでは、できない。もう終わったの。（*Odd Girl Out* 191　強調竹村）

彼女の言葉は、その直前、ベスに向かってボーイフレンドのチャーリィが、男や子どもや学位以上のものを欲しいというのなら、「逃げたりしないで、それを見つけろよ……逃げても何にもならない。物事の解決にはならない。逃げないで……それに直面しろよ」（186　強調竹村）と言う台詞と、鋭い対照を見せている。つまりチャーリィにとって同性を愛することは、社会の境域の外に出ることであり、社会の責務と規則から「逃げる」ことを意味した。他方ローラにとって、同性を愛する自分を受け入れることは、単に同性愛者としての同一化《アイデンティフィケイション》をおこなうことではなく、そのような自分にさらに直面していくこと、自分がさらに何を求めているのか、どういう存在になっていくのかを、真摯に引き受けることだった。そのようなローラにとって、異性愛者／同性愛者のカテゴリーに囚われて逡巡し、チャーリィの言葉を鸚鵡返しに繰り返すベスは、もはや、ともに歩むパートナーではない。ベスはチャーリィによって、自分のローラへの愛をホモセクシュアリティという社会の参照枠で解釈され、その自己認識をみずから否定することになったからである。

一九五〇年代、六〇年代のレズビアン・パルプフィクションは、情報から遮断されていたレズビアンに、どこに行けばレズビアンに会えるか、そこで何が起こっているかを知らせるガイドブックの役割、さらに言えば、強力なセクソロジーの規範のもとに自分のセクシュアリティの自覚すら奪われていたレズビアンに、自己認識の手段を与える役割も果たしたと他所で述べた（竹村「『呪いの文学』から『ガイドブック文学』まで」、「レズビアン運動／表象／研究の半世紀」）。だがさらに付け加えれば、同性愛の文学表象（数はきわめて限られる）につきものの悲痛な別離を、一面ではリアリスティックに描きつつ、他方では異性愛の大衆小説のクリシェを活用してそれをひと捻りし、セクシュアリティの自己同一化にひそむ不連続を、ハピー・エンディングの気配のなかで記述しようとしたのが、アン・バノンの「ローラ・シリーズ」ではないか。

なぜならすでに第一作の結末のこの別離の場面で、「ローラ、愛している」というベスの悲壮な叫び（「ベスは始めて、本当にこの言葉を語った」［192］）をあとに、やはり決然と旅立つローラは、それまでの他力本願的な消極さを捨て去り、逆にベスは、それまでの積極さを、ひとつにはローラの拒絶によって、ひとつにはチャーリィとの関係によって、喪失していくからだ。ここではベスとローラの、どちらかと言えば男役／女役の役割演技は、彼女たちの選択によって逆転してしまう。さらにローラは、第三作『影のなかにいる女』では、ゲイのジャックと、まるきりの偽装ではなく、オルタナティヴな関係性を築いて結婚し、人工受精で子どもを産む。アドリエンヌ・リッチが『女から生まれて』を出版する一七年も前に書かれたローラのこの出産は、母性がかならずしも女性性や異性愛を前提としないこと、また〈母であること〉がかならずしも母性という既存の枠組みで説明できるものではないことを語っている。

二作目以降に引き継がれて、ローラが経験するさまざまな出会いと別離は、たとえ当時のゲイのメッカ、グリニッジヴィレッジで展開しようとも、そのすべてを大きく取り込む異性愛主義の文脈のなかでの悲劇と抵抗の軌跡である。だがその抵抗は、けっしてローラを、異性愛者と対極におかれる「同性愛者」のカテゴリー、あるいは同性愛者のなかの「女役」のカテゴリー、あるいは「女」というカテゴリーに閉じ込めるものではない。そしてこのことを可能にするのは、内気な女の子だったローラの、そして成熟してもなお含羞を残したローラの、しかしその外見とは異なる自己探究へ向かう熾烈な行動力である。終始一貫して女役のように見えるローラこそ、つぎつぎに行動し、この連作のアクションを生みだす存在である。そしてこのことは、ラドクリフ・ホールが『孤独の泉』のスティーブンを、その名のように男役として描き、彼女を主軸に特殊な条件下（父親から男の子として育てられるという設定）で物語を展開させたために、新しい可能性を感じさせて登場した（一見して女役の）メアリーを最後まで描ききることができなかったことと好対照をみせている。

スザンナ・D・ウォルターズは、この連作の「登場人物たちは自分のレズビアニズムを、それについて考えたり、それを分析したり、それを『［社会的に］意味のある関係』で体験することをとおしてではなく、性体験そのものをとおしてはっきりと認識していく」（89）と言う。それにならえば、どこにでもいる女の子であったローラは、彼女の行為をとおして——その別離と出会いをとおして——彼女のセクシュアリティを、あるいは彼女自身を、パフォーマティヴに構成していくと言えるだろう。おとなしいローラのめまぐるしい動き。

おそらくだからこそローラは、ベスとの別れの場面で、ベスに対しても、「あなたはもっと遠くへ行ける。あれよりも、もっと良いものになれる」と言ったのではないか。作者のバノンはインタヴューで、自分は大学教育を受け、結婚し、けれども「いつも別の惑星にいるような気がしたので」("Interview" 18)、タイプライターに向かってレズビアン小説を書き始めたと述べている。バノンは、ローラであると同時に、男役の意味の外延を移動させるベスでもあったのだろう。だからこそベスに、愛している(と思っている)男と結婚させ、それにまつわるさまざまな体験によって自分を再構築させ、自分に直面させ、そしてふたたびローラのもとへと戻したのではないか。そのようなベスの軌跡もまた、ローラの場合と同じく、妻であること、母であること、女であることが首尾一貫した不動のカテゴリーではないことを読者に伝える。その昔ローラと別れ、今また夫と子どもと別れ、そしてヴェガというガールフレンドとも別れたベスは、第四作『女への旅』でふたたびローラのまえに現れる。しかし彼女たちが恋人同士になることは、もはやない。なぜなら、二人が置かれている文脈が異なってしまったからではなく、二人の自己把握《アイデンティフィケイション》が異なってしまったからである。以前、駅のプラットフォームで、「わたしたちは同じときに、同じ場所にいた」(*Odd Girl Out* 190)と語ったローラは、いま、「わたしたちはとても似ている」と言ってすがるベスに、「いいえ、わたしたちはまったく違っている、いつも違っていた」(*Journey to a Woman* 169)と呟くだけだ。そののち、いまだ男役的な要素を漂わせているベスは、もうひとりの男役ビーボと結ばれる。リリアン・フェダマンは、当時のバー・カルチャーでは男役同士、女役同士が愛し合うことは、近親姦タブーのようなものでめったに起こらなかったと述べる（174）。だがサブカルチャーの慣習を凌駕するこのプロットは、カミングアウトが不断の行為であり、既存のカテゴリーの確認ではないことをあらためて示唆するものである。

　もしも同性を愛の対象として選ぶ者が、あるいは同性も異性も愛の対象として選ぶ者が、そのような者を「認識不能」として否定する異性愛主義に抗して愛を追求するならば、まさに愛を異性愛／同性愛の二分法で切り裂き、一方を容認し、他方を追放する、その操作に対して抵抗するのではないか。追放される同性愛は、じつは、否定されるために捏造された架空のカテゴリーにすぎず、不連続をひとつの形態に押し込めて隠蔽する虚構にすぎない。めまぐるしいローラの行為の軌跡、あるいはベスの体験は、既存のカテゴリー（つまり、ここ）を押しつける制度に対して、「もっと遠くへ行く」ことだったのではないか。

　おそらくアン・バノンのこの連作は、当初から連作を意図して書かれたものではなかったのだろう。だが作者がハピー・エンディングという大衆小説のジャンルの利点を奪取して、「認識不能」なセクシュアリティを言語によって構築するという離れ技をおこなおうとするならば、登場人物たちはひとつの自己把握に留まることはできず、悲痛な別れを自家薬籠のものとしてみずからの生に繋げ、小説は次の小説へと繋がっていくはずである。その意味で、バノンが第五作でビーボの過去に遡り、彼女を男役に固定してしまったことは、はからずもこの連作の終わりを告げるものだったのかもしれない。

だがもし一九五〇年代末のローラが、九〇年代に生き返ることがあるとすれば、たぶん彼女は、ジャネット・ウィンターソンの小説の登場人物となるだろう。ポスト・レズビアン作家と評され、数々の文学賞を受賞しているウィンターソンと、扇情的な大衆小説の書き手として文学界からは一顧だにされず、巷間にも埋もれた（しかしのちに言語学の教鞭をとる）バノンとでは、その文学的位置も、技法も、姿勢も、ジャンルもまったく異なってはいる（竹村「セックスの『形態学』」）。しかしおずおずとしたローラのなかに潜む自己探究への欲求を大衆小説のクリシェを取り込んで描いたこの連作は、それから三〇年ほどのちに、一人の人間がもう一人の人間を「心のすべてをかけて」愛するゆえに別れるときの悲劇、あるいは笑劇《ファルス》、あるいはメロドラマを、それらをすべて含み込む壮大なロマンスの結構のなかに描いて、男とも女とも、レズビアンともバイセクシャルともゲイ男性とも判別がつかない語り手を登場させたウィンターソンの『恋をする躰』へと引き継がれているような気がする。

二〇世紀半ばにアンダーグラウンドなきわものとしてひそかに、しかし大量に流通したレズビアン・パルプフィクションは、パルプフィクションという性質上、また一九七〇年代以降のフェミニズムがバー・カルチャーを否定した歴史的経緯のゆえに、そのほとんどが散逸し、現在入手できるものは非常に限られている。だが女同士の愛を書きこむ文学表象が、怨嗟と自己否定に満ちていた二〇世紀前半と、韜晦のためではなくみずからの生と愛のために、セクシュアリティの強制的カテゴリーの桎梏から身を引き剝がそうとする一九九〇年代との中間にあって、両者を繋ぐ地下水脈の役割を果たしているのが、このレズビアン・パルプフィクション――アン・バノンの「ローラ・シリーズ」――だと解釈できる。

引用・参考文献

Bannon, Ann. *Odd Girl Out*. 1957. Naiad Press, 1986.

——. *I Am a Woman*. 1959. Naiad Press, 1986.

——. *Women in the Shadows*. 1959. Naiad Press, 1986.

——. *Journey to a Woman*. 1960. Naiad Press, 1986.

——. *Beebo Brinker*. 1962. Naiad Press, 1986.

——. "Interview with Diane Anderson-Minshall." *Girlfriends* 1 (July 1994): 18–19 & 44–45.

Barale, Michele Aina. "When Jack Blinks: Si(gh)ting Gay Desire in Ann Bannon's *Beebo Brinker*." Eds. Henry Abelove et al. *The Lesbian and Gay Studies Reader*. New York: Routledge, 1933. 604–15.

Faderman, Lillian. *Odd Girls and Twilight Lovers: A History of Lesbian Life in Twentieth-Century America*. New York: Columbia UP, 1991.（リリアン・フェダマン『レズビアンの歴史』富岡明美・原美奈子訳、筑摩書房、一九九六年）。

Hall, Radclyffe. *The Well of Loneliness*. 1928. New York: Anchor Books, 1990.

Hamer, Diane. " 'I Am a Woman': Ann Bannon and the Writing of Lesbian Identity in the 1950s." Ed. Mark Lilly. *Lesbian and Gay Writing: An Anthology of Critical Essays*. Philadelphia: Temple UP, 1990. 47–45.

Walters, Suzanna Danuta, "As Her Hand Crept Slowly Up Her Thigh: Ann Bannon and the Politics of Pulp." *Social Text* 23 (Fall-Winter 1989): 83–101.

Winterson, Jeanette. *Written on the Body*. London: Jonathan Cape, 1992.（ジャネット・ウィンターソン『恋をする躰』野中柊訳、講談社、一九九七年）。

竹村和子「『呪いの文学』から『ガイドブック文学』まで」『英語青年』一四二巻五号、研究社出版、一九九六年、二六―二八、三二頁。

――「セックスの『形態学』――レズビアン表象／理論の今」『英語青年』一四二巻九号、研究社出版、一九九六年、一一―一五頁。

――「レズビアン運動／表象／研究の半世紀」渡辺和子編『アメリカ研究とジェンダー』世界思想社、一九九七年、二六四―七九頁。

第5章

ミスター・アンド・ミセス・ダロウェイ
——二つのテクストの「沈黙」が交差するところ

人々は、自分から不思議議にすり抜けていく中心に到達することは不可能だと感じていた。その中心は、近づくかと思うと、また離れていく
——ヴァージニア・ウルフ『ミセス・ダロウェイ』

いつも——それ以来ずっと——すべての事柄の中心には空虚があった。欠落、一種の裂け目が。
——ロビン・リピンコット『ミスター・ダロウェイ』

およそどのような作家も、すべてを語ることはできない。作家は「語る」ことの背後に、意識、無意識に膨大な「語らなかった」ことを有する。「語られていない」事柄は「語られている」ことから遠い話題もあれば、「語られている」ことと表裏一体をなしている話題、「語られている」ことのまわりで渦を巻いているような場合もある。テクストはそのような事柄のすぐ近くまで来ながらも、短い記述で済ませたり、相矛盾する表現を忍ばせたり、あるいはまったく沈黙していたりする。ピエール・

マシュレは、テクストの「沈黙」の重要性について次のように語っている。

語られない事柄は、語りにその正確な位置を与え、その領域を特定化する。［逆に言えば］語りによって、沈黙は表現の中心、その原理、つまり消失点を形成していく。語りはつねに、それ以上の語るべき事柄をもっているわけではない。だからわたしたちがしなければならないことは、この沈黙を考察することである。なぜなら、語りをおこなっているものこそ、この沈黙であるからだ（86）。

ジェンダー・ポリティックスについてヴァージニア・ウルフが沈黙していたわけではないことは、彼女の講演随筆『自分だけの部屋』がフェミニズムの嚆矢とみなされていることによっても明らかである。また彼女の関心が、単に社会的な性役割という意味でのジェンダーに限定されているのではなく、それと密接な関係にあるセクシュアリティ（性欲望、性実践、性幻想）に関わるものであることも、『自分だけの部屋』のなかのクロエとオリビエの記述や、彼女の作品のなかに暗示あるいは明示されているレズビアニズム、また彼女自身の伝記的資料によって、すでに指摘されている(1)。しかし近代の性の規範化がセクシュアリティの面で猛烈な勢いで進行した今世紀前半にあって、それに男たちがどのように反応したかについては、彼女のテクストは多くを語ってはいない。とくに彼女のまわりには、ヴィクトリア朝のセクシュアリティ規範を攪乱する「男たち」がいたにもかかわらず。

このウルフの「沈黙」を鋭く突いた小説が、一九九九年にアメリカ合衆国で出版された。ロビン・リピンコットの『ミスター・ダロウェイ』である。このテクストは、ウルフのテクストの一つ『ミセス・ダロウェイ』の背景を――若干の登場人物を新しく付け加えながら――ほぼそのまま受け継いで、舞台をオリジナル・テクストの二年後に設定し、男（の同性愛）の物語として書きなおした作品である。(2) 本論ではセクシュアル・ポリティックスに的をしぼって、ウルフの『ミセス・ダロウェイ』のなかの「沈黙」を、リピンコットの『ミスター・ダロウェイ』で叙述されている「語り」を媒介に、間テクスト的に読みなおし、最後に、リピンコットのテクストの「沈黙」のなかに秘匿されているものを考察したい。(3) なお、間テクスト的な読みなおしを試みるため、ウルフの『ミセス・ダロウェイ』を中心に論じる前半部分で、行替えして引用しているテクストはリピンコットの『ミスター・ダロウェイ』、後半部分のリピンコットのテクストを論じているさいに行替えして引用しているテクストはウルフの『ミセス・ダロウェイ』である。本論全体をつうじて、『ミセス・ダロウェイ』からの引用は *Mrs.* と、『ミスター・ダロウェイ』からの引用は *Mr.* と表記する。

＊

彼はまったく孤独だった。どこにも行く場所がない。向かうべき人もいない。帰る家は、空虚な家だ（空っぽ、空っぽ――その言葉が口をついて出てきた……）そうして、思いはロビーに向かう。だめだ。できない。してはいけない。そうしないでおこうと彼は必死に努力した（「わたしは

理解しています」とクラリッサは言っていた)。(*Mr.* 26)

リピンコットの『ミスター・ダロウェイ』が現代の読者に与える衝撃は、オリジナル・テクストのなかでは、「称賛すべき保守党の夫」(*Mrs.* 35)で、「公共心に溢れ」(67)、「徹底的にいい奴で、少々了見が狭く、頭が少し鈍く……何をするにも同じ事務的で実際的なやり方をし、想像力のかけらもなく、才気のきらめきもない男」(65)、「馬鹿なまね」など自分自身はしそうもない「完全な紳士」(66)であるミスター・ダロウェイ(リチャード)が、じつは彼自身の社会的立場を危うくするような「秘密」——男への欲望——を秘めていることである。この設定は、今引用したようなウルフのリチャードの記述から見れば、いかにも突飛なことのように思われる。だがバーバラ・ファスラーも指摘しているように、ウルフは、自分のまわりのブルームズベリー・グループやエスタブリッシュなサークルのなかで公然と語られ、あるいは秘められていた同性愛指向に無関係ではなかった。ブルームズベリー・グループの一人でゲイのリットン・ストレイチーとは長く親交を保ち、彼との往復書簡は百通を超えた。また『自分だけの部屋』のなかでは、オスカー・ブラウニング教授が馬丁に向かって「本当に可愛い子だ。きわめて高潔な精神をもっている」(81)と語ったことを、皮肉な口調で報告している。しかしこのようなテクストの外の文脈だけでなく、テクストに内在する記述のなかにも、クラリッサの側からのみならずリチャードの側からも、異性愛的な関係に潜む曖昧さが、言表の欠如や矛盾という形で書き込まれており、それが「屋根裏部屋[寝室]のなか、そして生活の中心に存在している空白」

(*Mrs.* 26) を――またおそらくは、「クラリッサ」ではなく「ミセス・ダロウェイ」というタイトルが与えられているウルフのテクストの中心に存在している空白を――構成していると思われる。

そもそも、なぜリチャードとクラリッサは結婚したのか。その理由は『ミセス・ダロウェイ』のなかでは、リチャードやクラリッサによってではなく、部外者ピーターの内的独白のなかで語られる。熱烈にクラリッサに恋していたピーターは、リチャードが出現したとたん、「彼女はあの男と結婚する」という啓示に打たれ、「ダロウェイが彼女に恋をし、彼女がダロウェイに恋をしているとはっきりと知り」、クラリッサが「リチャードと理解し合っていると言ったかのように」思い込む (53–55　強調竹村)。むろんこの結婚がおおまかに言って失敗でなかったことは、ピーターの新しい女性関係を知って、クラリッサが「彼［ピーター］との結婚を拒絶したことを神に感謝するわ!」(39) と呟く箇所からも明らかである。にもかかわらず、二人の結婚生活の描写には、ある種の事後的な正当化や状況的な安堵感による事後確認の気配がつきまとい、また青春時代の二人の求愛は、前述したようにピーターという部外者によって語られるだけである。それはクラリッサ自身が瑞々しく呼びおこすサリー・シートンと過ごした時間と比べて、いかにも粗略に扱われている。さらにもっと重要なことは、リピンコットの『ミスター・ダロウェイ』とはきわめて対照的に、リチャードがほとんど自分の過去を回想しないことである。

『ミセス・ダロウェイ』のなかでリチャードの内的独白が唯一語られるのは、ブルートン令夫人の昼食会からの帰り、クラリッサに「君を愛していると言おう」と何度も決意する場面である (101–05)。

これは結局は言わずに置かれる言葉だが、それでも前述したような無骨な男リチャードにとって、「幸福とはこれだ」と思わせる瞬間だと解釈できるように語られてはいる。自分のように「根っから単純で……口数が少なく、むしろ堅苦しい」男にとって、「クラリッサと結婚したのは奇跡だ」とも彼は述べる（101–02）。このように彼の決意もその不首尾も、彼自身の無口さや堅苦しさで説明され、またひいては彼のこの性質は、彼自身がピーターやクラリッサとは異なって、過去を雄弁に回想しないことへの間接的な理由づけともなっている。だがテクストには、不必要というべき記述、あるいは記述の欠落が存在して、それがリチャードを妙に不確かな人物にしている。

リチャードがクラリッサに愛を告げようとする場面で、唐突にクラリッサは、自分が「コンスタンチノープルで一度、彼の愛を拒んだ」（104）ことを思い出す。同じ台詞は、クラリッサの病後、彼女の体のことを考えて寝室を別にしようとリチャードが言いだした場面（26）にも、クラリッサの回想として登場する。じつはこの回想では続けて、彼女がそれ以前にも「経帷子のように彼女を包みこむ処女性」のために「彼を拒絶した」ことが「何度も何度も」あったこと、そしてそれが「彼女の欠けているところ」であり、他方で彼女は「少女ではない一人前の女の魅力に抗しきれない」ことが語られていく。クラリッサにとっては、夫婦の寝室を別にしたことは、彼女の病気のせいばかりではなく、彼女の性幻想にも叶うものであることが間接的に暗示されている。だがそれにもかかわらず、それに対するリチャードの反応は、ウルフのテクストには何も書かれてはいない。

彼自身とクラリッサの道は縺れて交差し、混線していた。二人のあいだの糸は結びついていたが、あまりに長く延びているので、べつの端から辿らなければならないほどだった。その糸は、今この瞬間も、これから先も、ずっと結びついてはいるが、それだけでなく、その結びつきは彼らの始まりへといつも引き戻されるものだった。（*Mr.* 13）

説明的なリピンコットのテクストと比べ、ウルフのテクストのなかでは、リチャードが「自分とクラリッサのあいだの蜘蛛の糸のような結びつきを、熱心に、熱心に手繰ろうとした」（101　強調竹村）という句が、唐突に、前後に何の説明もなく、挿入されている。だが二人のあいだにピーターが観察したようにはじめから「理解」が存在し、またリチャード自身が語るように「彼女は彼が言葉で表現しなくても理解する」（強調竹村）のであれば、なぜ二人の結びつきは「蜘蛛の糸のような」ものでなければならないのか。もしも二人の関係が蜘蛛の糸を手繰らなければならないようなものだとすれば、クラリッサは婚約のさいに、リチャードの何を瞬間的に理解したというのだろう。「何の委員会へ彼が行ったのかを尋ねてみたことは一度としてない」という台詞を、クラリッサは所々でつぶやく。クラリッサはリチャードの公的生活を何も知らず、それがリチャードの出世の妨げになっているとも噂されている。ではクラリッサはリチャードの私的生活を知っていたというのだろうか。おそらくクラリッサがリチャードについて「理解していた」ことは、リチャードがクラリッサを何も「理解していない」、「理解しようとしはしない」ということではないだろうか。

「同じ家で来る日も来る日も一緒に生活する人間のあいだには、少しばかりの自由、少しばかりの独立が必要不可欠だ」と語るクラリッサは、「ピーターとではすべてを分かち合わなければならず、すべてを調べあげなければならないが、そんなことは耐えられない。だから小庭の泉のそばでの争いにまでいったとき、彼と別れるしかなかった。そうでなければ二人は破滅していただろう、二人とも駄目になっていただろうと確信していた」(*Mrs.* 5)と述べる。では泉のそばの争いとは何なのか。表層的には、リチャードが出現することによって恐慌に駆られたピーターが、「本当のことを話してください」と繰り返して哀願し、彼女が何も答えなかったことである(56)。しかしいったいクラリッサの感情のなかで「本当のこと」とは何だったのだろう。サリーにすら、「どうしてリチャード・ダロウェイと結婚するなんてことができたのか」(167)といまだに思わせているリチャードとのあいだに、クラリッサは「本当の」重大な感情を持ちえていたのだろうか。むしろそれは、サリーへの恋心――「これが恋以外の何であろうか」(29)――ではなかったか。しかもそれは、「クロッカスのなかで燃えているようなマッチ」であり、「ほとんど外に現れんばかりの内奥の意味」であり、「薄い皮膚を突き破って、流れだし、溢れ出て、裂け目や傷を驚くほど癒してくれる」(26–27)もの、彼女自身どう扱ってよいかわからない女への慕情に繋がっていくものではないだろうか。

中産階級の性道徳をとうに逸脱し、今また既婚女性との恋愛関係に拘泥しているピーターなら――奔放なサリーと冗談を言い合えるピーターなら――クラリッサの心の葛藤、女への慕情と、それへの自己規制を、いち早く見抜いてしまうだろう。そしてその自己規制の一端が、中産階級の妻であることから逸脱できない彼女自身の階級意識に発していることも見抜いてしまうだろう。事実、ピーターが「本当のことを話してください」と懇願した場所のそばにあった泉は、女の身体の性的暗喩に満ちている。

> その泉は小さな植え込みの真ん中にあり、館からは遠く、そのまわりには木や茂みが取り囲んでいた。そこに彼女は時間よりも早く来た。二人は泉をはさんで座った。泉は、噴水孔（それは壊れていた）から、たえまなく水を滴らせていた。（*Mrs.* 5　強調竹村）

「たえまなく水を滴らせ」るように、よどみなく紡ぎ合うエロティシズム。だがそれは、社会の主流からは「遠く」隔たったところのもの、「壊れたもの」としてしか認識されない。だからすでに青春時代から社交界の女主人のようにふるまうことができたクラリッサ——中産階級のハビトゥスのなかに身をおくクラリッサ——には、自分自身の「本当のこと」がいったい何なのか、また自分が「本当のこと」をどうしたいのか、それをどのように受け止めればよいか、何もわからなかったのではないか——そのためには「支えが必要だ」（*Mrs.* 103）ということ以外には。そしてリチャードは、その「支え」になった。

五〇歳を過ぎた今になっても、「ほとんど外に現れんばかりの内奥の意味」（強調竹村）としか言えない感情、娘のエリザベスと家庭教師ミス・キルマンの関係に重ね合わせながらも、ミス・キルマンの低俗な趣味ゆえに否定しなければならない感情。しかし妻としての自分のなかに潜むクラリッサのこの性の齟齬感は、ピーターなら外に引きずり出し、おそらくそれによって彼も彼女も「破滅する」ことになってしまうだろう。事実それから三〇年弱たった今でも、ピーターは「その〔泉の〕光景が、心にくっきりと焼きついている」(56) と呟いている。

しかしリチャードは、理解しない。彼は、彼女が寝室を別にするのを承諾したのは、単に病後であるからではなく、「実際は」マーボウ男爵の『回想録』を読む方を好んでいるからだということを「知って」(26　強調竹村) はいても (ただしクラリッサの推測)、それ以上けっして追及しない人間である。マーボウ男爵の本は、クラリッサが娘のエリザベスと家庭教師のミス・キルマンとの「奇妙な友情関係」を考えて、眠れないときに読む本だ (119)。

「どうして〔ピーターから〕彼女を奪い取れたの」。サーシャ・リチャードソンの直截さに、リチャード・ダロウェイはふたたび虚を突かれた……「さあ、よくわからないけれど、そうなって行ったんだ。それはたぶん、結局、クラリッサがそれを望んだからだろう」(*Mr.* 208–09)。

リピンコットは『ミスター・ダロウェイ』のなかで、夫婦の「縺れた糸」の原因を、リチャードの同性愛指向に求めた。彼のテクストでは、サーシャから「今、幸福なのですか」と尋ねられたリチャードは、「そう、幸福だ」と答えるが (208)、「しかしそれでもロビーが恋しい」と呟く男である (213)。

彼はクラリッサの「理解しています」という言葉を、何度も何度も思い出す。彼女がどう理解しているかは語られてはいないが――そして後述するように、「語られていない」ことが彼の不安感の大きな部分を占めてはいるが――ともかくもクラリッサは、彼にとって、自分のセクシュアリティを「理解してくれる」唯一の人間であると信じている。

だがウルフのテクストでは、異性愛の制度（家庭）が保障する沈黙――何も聞かないこと、何も理解しようとしないこと――が、クラリッサの性的曖昧さを生き延びさせるための社会的な形式となった。それは夫が女を妻として愛し、妻のなかに閉じ込める愛情、女に妻という役割以外のものを要求しない愛情、女に妻以外の性の可能性を想像しない愛情である。クラリッサは、リチャードがその制度の〈沈黙の契約〉を体現している人物であったからこそ、彼と結婚したのではないか。エリザベス・エイベルは「クラリッサがピーターを拒否して、要求度が少ないリチャード・ダロウェイを選んだのは、サリーへの思い出を育む自分の心の一部を守ろうとしたためだ」と述べている（418）。しかしリチャードとの結婚によって保存されたのは、サリーへの個別的な思い出だけではなく、クラリッサの性的曖昧さの全領域だったのだろう。しかし同時にその結婚制度は、性的曖昧さを曖昧さのままに留めおくものでもあった。クラリッサはミス・キルマンのように、あるいは『幕間』のラ・ツロウブのように、経済的・社会的に自立して、自分の欲望をレズビアニズムに統合していくことはできない。一つには彼女の階級意識のために、もう一つには、おそらくレズビアニズムという規定的な言語に纏めあげられることを拒絶している彼女のセクシュアリティの名づけなさのために。クラリッサは一方で、「少女ではない一人前の女の魅力に抗しきれない」(*Mrs.* 26)感性を持っており、他方で「めったに会うことがなく、会っても冷淡で敵意があるように見える」ブルートン令夫人とのあいだにも、「女同士の仲間意識」(93)をはっきりと形成している。彼女の階級意識と、「レズビアン連続体」(Rich)ともいうべき彼女の不定型のセクシュアリティは、リチャードとの結婚という制度によって「支え」を与えられた。

前述したように、リチャードは一度、彼女に「君を愛している」と言いそうになった。その言葉は、結婚後二〇数年を経た夫が妻に与える喜ばしい愛の告白と解釈されるかもしれない。だが「君を愛している」という言葉は、ピーターとのあいだに訪れるかもしれないとクラリッサが恐怖した関係——いずれお互いのことを「調べあげる」こと——へと繫がっていく可能性を秘めたものである。その告白は、異性愛の家族制度の〈沈黙の契約〉からの逸脱を暗示する。結局リチャードは、それを言わなかった。そのとき彼は、彼女が「言葉で表現しなくても理解してくれた」と思い込むが、じつは彼女が理解したのは、彼がけっしてそのような告白をしない人間だということではないだろうか。妻のセクシュアリティについては——たとえそれが異性愛の制度を侵犯する女への慕情であっても(性愛的な関係を含むのであれ、含まないものであれ)——沈黙する男であることが、リチャードに、クラリッサの夫としての資格を与えているものである。

したがってウルフのテクストでは、リチャードは沈黙せねばならず、彼の沈黙が、クラリッサの性的アイデンティティの多層性を無傷のまま温存させる。異性愛を強制する制度は、それが強固なものであればあるほど——見せかけであれ、心底からであれ、制度への依存が強ければ強いほど——制度を否定する可能性をあらかじめ排除してしまい、その中心に〈無謬性の信頼〉ともいうべき空白を抱え込む。そして皮肉なことにこの空白は、家庭内のセクシュアリティ以外の可能性に、その棲み家を与えるのである。クラリッサが「望んだ」（*Mrs.* 209）リチャードとの結婚は、彼女の階級意識とセクシュアリティの複雑さに、社会的形式を与えた。異性愛の家族制度を体現する役割を——理由はどうであれ——少なくとも引き受けているリチャードは、〈無謬性の信頼〉がもたらす〈沈黙の契約〉によって、クラリッサの「レズビアン連続体」を温存させた。リチャードは、「上品な男はシェイクスピアのソネットなど読むべきではない。それは鍵穴から盗み聞きするようなものだ」（66）と（公的には）主張する。「聞かない」ことによって、彼はソネットの世界を自分の外部に——しかし逆説的に、自分のすぐ近くに——存在させることになったのである。ちょうどリピンコットのテクストがそうであるように。

　ウルフのリチャードの沈黙は、彼についてのテクストの沈黙であり、彼に関する言表の欠如である。だがこの沈黙こそ、クラリッサのセクシュアリティの曖昧さとそれを支える階級意識の「表現」に文学的形式を与え、その表現の領域を特定化しているものでもある。クラリッサの物語が、「クラリッサ」ではなく、「ミセス・ダロウェイ」と名づけられなければならないのは——さらに言えば、「ミセス・リチャード・ダロウェイ」ではなく、「ミセス・ダロウェイ」と名づけられなければならないのは——クラリッサの夫としてのリチャードが、クラリッサの語りを成立させている、意味に満ちた「消失点」であるからではないだろうか。

　しかし他方、制度のなかの妻であることは、同時にクラリッサを孤独に追いやるものでもある。制度のなかで保持されたセクシュアリティの多層性は、制度によってその現実化を阻まれてもいる。クラリッサはパーティの最中、「どこかに空虚さがある」と呟く。興味深いのは、その空虚さは「心のなかではなく、腕を伸ばすところにある」と彼女が語っていることだ（*Mrs.* 155）。〈沈黙の契約〉は、彼女自身にも沈黙を強いるものである。彼女は内的独白以外では、自分のセクシュアリティの曖昧さを公けに語ることはない。むしろミス・キルマンへの非難に変えて、彼女はそれを否定する。会話ドラマとも言うべきこのテクストでクラリッサが公的に語るのは、ひたすらに表層的な話題のみである。表層的な話題と内面の独白……。クラリッサは、自分の内面を保持することを可能にさせ、同時にそれを自分のなかだけにしまい込ませる制度のなかで、分裂していく。だからクラリッサは、空虚さを語ったその直後に、「突然に」（154）ミス・キルマンのことを思い出す。続く彼女の台詞は、キルマンに対する嫌悪感と親近感の両方を揺れ動くものである。「彼女の敵、キルマン。それは得心のいくもので、現実的なものだ。ああ、クラリッサはいかに彼女を憎んだことか――血の気が多く、偽善的で、堕落している。……クラリッサは彼女を憎んだ、彼女を愛した」（154–55）。クラリッサの孤独とは、自分の複雑なセクシュアリティを保持しつつも、制度的にも、内面的にも、それをはっきりと言表化できないことではないだろうか。これまで指摘してきたクラリッサの「レズビアン連続体」も、彼女の内的独白の端々を繋ぎ合わせて、ようやく解釈したものだ。言表化への抵抗は、彼女を恒常的な宙づりの状態にさせるものである。

それはまたセプティマスの状況でもある。彼の心的不安定さは、一義的には戦争後遺症のせいだと説明されている。しかし彼の精神が乱れるとき、かならず繰り返されるのは、「エヴァンズ、エヴァンズ」という叫びである。彼は戦場では、エヴァンズの「愛情を引きつけ」、「女といるときは内気な」この上官と、「いつも一緒にいる」ことができた(76)。だが今セプティマスがエヴァンズの死を悼むことができるのは、あくまで軍隊という制度の言語によってのみであり、そして彼からエヴァンズを奪ってしまったものも、その制度である。錯乱状態のなかでエヴァンズの幻を見たとき、セプティマスは、「言葉で伝達すること《コミュニケイション》は健康だ、言葉で伝達することは幸福だ、言葉で伝達することは」(82)と叫ぶ。言表不可能性を自殺によって暴力的に解決しようとしたセプティマスと、伝達不可能性を身の内に秘めながら、それを身の内に秘めることができるという状況を選び、その代価として、公的な言表不可能性にゆるやかに疾病していくクラリッサ。

　クラリッサは、「至高の神秘は……ここに一つの部屋があり、向こうにべつの部屋があるということだ。宗教はこれを解決したのか、愛は解決したのだろうか」(112)と問いかける。もしかしたら、こちら側の部屋にはクラリッサが、向こう側の部屋にはセプティマスやミス・キルマンがいるのかもしれない。リピンコットのテクストでは、ミス・キルマンもまた自殺した。『ミセス・ダロウェイ』は、二つの部屋を何とか結びつけようとする試みによって、その「至高の神秘」を解決しようとしたテクストなのではないか。

　ウルフは最初この話を短編として構想し、しかもクラリッサは物語の最後で死ぬプロットを立てていたと言われている。クラリッサは、「大事なことはおしゃべりで囲まれ、衰退し、ぼやけてくる」が、あの男［セプティマス］はこれを死によって「保持した」と語る（163）。なぜなら「死は伝達《コミュニケイト》への試み」だから（163）。ではこのテクストは、ちょうどクラリッサがリチャードとの結婚を選んで、制度の内側で自分のセクシュアリティをかろうじて保持したように、クラリッサを言表可能な臨界点ギリギリのところまで連れていき、その地点で彼女の分身（セプティマス）である「死による伝達」を、「生による伝達」へと変換しようとしているのではないか。たとえそれが暗示性のなかに留まったものであるとしても。

　クラリッサは「何とはなしに自分が、自殺した若い男に良く似ているように思った」という句に続いて、「彼がそれをしたのを嬉しく思った。みんなが生きることを続けているなかで、それを放り出したことを」と語る（165　強調竹村）。最初の「それ」は自殺を意味するとしても、次の「それ」は何を意味するのだろう。「それ」は「死によって伝達された」もの、「大事なこと」――ピーターがクラリッサに語るようにせがんだ「本当のこと」――なのではないか。セプティマスは「それ」を外に放り出し、クラリッサは「それ」を「死による伝達」として受け止めた。だから「時計が鐘を打ち、鉛の弧が宙に消えていった」あと、クラリッサは、「しかし戻らなければならない。みんなのところに行かなければならない。サリーとピーターを見つけなければならない」と呟くのだろう。クラリッサが戻るところは、パーティのなかではあっても、もはや沈黙を強いる制度のなかではなく、彼女の「大事なこと」をもしかしたら語ることができるかもしれないピーターやサリーのところである。こののちテクストは、クラリッサにまつわる彼ら二人の会話を記録したあと、もはや彼女をパーティの群衆のなかには置かずに、故知れぬ恍惚感に襲われているピーターのまえに登場させて、幕を閉じる。

次の日蝕は一九九九年だと、群衆の誰かが言った（そしてリチャード・ダロウェイは、一九九九年なんてずっと先のことだ、あまりに遠いことなので想像すらつかないと思った）。(*Mr.* 112)

＊

ウルフのテクストが、「理解しない」パートナーを選択して〈沈黙〉を選びとった主人公クラリッサが、そのなかで不定型のセクシュアリティを生き延びさせ、かつまたその〈沈黙〉によって恒常的なメランコリーに疾病していき、最後にそこから脱け出る契機をつかむ物語と捉えれば、リピンコットのテクストは、「理解している」パートナーのもとで〈沈黙〉をさらに強制されたリチャードが、〈沈黙〉の構造に苦悩し、そこからの脱出を図ろうとしている物語と解釈することができる。

一九九九年に出版され、リチャードをゲイに設定したリピンコットのテクストには、死が満ち溢れている。このテクストには新しく登場人物が付け加えられるが、そのなかの一人に、リチャードの一歳年下の弟ダンカンがいる。リチャードはダンカンを「崇拝し、それは熱烈なもので、火のような感情で」(*Mr.* 59)、彼とのあいだには、「科学者がきわめて自然と言う」ような、少年時代の二人の性的関係があった(62–63)。だがダンカンは十代の若さで、リチャードがその理由もわからないままに、道具小屋の梁に首をくくって自殺した。もしもウルフのテクストのなかのセプティマスの自殺が、クラリッサに一種の「再生」の契機を与えたのなら、リピンコットのテクストのなかのダンカンの自殺は、リチャードに象徴的な死を与えたと言えるだろう。若さに輝き、「自然でノーマルで」、「完璧な歓びと安らぎと慰め」(63)を与えてくれていた弟との性行為が、「罪」や「おぞましさ」に突然に変わってしまったからだ。爾来リチャードは、ダンカンの喪失とともに、彼自身の喪失に苦しむことになる。

たしかに一〇年前に知り合ったロビーは、ダンカンの喪失をある意味で埋めてくれる恋人ではあった。しかしダンカンの死によってもたらされたリチャードの罪悪感は、もはやロビーとの関係を、ダンカンとのあいだにあったような牧歌的な文脈のなかに置くことはできない。ロビーが妻に、自分たちの関係を暴露する手紙を出すのではないかと恐れ、また事実それがクラリッサの手に渡って、彼女が読んだのちに「理解しています」と語ってくれても、リチャードの罪悪感は消え去ることはない。もしもウルフのテクストのなかのセプティマスの自殺が、それまで隠蔽されていたものをこちらに運んでくる伝達、〈死による伝達〉だとすれば、ダンカンの自殺は、それまで確かに存在していたものを向こうに隠蔽する伝達、いわば〈死をもたらす伝達〉である。

そしてこのことは、リピンコットのテクストのなかで繰り返されるクラリッサの「理解しています」という言葉と反響する。自分のセクシュアリティを「倒錯」としてしか解釈できないリピンコットのリチャードは、クラリッサが「理解しています」という言葉を述べる理由も、彼女が女たちとのあいだに同様の交遊を経験したせいだと推測するだけだ。クラリッサは「それ以上、このことについて話すのを望まず」、たぶんその理由は、「もうロビーに会ってほしくない」せいだと彼は考える(*Mr.* 102

強調竹村）。リチャードの罪意識のなかで、クラリッサの理解の内実は語られずにおかれ、テクストの沈黙のなかに沈んでいく。ちょうどウルフのリチャードが「何も理解しない」ことによって、〈沈黙の契約〉という異性愛制度を体現していたように、リピンコットのクラリッサも、それを「クローゼットのなかのもの」として理解することによって（そうリチャードが推測することによって）、同じく異性愛制度の〈沈黙の契約〉のなかに二人を閉じ込める《クローゼット》。だからリチャードがいかに自分のセクシュアリティを内的独白のなかで明瞭に言表化しようとも、それは、「クローゼットのなかに押し込めるべきもの」としてのセクシュアリティの言表化にすぎず、ダンカンとのあいだでかつて経験した不定型のセクシュアリティを取り戻すことではない。「強いられた沈黙」のなかに閉じ込められた《クローゼッティド》このテクストは、「すべての中心にある空虚」のまわりで、〈苦悩〉の言葉をよどみなく紡ぎだしていくことになる。

一九二五年に発表されたウルフのテクストでは、小説の最後で、クラリッサが自分自身の名づけえぬものへと一歩足を踏み出す予感を与えている。だが時代は皮肉なことに、それ以降急速にそれとは逆の方向――異性愛主義の大規模な伝播と浸透――へと向かっていった。事実他所で述べたように、ウルフは死の直前の著作『幕間』において、セクシュアリティにかなり踏み込んだにもかかわらず、それを明瞭には言表化しえなかった。リピンコットのリチャードの苦悩は、自分自身のセクシュアリティの言表化を試みているにもかかわらず、圧倒的な異性愛主義の言語によって、それを否定的に、また一元的に読み換えられてしまうことに起因するものである。だが一九九九年に書かれたこのテクストは、なんとかしてリチャードの苦悩の物語を、別のものの「始まり」の物語に変えようとする。

小説の最後でリチャードは、ロビーの手をそっと握る。「そのとき、そこに、太陽に照らされて、群衆のなかで、彼はロビーの方を見ずに、瞬時、彼の手を握った」(*Mr.* 215)。ある人はこの最後のシーンを、ゲイとしてのカミングアウトを暗示するものだと解釈するかもしれない。しかしウルフのクラリッサが、既存の名づけを拒否した「何か」に向かう再生を暗示していたように、このシーンは、リチャードのセクシュアリティを同性愛という単一な名づけから解放しようとするものではないか。その証拠に、ロビーの手を握るまえに、もう一方の手でリチャードはクラリッサの手をそっと握り、彼女もそれに応えている。このシーンは、リチャードがクラリッサとの偽りの異性愛の家族関係から、ロビーとの真の同性愛の生活へと移っていくことを暗示しているのではなく、異性愛/同性愛とか、家族制度の内/外とか、偽り/本物という既存の境界を横断する関係へと——いまだに名づけえないセクシュアリティへ、いまだにその形式が定かではない新しい家族関係へと——一歩足を踏み出していることを暗示しているのではないだろうか。

日蝕は二つの天体が一時重なり、空が暗くなって、ふたたび光が少しずつ差し込んでくる現象である。たぶんリピンコットのテクストの日蝕は、ウルフのテクストのセプティマスの死と同様に、リチャードの二度目の死を暗示していると解釈することができる。そしてちょうどウルフのクラリッサがセプティマスという分身の「死による伝達」によって、みずから「選びとった沈黙」から脱していくように、「強制された沈黙」によって直接に太陽の光線を見ることができず、目を塞いで沈黙していたリチャードは、この象徴的な死による伝達によって、新しい名づけへ向かう「始まり」(*Mr.* 215)へと歩を進めたと言えるだろう。

ウルフのテクストとリピンコットのテクストを重ね合わせることによって、両者を、セクシュアリティの沈黙の二つの社会的形態――〈選択した沈黙〉と〈強制された沈黙〉――のテクスト化と読むことができる。両者はともに、結末で主人公に啓示を与えることで、テクストの沈黙の構造を破り、その沈黙から抜け出る可能性を提示した。だが、それがどのようなものになっていくのか――その後の具体的な物語は、二一世紀を迎えた今も、いまだに語られぬままである。

注

(1)　拙論「〈彼女〉はどこから語るのか」と、それに付した文献を参照してほしい。
(2)　*Mrs. Dalloway* は近藤いね子の訳で『ダロウェイ夫人』として訳出されており、日本では一般にこの呼び名が使用されているが、ロビン・リピンコットの *Mr. Dalloway* と比較検討するという本論の意図にそって、ここでは『ミセス・ダロウェイ』と表記する。
(3)　『ミセス・ダロウェイ』の翻案には、その前年に同様に合衆国で出版され、ピューリツァー賞、PENフォークナー賞などを受賞したマイケル・カニンガムの *The Hours* (Farrar, Straus & Giroux, 1998［『THE HOURS――めぐりあう時間たち　三人のダロウェイ夫人』高橋和久訳、集英社、二〇〇三年］）があるが、こちらはウルフと新しく案出した二人の女の登場人物を中心に物語が進むので、本論では『ミスター・ダロウェイ』を取り上げる。

参考文献

Abel, Elizabeth. "Narrative Structure(s) and Female Development: The Case of *Mrs Dalloway*." Ed. Elizabeth Abel, Marianne Hirsh, Elizabeth Lanland. *The Voyage In: Fictions of Female Development*. Hanover: UP of New England, 1983. 161–85; 336–40. Rpt. in *Virginia Woolf: Critical Assessments*, vol. III. Ed. Eleanor McNees. London: Helm Information, 1944. 412–34.

Fassler, Barbara. "Theories of Homosexuality as Sources of Bloomsbury's Androgyny." *Signs* 5–2 (Winter 1979): 237–51.

Lippincott, Robin. *Mr. Dalloway*. Louisville: Sarabande Books, 1999.

Marcherey, Pierre. *A Theory of Literary Production*. 1966. Trans. Geoffrey Wall. London: Routledge & Kegan Paul, 1978.

Rich, Adrienne. "Compulsory Heterosexuality and Lesbian Existence." *Signs* 5–4 (Summer 1980): 631–60.

Rosenman, Ellen Bayuk. "Sexual Identity and *A Room of One's Own*." *Signs* 14–3 (Spring 1989): 634–50.

Woolf, Virginia. *Mrs. Dalloway* 1925. London: The Hogarth Press, 1990.(ヴァージニア・ウルフ『ダロウェイ夫人』近藤いね子訳、みすず書房、一九七六年)

——. *A Room of One's Own*. London: The Hogarth Press, 1929.(ヴァージニア・ウルフ『自分だけの部屋』川本静子訳、みすず書房、一九八八年)

竹村和子「〈彼女〉はどこから語るのか——ヴァージニア・ウルフの遺言」『現代思想』二五巻一三号、青土社、一九九七年、六八—八二頁。

〈コラム〉気が滅入る作家
——ヘミングウェイと志賀直哉

もちろんヘミングウェイより嫌いな作家はたくさんいるし、苦手な作家もたくさんいる。けれどもヘミングウェイほど気の滅入る作家はいない。思えば子どもの頃からそうだった。学校で『老人と海』を読んだ記憶がある。教科書に載っていたのか、夏休みの指定図書だったのか。いずれにしろ、なぜこのような話を子どもに読ませるのだろう、と当時もいぶかしく思った。近づくと、巧みに隠された呪詛の淵に引きずり込まれそうな気がした。教師が語る人生訓とはちがう匂いがした。

八〇年代の半ば、ロバート・スコールズが文学理論のど真ん中にヘミングウェイを置いた。まさに脱構築的手法で語られる、しかし反・脱構築をめざした批評だった。スコールズは、詩的に高められたヘミングウェイの「言語の儀式」に対して「批評的」に抵抗し、モダニズムの、ひいては当時非政治的とみなされていた脱構築の、政治と倫理の乖離を暴こうとした。脱構築に魅了されつつ「テクストの権力」に目を向け始めていたわたしは、喜んでそれに飛びついた。しかし不思議なことに、若い頃に感じていた疎ましさが、文学理論のなかで脱色され、読みの挑戦は残されても、読みの磁場は（たとえそれが不安と苛立ちに満ちたものであれ）失われてしまうような気がした。

ちょうど同じ頃、それまで封印されていた作品が出版され、彼のクィアネスが言挙げされるようになった。彼の作品にまとわりついていた胡散臭さが、これで払拭されるかと期待した。だがなおもわたしの鬱気は消えなかった。脱構築もイデオロギー批評もクィア理論も、それなりの糸口を与えてくれた。しかしそれらはすべて頭のなかの出来事にすぎず、心にすとんと落ちてはこなかった。依然としてヘミングウェイの作品は、近づくと、その毒気に当てられるテクストだった。

その理由は……、おそらく長い話になるだろう。しかしとりあえず理由を探そうとして、同じく若い頃から、静謐な文体と思いつつも好きになれず、そればかりか居心地悪くさせられていた志賀直哉の名前が、ふと浮かんだ。もとより二人の作家に対する印象は、当初より隔たっていた。一方は、米国からヨーロッパ、アフリカ、カリブ海までテクストの地勢を拡げ、戦争・革命・闘牛・釣り・狩猟とざわめき立つ背景のなかで物語を進めている。他方は国内でこそ、尾道・城の崎・京都・東京・我孫子と移動するが、その風景はひたすら内へと沈みこむ私小説的な作家である。存命中に高い評価を得たのは双方同じだが、一方はノーベル賞受賞後、数年も経たないうちに衝撃的な猟銃自殺をし、他方は芸術院会員となり文化勲章も受けたあと、さらに二〇余年を文壇の大御所として悠々と過ごし、八八歳で大往生した。この二人を結びつけようとは、今まで夢にも思わなかった。

しかしこれらの違いはほんの外側のことにすぎず、読後に感じた不快、不安、怯臆の感覚には相通じるものがあることを、今回読み直してあらためて知った。わたしが感じ取ったものを一言で言えば、歴史の変動期に生を受け、慣習に頼ることができずに内面を素のままで立ち上げざるを得ない過敏さを、求道的ともいえる言語へのこだわりのなかで馴致しようとする彼らの痛ましさ、またそこに見え隠れする厚顔さ・狡さである。

いやそもそも、彼らに内面などなかった。正確に言えば、内面を支える形式を欠いていた。二人とも、期せずして前世紀の変わり目に誕生した作家で、時代風土においても、個人的体験においても、己をそこに照射させるはずの、彼らの「父なるもの」が歪んでいた。頼るべき形式を持たぬ内面は、暴れだし、溢れだす。神経症とも診断されるほどの鋭敏さ・脆弱さは、暴力的な自己破綻の危機に、つねに晒されている。だから彼らは一所に落ち着けず、実際にも、比喩的にも、居を次々と変えていく。国境を渡り、結婚と離婚を繰り返すヘミングウェイはむろんのこと、志賀直哉も転居を二〇数回繰り返した。あたかも女や土地が彼らにかりそめの形式を与えるかのごとく。

けれども彼らが己の崩壊に恐怖して、自己を支える主たる手段としたのは言語だった。いや形式は言語的に構築されるのなら、彼ら自身の新しい言語を作る以外、彼らには自分を救う道はなかったろう。しかし無定形に溢れでる内面は、自己制御の言語によって、表出されるというよりも、押さえ込まれた。古い形式を打ち破る新しい形式は、新しさゆえの猥雑さを持ちえなかった。むしろ克己的ともいえる言葉の洗練のなかで、狂気すれすれの鋭敏さと、それに隣り合わせの不遜さは韜晦された。そして半ば無意識に、半ば確信犯的に置き去りにされたのは、彼らの臆病さである。葛藤は内向きの美にすりかわり、美はいつしか倫理へと昇格する。かくして倫理は、ときおり狂気と怯懦の崇高な棲処となる。

　とはいえ、彼らが己のアナーキーな混沌に目を背けたわけではない。むしろ執拗にそこに立ち戻る。しかし立ち戻って混沌を分節化しようとするそのときに（分節化は狂気から身を引き剥がす手段である）、彼らは己の内部を静物画のような出来事に変えてしまう。そして珠玉のような静逸さを抑制された筆致で生みだすことには渾身の力を振り向けても、そこに点描として書きこまれるオブジェの歴史的含意には、いたって無関心である。あるいは無関心を装って、切り詰めた表現のなかに閉じ込める。インディアンや黒人、山の手意識や中国人……、そして妻や女。

　無防備とも思われるそのような描写は、ポストコロニアリズムでもフェミニズムでも、マルクス主義でもクィア理論でも読み解くことができるし、読み解くべきである。しかしまたしても残余としてテクストの底に沈むのは、混沌たる己の内面を制御しようとして、言語を突き詰める創造者がときおり陥る美的緊張の罠である。分節化は狂気から身を引き剥がす手段だと、先程述べた。しかし分節化は、狂気の気配を狂気そのものにも変える。だから彼らは、自らを切り裂く鋭敏さを、対象への透徹な凝視という洗練にかえて、魑魅魍魎を封じ込める。しかしその臆病さは、創造者の死を意味する——と彼らこそ知っていたのではないか。「死」が観念的にも現実的にも、二人のテクストに憑きまとっているのは宜なることだ。

　ヘミングウェイの自死と志賀直哉の大往生という晩年の相違は、もしかしたら米国は戦争に勝ち続け、日本は敗戦によって「死」を経験したせいかもしれない。父なるものの形式を根底から失った戦後日本では、志賀直哉の煩悶は社会のなかで共有され、希釈された。だがヘミングウェイの場合は、偶像化される彼個人のなかで、ますますその緊張の糸を張るしかなかった。『老人と海』はその意味で、悲劇的な美的達成だと言えるかもしれない。

彼の作品を読んで感じる憂鬱さは、言語に活路を求め、石に刻むように言語世界を構築しようとする者が、逆にそれによって自己欺瞞に嵌ってしまう、その無惨さのような気がする。ヘミングウェイの作品には、父なるものを欠いた文学好きの臆病な子どもを、それが何かわからないまま怯えさせる何かがあったのではないか。

III

第6章　〈テロリストの身体〉のその後
——『カサマシマ公爵夫人』の終わり方

近代テロリストの誕生

ヘンリー・ジェイムズが『カサマシマ公爵夫人』（以下『公爵夫人』と表記）を出版した一八八六年に、奇しくも米国で無差別テロの初事例、ヘイマーケット虐殺が起こった。近代テロリズムは一八七〇年代に結成されたロシアのテロ組織「人民の意志」あたりから始まったと言われている。この組織の標的はアレクサンドル二世だったが、彼の暗殺（一八八一年）までの爆破襲撃によって多数の死傷者を出し、その結果、解放の大義を掲げる組織がもたらす大量殺傷への恐怖が生まれ、この恐怖を利用する暴力行為（テロリズム）がまたたくまに伝播した。

『公爵夫人』発表の最初の媒体が一八八五年から翌年にかけての『アトランティック・マンスリー』誌だったことを思えば、米国においては、ジェイムズのテロリスト小説のほうが現実のテロ事件のまえに公刊されたことになり、またそれだけにジェイムズはいち早く、社会的存在としてのテロリストの重大さを感じ取っていたと言えるだろう。事実、『公爵夫人』以前に発表された無政府主義者についての小説はドストエフスキーの『悪霊』（一八七三年）だが、ここでは哲学的考察のほうに重点が置かれ、他方、テロリストを取り巻く人間模様を描いたジョセフ・コンラッドの『密偵』の出版は、『公爵夫人』より二〇余年後の一九〇七年であった。

とはいえ『公爵夫人』は、ジェイムズの他の中期作品と同様に出版時には評判が悪く、批評家の注目を得るのは、ライオネル・トリリングの『リベラル・イマジネーション』（一九五〇年）以降のことで、よく論じられるようになったのは一九八〇年代になってからである。たしかに作品タイトルは、物語中ほぼ一貫して登場するテロリストの青年ハイアシンスの名ではなく、テロリストの標的である有産階級の女の名であり、また作品の諸処には、一見してテロリズムに還元できないような人間関係が書き込まれている。文学形式の上でも、この時期に作者がめざした自然主義手法とロマンティックな人物造型との齟齬が問題にされてきた。

しかし近代テロリストは、そもそも予測可能な現実を裏切ることでその役目を完遂できる者であり、ジョン・カルロス・ロウの言葉を借りれば、ジェイムズは「リアリズムの通例の物語内部に攪乱を起こし」（Rowe 186）、それによって、現存のイデオロギーを反映するリアリズムの境界を押し広げようとしたと考えられる。別様に言えば、公式的なテロリスト物語と異なるこの作品は、過去一世紀にわたってテロリストの内実を隠蔽してきた社会の無意識を、まさに近代テロリスト誕生の時期に、皮肉なことに描出しようとしたと言えるかもしれない。社会の無意識とは、他者の身体に暴力をふるう（という恐怖を与える）テロリスト自身の身体はいかなるものか、またテロ実行をやめたテロリストの身体はいかなるものか、という問いである。

brotherhood に誘惑される身体

テロリズムは突風のようにおこなわれ、かならず成功しなければならない。なぜならテロリズムは、すでになされた暴力への恐怖のみならず、いつ起こるかもしれぬ未来の暴力への恐怖を掻き立てるものであるからだ（Derrida 96）。したがってテロリストは検挙されてはならず、暴力行為の後すぐさま大衆のなかに紛れる必要がある。あるいは成功への高い要求も加わって、テロリズムはすべてその本質において、自爆テロの性質を備えているとも言えるだろう。テロリストは、作中のハイアシンスのように、「自分の皮膚が血に塗《まみ》れるのを恐れない者――自分の大事な骨を賭する者」（5: 359）[1]である。それゆえ「命を捧げる」という「きわめて厳粛な誓いを立てた」（6: 45）同志の間には固い結束が存在する。「同志」（colleagues）が「同胞」（brothers）と言い換えられているように、テロリストの間には家族と見まごうばかりの、いや家族よりも強い絆が結ばれる。

ウェンディ・グレアムはジェイムズのセクシュアリティ表象を扱った *Henry James's Thwarted Love* のなかで、ジェイムズは同性愛を書き込みつつ、それを無政府主義者というロマンティックなイメージのなかに韜晦したと論じている。たしかにハイアシンスは、その希有な名前からも、少年愛を連想させる。ギリシア神話の美少年ヒュアキントスがアポロンを慕ったように、ハイアシンスも、一介の製本工であった彼を政治の世界に導いた革命家ポール・ミュニメントを「偉大な人物」と呼び、「友情は愛情よりも純粋な感情で、自分たち二人の間には計り知れない情愛があると……感じると幸福になる」(6: 219) と語る。友情とホモエロティックな情愛を揺れ動くジェイムズの記述を、グレアムは、ホモエロティシズムに惹かれつつも、ワイルド裁判(一八九五年)を初めとして当時英国に台頭してきた同性愛嫌悪の風潮を内面化したものと解釈する。しかし見方を変えれば、テロリストの「忌むべき秘密の同胞団 (brotherhood)」(6: 247) こそ、ホモエロティシズムと友情を操作して、秘密の「結束 (brotherhood)」を固めているものである。

したがって大義のための「手先となる若造」(6: 247) は、これまで身を置いていた親密関係 (family) を捨てて、新たな親密関係 (brotherhood) に入ることになり、そこで命を賭す宣誓をした「若造」は、同志から「わたしの子ども」と呼びかけられる (5: 362)。実際ハイアシンスは「背が低く、成長しておらず、強そうでなく、骨は小さく、胸は狭く……からだ全体も子どものように華奢だった」(5: 78) と表現され、全編をつうじてたびたび「小さく可愛い (little) 製本工」と呼ばれている。新たな親密関係は、けっして字義通りの平等な「友愛の絆 (brotherhood)」ではなく、じつは謀略の内容にどこまで近づけるかという内密の知の階層にしたがって序列化され、細胞化されている「結社 (societies)」(5: 180) である。「結社」という言葉が、ハイアシンスの保護者を任じていてテロ集団に否定的なミスター・ヴェッチによって使われているのは示唆的だ。そして知を最終的に専有するテロの首謀者は、その権力の絶対性のゆえに、限られた者の前にしか姿を現さない。テクストでも「本物の男」(5: 362) であるホッフェンダールは、その名を語られるだけで、現実の姿は描写されない。

他方、知から遠ざけられ、大義を実行するだけの末端の「手先」は、暴力行為という〈男性的〉所業をおこなうにもかかわらず、結社内部の厳格な序列と、誓いへの絶対的服従のゆえに、〈女性化〉された存在になる。しかし「犠牲の子羊」(5: 362) となる代価として、「手先」になりえた者はエロティックな友愛を享受することができる。ハイアシンスは「本物の男」に会うことを許され、そこに行く道中の馬車のなかで、敬愛するポールから「その力強い腕を体に巻き付けられ、無言の感謝の印のように、ずっとしっかりと抱いて」(5: 362) もらえるのだ。彼はまさに「秘密の」領域のなかで、彼自身の身体を同志の男にゆだねたのである。だが彼の身体がその私的領域で真に価値あるものとなるのは、彼が公的領域のなかで彼自身の身体を晒すときである。それは限りなく、彼自身の「死」を意味する。もしもジェイムズがこの作品にホモエロティシズムを忍ばせたのなら、それは、秘密結社において同志と認められた青年が経験する、自分自身の死と双曲線をなして高まる友愛のエロティシズムではないか。換言すれば、テロの実行者の身体は、テロをおこなう以前に、すでに異性愛システムを攪乱する身体となっていると言えるだろう。ちょうど三島由紀夫が、日本のテロリスト小説『奔馬』(一九六九年) で描いているように。

しかしそれが「錯覚」であること、またその錯覚を操作するのがテロ集団の意図であることを、ジェイムズの懐疑は見抜いていた。バーバラ・アーネット・メルキオーリが指摘するように、この小説の転換点は、おそらく第二部の最後に置かれたこのハイアシンスの誓いの場面である（Melchiori）。ハイアシンスはこの章で新しい親密関係への入会を果たしたが、それが錯覚かもしれないことを、同章の最後で気づき始める。ポールに抱きしめられて、「ハイアシンスは嬉しく思ったが、やがてこれは、自分が後で考えて気弱になるのをおそれて、自分を確保しておこうとする［ポールの］本能の現れではないかと疑い始めた」（5: 363）。逆に言えば、この小説の後半は、そのような疑いの芽をもったハイアシンスが、なおもテロリストの身体であり続けることができるかどうかを書くために、カサマシマ公爵夫人を必要としたと解釈できる。

破綻した親密関係を描く文体

ホモエロティシズムを操作して「大義」をまっとうしようとするのは、テロ集団のみではない。むしろテロ集団から狙われる「体制」それ自身も、ホモエロティシズムを隠蔽しつつ結束を固める男たちの集団である。したがって真に革命的なことは、このホモソーシャルなシステムそのものを攪乱していくことである。

女性蔑視を片方で擁するホモソーシャルなシステムに、まずは夫との別居というかたちで抵抗したカサマシマ公爵夫人だが、彼女が熱意を向ける相手が「小さく可愛い製本工」であるのは宜なることだ。彼女は「下層階級や、民主主義の台頭や、思想の伝播について」（5: 203）大衆と語りたいと願っているが、彼女が初めから——そして結局はつねに——選んでいたのは、性の対象として以外「女など眼中にない」(6: 48) ポール・ミュニメントではなく、ディレッタントのショルトー大尉が「手に入れたがっている」(5: 190) と一瞬でもその連れのミリセントに思わせるような、アンドロギュノス的なハイアシンスである。このセクシュアリティの揺らぎに加えて、英国人貴族の父を殺したフランス人平民の母をもつハイアシンスの身体は、本国人と他国人、貴族と下層階級のハイブリッドでもある。ハイアシンスは、大人と子ども、本国人と他国人、支配層と被支配層、男と女、異性愛と同性愛の境界を渡るクィアな存在だ。公爵夫人は「奇妙な (queer) 人物に会うのを好んでいる」(6: 234) と語られるが、そのような公爵夫人の欲望は、ジェフォリー・A・クライマーが指摘するように、「『階級異装』のジャンルの到来を予見するものである」(Clymer 78)。加えて前述のように、階級のみならず、国も年齢も性もセクシュアリティも横断するハイアシンスの「異装の身体」は、社会がその上に書き込む二項対立的な社会的意味を、なし崩しにしていく。事実ハイアシンスの幼なじみのミリセントは、何年かぶりで彼に出会ったとき、彼の風貌が「極度に『風変わりな』(rum)」(5: 77) ことに強烈な印象を受けた。

いやそもそもハイアシンスには、規範的身体を再生産する近代的な親族関係もなかった。もともと彼には、秘密結社に入るために捨てなければならない家族の絆はなく、「[彼と同様に] 親族のいない」(5: 10) ミス・ピンセントと生涯独身のミスター・ヴェッチとの間に、ゆるやかな拡大家族というべきものを作っていただけだった。この彼の規範的親密圏の希薄さが、彼をテロリストたちの同胞的な親密圏へといち早く向かわせたものだが、それはまた、彼と過ごす時間が多くなるカサマシマ公爵夫人を、徐々に単なる気まぐれの革命シンパではなく、現実的な体制攪乱のエイジェントにしていく。実際彼女は、「みすぼらしく貧相で四流の」(6: 175) 住居に移り、彼女を取り巻く装具を変えていく。ハイアシンスへの欲望は、公爵夫人の私的領域を変容させていったのだ。

他方ハイアシンスもまた、自分が入会したテロリストの親密圏が、じつは支配階級と同じ階層システムを有していることに気づき始める。彼は「彼［ポール・ミュニメント］が、彼自身の目的のために若い仲間をホッフェンダールに紹介し、ホッフェンダールはこの推薦のゆえにポールを身内と認め、そしてすべてが決定したのではないか」(6: 138) と疑い始める。ハイアシンスも徐々に、新しく獲得したテロリストの身体から抜け出ようとしているのである。しかし「友情」を身にまとい、それを「宗教」(6: 141) にまで高めているハイアシンスは、自力でそこから抜け出すことはできない。むしろ彼にそこからの脱却を促すのは、カサマシマ公爵夫人の欲望であり、それに応えて二人が作りはじめる「見慣れぬ (strange)」(5: 265) 親密圏だ。

ショーペンハウアーを語る製本工／革命を願う公爵夫人、貴族の父とフランス人平民の母をもつ青年／貧乏な両親によって貴族と結婚させられた国籍離脱者の女、女のような容貌の男／男まさりの意志をもつ女……。二人は、時代の制限はあるにせよ、またロマンティックに潤色されているにせよ、通常の階級間ロマンスとは異質の、見慣れぬ親密圏を形成していく。二人が同じ家で寝起きしていても、「もっとも高邁で、異常なほど体面を気にするマダム・グランドーニでさえ、愛想尽かしをしない」(6: 411) ほどに、二人の関係は単なる階級間の異性愛に回収できるものではない。
テロリストの親密圏のなかでテロリストの身体を獲得した者にとって、テロ集団を離脱することは容易ではない。残された道は、テロリストか脱テロリストかという選択ではなく、別の形のテロリスト、テロリストの身体ではないテロリスト的身体になることではないだろうか。それは、その身体の「奇妙さ」に他者がおびえる身体——その身体の形象が、恐怖や嫌悪あるいは戦慄的な魅惑を与えるような身体——である。もちろんハイアシンスが、意図的にこれを構築しているわけではない。ハイアシンスも公爵夫人も意図せざるままに形成していくこの奇妙な親密性が、彼の外国旅行と相俟って、彼からテロリストの身体の拘束を緩め、それとともに新しい何ものかとして、彼の別の身体が立ち上がってくるのではないか。

だが公爵夫人の場合で言えば、ハイアシンスとの関係は砂上の楼閣でしかなかった。質素な生活に移ったとはいえ、経済的には夫に依存しており、手当を止められれば「一文なしになって、夫のもとに戻らざるをえない」(6: 412) からだ。公爵からの送金打ち切りの脅しを伝えるのが、公爵の階級を憎んでいたはずの革命家ポール・ミュニメントであるのは皮肉だが、前述したように、ホモソーシャルなテロ集団で地位を固めているポールは、女性蔑視という点で、公爵とそう遠いところにいるわけではない。事実、公爵は、ポールと妻の遠出の場面に行き合わせ、彼に嫉妬の怒りを募らせたが、それは所詮、イヴ・K・セジウィックが言うように、女を蔑視したままで男たちが競い合うホモソーシャリティの典型的な例に過ぎない。だからこそ、公爵夫人を〈交換〉することで、支配階級と革命家はいとも簡単に和解したのである。

逆に公爵の嫉妬の場面に出あわせ、ポールと公爵夫人が外出から戻り一緒に家に入るのを目撃したハイアシンスのほうが、公爵よりも決定的な打撃を受けた。彼はポールとは異なり、公爵とコミュニケーションをおこなわず、「彼女が自分を捨てた、永遠に捨てた」と思い込み、「自分はもう過去の人間で、輪郭もなくなり、消滅した」(6: 418) と絶望する。以前大義のために命を捧げようとしたときには、彼は自分の「輪郭がなくなり、消滅した」とは思わなかった。なぜなら、たとえテロの実行で命を失っても、彼は殉教者として友愛の同志たちのなかで生き続けられるからだ。彼の所行は、体制側には恐怖と嫌悪を込められて、同胞たちには崇高な殉教者として、記録・記憶される。体制側とテロ集団は、双方の敵対意識がどれほど熾烈なものであろうとも、恐怖というメディアをとおしてコミュニケーションをおこなう同一位相上の二項である。だがハイアシンスが公爵夫人と作り始めた親密関係は、「奇妙」で「風変わり」で「見慣れぬ」ものであるがゆえに、それが壊れたとき、それを記述する言語はどこにもない。

ハイアシンスは自殺する理由を、もしも貴族の標的を殺したら、貴族の父を殺した母と同じになり、「忘れられ贖われたはずの母の汚点をふたたび人目に晒すこと」(6: 419) となると説明する。思えば、平民の他国人女性による貴族の愛人の殺害は、「体制」反逆的な行為であり、もしも彼女に同志がいて、これが政治化されれば、それはテロリズムにもなりえたものである。実際彼女の仕業は、驚愕や嫌悪を巻き起こした。しかし彼女に同胞はおらず、その行為はすぐに「体制」の法によって裁かれ、刑罰によって「贖われ、忘れられた」。そうではあっても、前述のハイアシンスの理由づけは、これまで「自分に家族はない」(5: 223)と語り、「体制」の転覆(要人暗殺を含む)を望んでいた彼としては、いかにも唐突である。しかしテロ集団と「体制」の相同性を感得していた彼にとって、要人の暗殺はもはや革命的意味をもたず、公爵夫人とのまだ見ぬ関係の可能性のほうが潰えた今、その身体を存在させておく、どのような理由もなくなったにちがいない。彼は命を絶ち、結果的に、暴力的なテロ行為は回避された。しかし彼の自殺は、彼自身の別様の生、また公爵夫人の別様の生、ひいては社会の別様の生を言説化できたかもしれない可能性を、ふたたび閉じてしまうものとなった。

もしもカサマシマ公爵夫人が真に自由に行動できる環境にあれば、ハイアシンスの悲劇は救えたかもしれないし、ハイアシンスとともに、カサマシマ公爵夫人もまた新しい身体を獲得できたかもしれない。ジェイムズはもう一人、自由闊達な女を登場させている。ハイアシンスの幼なじみミリセントである。堂々とした大柄の体躯と、自ら運命を切り拓く積極的姿勢をもったミリセントは、小柄なハイアシンスが「極度に『風変わりな』」ことに、むしろ興を覚える〈新しい女〉である。ハイアシンスを愛しつつ、ショルトー大尉とも恋の戯れを楽しむ彼女は、男たちの絆を粉砕する活力を感じさせる。だがショルトー大尉との戯れのせいで、物語の結末でハイアシンスを救う機会を逸したように、彼女の潜勢的な革命力は描かれつつも、プロットのなかでリアリスティックに発展させられることはなかった。

ハイアシンスの母親、カサマシマ公爵夫人、ミリセント、そして、公爵夫人と女の友情を結ぶマダム・グランドーニとレイディ・オーローラ。公爵夫人を挟んで前後に繋がる彼女たちの連続体は、テロリストの身体をテロリストから引き剥がし、別のテロリストの——暴力的ではないが、恐怖と嫌悪と、そしてときに戦慄的な魅惑をもたらすテロリストの身体——を作りえるものであったかもしれない。しかしそれは一八八〇年代には時期尚早であり、同時期のジェイムズの「ボストンの人々」と同様に、その失敗の軌跡を、ゾラ流の自然主義文体で描くことだけが、いまだに言説化しえない未来を予見する唯一の方法だったのだろう。テロリストの「その後」を描く〈失敗〉の物語は、ミリセントのモデル然とした立ち姿と、ハイアシンスの自殺、そしてカサマシマ公爵夫人の慟哭で、適切にその幕を閉じるのである。

註

（1）テクストはNew York Edition, vol. 5とvol. 6を使った。引用箇所の巻番号は頁数の前に記載している。

引用・参考文献

Clymer, Jeffory A. *America's Culture of Terrorism: Violence, Capitalism, and the Written Word*. Chapel Hill: U of North Carolina P, 2003.

Derrida, Jacques and Anne Dufourmantelle. "Autoimmunity: Real and Symbolic Suicides—A Dialogue with Jacques Derrida." Giovanna Borradori. *Philosophy in a Time of Terror: Dialogues with Jurgen Habermas and Jacques Derrida*.

Chicago and London: The U of Chicago P, 2003.
Graham, Wendy. *Henry James's Thwarted Love*. Stanford, CA: Stanford UP, 1999.
James, Henry *The Princess Casamassima*. 1886. *The Novels and Tales of Henry James*. Vols. 5 & 6. New York: Charles Scribner's Son, 1936.
Melchiori, Barbara Arnett. *Terrorism in the Late Victorian Novel*. London: Croom Helm, 1985.
Rowe, John Carlos. *The Theoretical Dimensions of Henry James*. Madison: U of Wisconsin P, 1984.
Sedgwick, Eve Kosofsky. *Between Men: English Literature and Male Homosocial Desire*. New York: Columbia UP, 1985.
（イヴ・コゾフスキー・セジウィック『男同士の絆——イギリス文学とホモソーシャルな欲望』上原早苗・亀澤美由紀訳、名古屋大学出版会、二〇〇一年）

第7章　「戦場」としての身体
――グローリア・アンザルデュアにおける読むことができないことの未来

……差異とは、死の投網のような命名作業が、命名しないことへのまさに第一歩となることであり、彼が巧みに目を塞いで不可視にしておいたものを可視のものとする手段になることだ。……出発点と到着点を絶え間なく変更し、輪郭を明らかにするのでなく、輪郭を崩すことを望んで、進み、取り消し、引き返す。線が現れ、カーブが現れ、その総体はつねに代わる。屈せずに先へ進めば進むほど、さらに疑いに取り巻かれてしまう。

――トリン・T・ミンハ『女性・ネイティヴ・他者』

〈語ること〉と〈読むこと〉

グローリア・アンザルデュアの著作『ボーダーランズ／ラ・フロンテラ』（一九八七年）を手にした人は、一瞬、驚きやとまどいを感じることだろう。冒頭の「序文」にこそ、イタリック体で記されたスペイン語の語句は四つしか含まれていないが、そのあとの「目次」では、章や節のタイトルの半数以上がスペイン語で書かれており、本文では、語句のレベルでも、段落のレベルでも、また詩の挿入においても、イタリック体が頻出しているからだ。もっとも本のタイトル自体が、英語「ボーダーランズ」とスペイン語の「ラ・フロンテラ」の併記であり、そもそも本書の読者は、二言語表記を受け入れる人々、あるいは二言語表記だからこそ本書を手にする人々かもしれない。たしかに二〇世紀後半以降の米国ではスペイン語も話したり、スペイン語しか話さないヒスパニック系の人口が増大しており、行政区分で公用語の一つにスペイン語が採択されたり、サービス業でスペイン語を併用する試みが進められている[1]。

　では本書は、スペイン語が「わかる」人たちだけに向けて書かれたものだろうか。それならば、なぜ英語とスペイン語が併記されているのか。またここに登場するスペイン語は、「正統な」スペイン語、あるいは米国で使われている「単一の」スペイン語方言なのだろうか。本書のなかでアンザルデュアは、「わたしたちは複合的で異種混淆的な人間であり、わたしたちは多くの言語を語る」（*Borderlands* 55）と述べ、そのいくつかだけで次の八つがあると言う。すなわち、「一・標準英語、二・労働者階級のスラングの英語、三・標準スペイン語、四・標準メキシコ系スペイン語、五・北部メキシコ系スペイン語方言、六・チカーノのスペイン語（テキサス、ニューメキシコ、アリゾナ、カリフォルニアのそれぞれで違う）、七・テクス＝メクス［訳注　テキサスで話されるメキシコ系スペイン語］、八・カロ［訳注　米国南西部の若者言葉］」（55）である。

　ここで言語の面にこだわり、彼／女たちの使用言語のリスト（の一部）を引用したのは、狭い意味での言語だけを問題にするためではない。前記のリストがいみじくも明らかにしているように、言語は階級や場所や文化や歴史が畳み込まれた場所であり、言語の複数性は、現実の輻輳《ふくそう》性を如実に示すと思われるからだ。アンザルデュア自身、「わたしたちが声を所有するとき、どの声を使って（ダイク、チカーナ、教授、主人）、どの声で（一人称、三人称、公用語）、どの語で（黒人英語、テクス゠メクス、スペイン語、現地語、学術語）かを選ばなければならない」と言う（*Making Face, Making Soul* xxiii）。しかし他方で、その輻輳的な現実を複数の言語で描出しようとする語りは、それを読む人を混乱させ、むしろその語り自体を読めなくさせる。

そもそも語りは、作者の個別的な声をとおして、個別的な経験と記憶に裏打ちされて語られるものであるが、作者から読者への伝達は、歴史的につくられた想像的共約性を介して以外では成り立たない。しかし、作者と読者のあいだに推定されている想像的共約性もまた、皮肉なことに、その共約性を構成しているはずの言語それ自身がもつ再゠現前性《リ゠プレゼンタティヴィティ》と行為遂行性《パフォーマティヴィティ》によって、つねに掘り崩されていく。他方「作者」とは一体誰かと考えると、「作者」といえども、それは、そもそも言語によって媒介されている虚構であって、実質的な個別性をそなえた事実ではないと反論しうるかもしれない。けれども、その虚構は、その「作者」に偶発的に引き寄せられる個別の回路（群）をとおして構築されていくものである。したがって極端に言えば、一方で語りはすべて、偶発的な個別性に依拠した「独白」であり、あるいは「自伝」であると言うことができるが、他方で、かりにそのような語りが読まれうるなら、そこには、その読みを裏書きする言説の準拠枠――言説群を取りしきる権威――が存在していなければならないことになる。個々の言説は、その準拠枠に参照されることによって、すなわち言語の集合的権威に従属することによって、それ自身の表象可能性《リプレゼンタティヴィティ》を獲得している。いわば個々の語りの表象可能性は、語りの作者《オーサー》と同時に、言語の権威《オーソリティ》にも求められることになる。

それでは、語りが本来有しているはずの個別性〈わたし〉と、語りが読まれる――語りが成立する――さいに不可欠な集合性〈わたしたち〉のあいだの拮抗は、どのように調停あるいは止揚することができるだろうか。とくにその語りが、言語の集合的権威に異議を申し立てているときには。あるいはそもそも、語ることと読むことを挟んで生じている個別的な〈わたし〉と集合的な〈わたしたち〉のあいだの拮抗は、はたして調停したり、止揚することができるものなのか。そして、もしも調停や止揚がつねに失敗するのなら、その「失敗」のなかで、すなわち語りの成立の不可能性のなかで、〈わたし〉と〈わたしたち〉はどのように未来に投げ出されていくのか。本論では、「境界を生きるメスティーサ」の概念を打ち出したグローリア・アンザルデュアの『ボーダーランズ／ラ・フロンテラ』の分析をつうじて、〈読まれる／読まれない〉ことの力学を分析し、支配言語に対する抵抗の語りがどのように試みられうるかを考察する。

歴史と記憶

アンザルデュアが異議を申し立てているものの一つは、米国とメキシコの国境をめぐる集合的な物語——「正統な」歴史——に対してである。二部構成の本書の第一部「複数の境界をわたる」（スペイン語と英語で併記）の第一章「故郷アズトラン／モウ　ヒトツノ　メキシコ」[2]では、米国南西部の土地とそこに生きる人々が、いかに米国の侵略と搾取を受けてきたかが述べられる。

アンザルデュアは考古学が扱う時代にまで遡り、「米国のなかでもっとも古い人類の形跡（チカーノの古代インディアンの祖先）」の紀元前三五〇〇〇年の遺跡がテキサスで発見されたこと、だがそののち紀元前一〇〇〇年に「原コチース族の子孫が、現在のメキシコをふくむ中央アメリカに移住し、多くのメキシコ人の直系の先祖となった」ことを報告し、「［米国］南西部のコチース文化は、［軍神ウィツィロポチトリをいただく］アステカ文化の母体である」(*Borderlands* 4) ことを付け加える。この冒頭部分で、すでに次の二つのことが示唆されていると思われる。

一つは、現在の国と国、文化と文化、民族と民族の境界は、歴史的に作られてきたものであり、とくに米国南西部において顕在化している民族の混淆は、目下の政治地勢に起因するメキシコからの近年の移民によってもたらされているだけでなく、そもそもが古代に遡って発生してきた事柄だということである。したがって境界（ボーダー）は、二つの領域のあいだに引かれている政治上の一本の境界線（ボーダーライン）というよりも、いみじくも本書の表題に記されているように、歴史と文化を互いに渾融している境界領域、「ボーダーランズ」であって、歴史的折衝を経験している民族や、文化的に重なり合っている彼／女たちの生活そのものであると理解されなければならない。

それゆえアンザルデュアは、過去数千年のあいだに、現在の国境を挟んで、いかに権力と人々が葛藤を経験しつつ、すでに行き交ってきたのかを、歴史的に跡づけていく。いわく、エルナン・コルテス率いるスペイン人のメキシコ征服（一六世紀）、旧大陸の病魔がもたらしたインディオ人口の激減と、それに起因する混血の誕生、それ以降の「スペイン人、インディオ、混血（メスティーソ）」による現在の米国南西部地域への移住、一九世紀の白系米国人によるテキサス（当時はメキシコ領）への不法移住、「アラモ砦の戦い」（一八三六年）の歴史的意味、メキシコ戦争（一八四六―四八年）の詳細、ブラウンズヴィル事件（一九〇六年）にひそむ人種差別パニック、継続的になされてきた白系米国人によるチカーノ農地の買収と土地景観の変容、米国のコングロマリット（ＩＴＴ、デュポン社、石油企業など）がおこなってきたチカーノ／チカーナの労働力収奪と文化の破壊、メキシコ通貨の切り下げ、それに伴うメキシコから米国への移民の増大などなどである。

その叙述は、文学作品でありながら、年号や数字を織り交ぜ、また註や文献を駆使して、一種の歴史記述の観を呈しており、またそういった資料的で数量的な記述は、オルタナティヴな歴史記述の存在を、この本の冒頭において提示するものである。キャシー・プレモ・スティールは『記憶からの癒し』のなかで、「トラウマの暴力によって書き刻まれた過去の記憶」（Steele 2）は、何度も語られることによって――正確には、違った風に語られることによって――「思い起こされ、再構築され、別の人への呼びかけのなかで遠回しに処理されていく」（3）と述べているが、まさにアンザルデュアの歴史記述は、トラウマの暴力からの離脱に不可欠の、トラウマの場面の別様の反復を実践していると言えるだろう。

だがそれに加えて、前述したように境界が政治上の抽象的な行政区分けではなく、その土地に生きる人々の生活や慣習や感情そのもの——ボーダーランズ——であるならば、オルタナティヴな歴史は、支配的な歴史記述の論証的で客観的な形式を反復したままで語りうるものではない。むしろ旧来の歴史記述の形式を反復したままで語られる「もう一つの歴史」は、たとえそれが「もう一つの歴史」であったとしても、その歴史を構成し、歴史を生きている個人の生から、いつの間にかすり抜けてしまう。だから本書では、この第一章のみならず、第一部に収められているすべての章が韻文で始められており、また歴史記述の諸処に、詩や歌や、あるいは自伝的挿話が織り交ぜられている。つまり事実として列挙される事柄から漏れこぼれる心の気配や日常の雑事が、オルタナティヴな歴史記述のなかに織り込まれているのである。(3)

たとえば第三章の題字は、シルヴィオ・ロドリゲスの『花の日々』のアルバムから取った歌「蛇の夢」(スペイン語原詩と英語訳併記)であり、そのなかで「蛇」は、民族の象徴的意味と、視覚的描出性と、詩的跳躍感をもって歌われる。

……

長く、透明な腹のなかに、蛇が運んでくるものは
愛から奪い取れるものすべて。
ああ、ああ、わたしが一匹の蛇を殺せば、べつのもっと大きい蛇が現れる。

ああ、そのなかに、さらなる地獄の炎を燃やしながら！（*Borderlands* 25）

蛇は、次に述べるように、アステカ族の文化の歴史を屈折的に示すものであり、また「長く、透明な腹」をみせてうねりながら進む蛇と、それを凝視している目は、彼／女たちが暮らす風土特有の熱や匂いを運んでくる。この詩の引用につづけて、アンザルデュアは、子どもの頃に働いていた綿畑の記憶を、散文詩のように語る。

「イエス・マリア農場で綿木の間引きをしていた頃」、深靴のうえから蛇に噛まれ、驚いた母親が仕事を放り出してとんできて、のたうつ蛇を鍬で切り裂いた。一方娘は、灼熱の太陽に照らされながら、蛇が殺される光景を茫然と見ながら立ちつくし、母親が仕事に戻ったのちには、蛇の死体の断片を拾っては並べ、綿畑のあいだにそっと埋めた。その夜彼女は、自分自身が口一杯にガラガラ蛇の毒牙をくわえ、全身を鱗でおおわれている夢を見て、翌朝自分が、蛇の目でものを見ていることを、蛇の血が全身に流れているのを感じたと言う（26）。

綿畑での労働と、蛇の出現、娘のために猛然と蛇を打ちすえる母、その蛇を自分の「生まれ変わりの動物《アニマル・カウンタパート》」と思い、「わたしはその毒には免疫がある、永遠の免疫が」（25）と感じる娘……。この一連の描写のなかでは、リアリスティックな事実の叙述が、象徴詩のような隠喩性にすりかわり、具象的光景は、心象風景と渾然一体になる。しかしそのときの彼女の心象風景は、はたしてどこに落ち着いていくのだろうか。幼いときの彼女の個別的な記憶は、どのように、それをあえて語る彼女の現在の社会的・政治的位置に繋がっていくのか。記憶は歴史にどのように接続されるのだろうか。

　それに関連して、冒頭部分で示唆されていることの二つ目は、白人男性の支配的な文化に対抗するものとして持ちだされるはずの周縁的なアステカ文化が、その始まりを告げる神話のなかに、すでに父権的な価値観を刻んでいることである。アステカ族を現在の米国南西部からメキシコ盆地に導いたとされている神話上の神が、「(大地や母の［象徴である］) 蛇を従えた (太陽と父の［象徴の］) 鷲という……『軍神』」であることは、「父権的秩序が、すでにコロンブスの到来以前に、女性的で母権的な秩序を打ち負かしていた」(5) ことを示すものである。だから白人男性の支配文化に異議を申し立てるアンザルデュアの語りは、白人男性の侵害を受けたアステカ文化を、白人支配に対する単純な対抗文化として持ちだすことはできない。民族の集合的トラウマを、女としての彼女自身の個人的トラウマと同延上に置くことはできないのである。

　アンザルデュアは、「わたしがわたしの民族を売り払ったのではなく、わたしの民族がわたしを売り払った」(21) と言う。なぜなら「わたしの文化の或るものが、女たちの力を失わせ……、わたしの文化が、男たちを戯画的なマッチョにしている」(21) からである。そのような文化のなかで、女たちは「沈黙させられ、猿ぐつわを嵌《は》められ、檻に入れられ、婚姻の苦役に縛られ、三〇〇年ものあいだ殴られつづけてきた」(22)。このように女たちを「奴隷」の位置におき、さきに述べたような歴史の変遷のなかで「安価な労働力」にしてきたのは、白系米国人のみならず、マッチョなチカーノたちであり、しかしそればかりではなく、インディオの文化でもある。なぜなら、「メソアメリカにおいては、インディオの長老《ペートリアーキィ》たちの支配下に置かれた女の運命は、傷つくこととけっして無縁ではない」(23)からだ。だから彼女は、「ボーダーランズにおける生」を、「親密なテロリズム」(20)という撞着語法で表現する。この本の第二部は詩で構成されているが、その終わり近くに置かれた詩は、「ボーダーランズに生きることは、こういうことを意味する」という言葉で始まり、それは

ヒスパニック女《ヒスパーニャ》でも、インディオ女《インディア》でも、黒人女《ネグラ》でも、スペイン女《エスパニョーラ》でも、
白人女《ガバーチャ》でもなく、メスティーサになること、ムラータになること、混血になること、
いくつもの陣営のあいだで十字砲火を受け
背中に五つの人種を背負い
どちらに救いを求めればよいか、どちらから逃げればよいか、わからないということ(194)

と歌われている。ボーダーランズでは「敵は、互いに親しい者同士/あなたはホームにいながらも、余所者である」(194)。だから彼女は、一方で自分の文化を「忌み嫌い」(22)ながらも、そこから抜け出ることもできない。ボーダーランズでは、集合的な歴史のトラウマと個人的な記憶のトラウマは、なだらかに接続しているのではなく、互いが互いを抑圧し嫌悪する、まさに「親密なテロリズム」の様相を呈して、そこに生きる人の生、あるいはその人自身を、「戦場」(194)にしていく。

「親密なテロリズム」のなかの語り

アンザルデュアの『ボーダーランズ／ラ・フロンテラ』は、複合的なアイデンティティの表明の書だと評価されてきた。彼女が提唱した「メスティーサ」は、「（複数の）境界のうえを、そして（複数の）周縁のなかで、生きることであり、移動する複合的なアイデンティティや全一性を損なわないままに……新しい要素のなか、『異邦の』要素のなかを、泳いでいこうとする」（"Preface"）。だがそれだけならば、一九八〇年代後半以降に持ちだされているアイデンティティの複合性を——その先鞭をつけた著作とはいえ——語っているにすぎない[4]。彼女の著作の顕著な特徴と思えることは、複合的なアイデンティティが抱える内的相克であり、かつそれが、歴史的リアリティと同時代的リアリティが交差する場所で、つまり通時性と共時性が重なるところで、極度の強度をもって投げ出されていることである。

さきほどわたしは、チカーナを抑圧し搾取しているのは、白系米国人だけではなく、マッチョなチカーノであり、インディオ文化の遺産でもあると述べた。しかしチカーナを隷属的な位置に置いているのは、チカーナ自身でもある。「文化の暴虐」と題された節でアンザルデュアは、「男たちが規則や法をつくり、女たちがそれを伝達する」と述べ、「いかに頻繁に、母たちや義理の母たちが、息子にその妻を殴るように言っているのを聞いたことか」(16)と嘆じる。女たちを殴るよう、その女の母たちが男に促すのである。しかも、妻たちが殴られる理由は、「夫に従わなかったり、オオキナ・クチ・

ヲ・タタイたり、キンジョ・デ・ウワサバナシ・ヲ・シタりすること……」(16)であるが、ここで留意すべきことは、それを語る言葉として、たとえば「大口を叩く」が"hociconas"であったり、「近所で噂話をする」が"callajeras"であるように、スペイン語(方言)が使われていることだ。つまり、チカーナを抑圧する媒体は、チカーナの母たち——もっとも親密な間柄だと文化的に考えられていて、もっとも身近な日常言語で語りかける人々——である。

さらに言えば、これはチカーナ一般として言えるだけではない。「教育を受けている、いないにかかわらず、女が負う責務が、依然として妻／母となることであり、それを免れているのは尼僧だけで、もしも女が結婚して子を産まなければ、完全な落伍者だと自分自身で思ってしまう」(17)文化のなかでは、レズビアンであるアンザルデュアはなおさらに、母からも、(比喩的な意味での)母語からも、疎外される。だから彼女は、一九八一年に発表した「ラ・プリエタ」という作品のなかで、その疎外を次のように語る。

わたしの舌／言語(スペイン語)は、わたしの口を引き裂き、声を失わせる。わたしの名前はわたしからすり抜けていく。わたしの腑は外科医のメスで陵辱され、子宮と卵巣はゴミ箱のなかに捨てられる。わたしは去勢され、わたし自身の種族から引き離され、疎外される。わたしの命の血は、女の養育者というわたしの役割のために、わたしから吸い取られる——これこそ、人肉食いの究極のかたち。("La Prieta" 208)

だから彼女に課せられた「女の養育者」になることの桎梏は、その機能を自分に果たしてきた母に向けて、母の言葉で、投げ返される。「野生の舌をどのように馴らすか」と題された章の節の一つは、「ソウ、ワタシノ・オカアサン・ヘノ・トイカケ、『ワタシ・ハ・ダレ?』」(*Borderlands* 62)というスペイン語で始まる。しかしその答えは当然に、制度の媒介者である母からは、直接には返ってはこない。彼女は、その答えが、「ワタシ」ではない他者——たとえそれが母であっても——ではなく、ワタシ自身のなかにあることを知っている。

アンザルデュアは、一方では、「わたしの懲罰は自分が生まれてきたこと」(“La Prieta” 198)と言いつつも、他方で「自己の古い境界の外に穴を穿ち」(*Borderlands* 49)、新しい自分へ、新しい領野へと動いていこうとする。しかしそれは、つねに「古い皮膚を引きずっていくこと……自分とともにいる過去の亡霊を引きずっていくこと」(49)である。だから彼女の新生は、「乾いた誕生、逆子としての誕生、悲鳴をあげる誕生」(49)となり、彼女自身を、あらゆる他者からと同時に、自分自身のなかの他者、すでに自分の身体となっている他者からも、引き剝がしていく体験となる。アンザルデュアは、自分に強制された疎外を「人肉食いの究極のかたち」と表現した。だが人肉を食うのは、自分自身でもあり、また自分が食う人肉は、自分自身の身体でもある。しかも自分の身体は、彼女を生み、育ててきた歴史と風土——「わたしの身体のすべての神経、すべての骨のなかに染み込んでいる……ホーム」(21　強調アンザルデュア)——そのものでもある。

むろんアンザルデュアは、そのような「ホーム」を嫌悪し、恐怖している。「ホームへ行くことは恐ろしい」(21)と彼女は語る。彼女を評したケイト・アダムズもまた、「北米の沈黙」の論文のなかで、沈黙を強制するのが外部ではなく「同じ文化を共有している民族の内部」でもあるような「混血の語り手」にとって、「語るためには離れる」(Adams 137)ことが必要であると言う。だがアンザルデュアにとって、「離れる」ことは、同時に「戻る」ことに憑きまとわれることではないか。だからこそ彼女は、インディオの風習、アステカの神話、子どもの頃の体験を、親しい人々が使う馴染みのスペイン語と、もう一つの親しいものとなった白系米国人の英語を混在させて、執拗に語りつづけるのではないか。彼女は一方で、「新しい要素……『異邦の』要素」("Preface")を称揚しつつ、他方でその「新しい」要素と渾然一体となっている「古い皮膚……過去の亡霊」(49)に帰ってもいく。だからたとえば『ボーダーランズ』に収録された詩「あの暗く輝くもの」という詩には、繰り返し「憶えている」とか「知っている」という単語が使われる。

わたしはあなたに背を向けたい
わたしの手についているあなたを洗い流したい
けれどもわたしの手は憶えている、あらゆる皺を
あの壁に刻まれているあらゆる爪痕を
わたしの足は知っている、あなたが踏みつける岩のすべてを
あなたがつまずくように、わたしもよろめく

だからわたしは憶えている
叫んでいた彼／わたし／あの人たちを（171　強調竹村）

後天的に得た文化が彼女の民族を搾取し、彼女自身の民族が彼女を疎外しているとき、双方の文化から「離れる」ことと、それへと「戻る」ことは、単純な「統合」（de Hernandez, "The Plural Self" 45）になることではない。あるいはまた、アナルイーズ・キーティングが言うような、「大文字のわたし／小文字のわたし、わたし／わたしでないもの……の仲介空間に落ちつく」（Keating 39）ものでもない。それは「統合」を破壊し、「仲介空間」を切り裂く、苦悩に満ちた往還運動である。なぜなら、その両方が悲鳴をあげ、「脈打ち、血に染まっている暗闇」（*Borderlands* 172）であるからだ。「わたし」であり、かつ「わたしでないもの」の双方である者は、「死者の魂を抱いて漂泊する……黒い天使たち」（185）である。彼女たちは、「暗闇をホームとし、そのなかでくつろぐ生き物」であると同時に、「暗闇を恐れる生き物」（187）でもある。だから、複数の文化から離れつつ戻る、戻りつつ離れる彼女の書き物は、複数の文化と歴史と風土によって構成されながら、他方でそのすべてから否定され、沈黙させられてきた彼女自身を「戦場」にして語る声となる。それは「叫んでいたあの人たち」をその声のなかに包含しながら、「叫んでいたわたし」を表出するという、集合的トラウマと個人的トラウマ、歴史と記憶、過去と現在が、格闘しながらも混淆する「暗闇」の語りとなる。その結果その語りは、異議申し立ての言表でありつつも、言表の機能を自ら切り崩してもいく。それを典型的にあらわしているのは、蛇の女神コアトリクエの導入である。

「戦場」としての身体

アステカ族の神ウィツィロポチトリは、大地や母をあらわす蛇を従えた鷲という、男権的な軍神なので、それへの対抗として、アンザルデュアはもう一つの民族の神、コアトリクエを持ち出してくる。彼女は「コアトリクエ・ノ・イサン」と題した章を立てて、蛇の女神を称揚し、その意味を探る。だが男性的な軍神の対抗物であるはずの女神は、その意味を探れば探るほど、それ自体のなかに矛盾を含み、それ自体が「葛藤を表し」、「天上と地下、生と死、動きと不動性、美と恐怖」(47)という正反対のものを表象するだけでなく、あろうことか「蛇」のイメージとともに、「鷲」のイメージまでも含み込むシンボルであることがわかる。しかしコアトリクエがそもそも「洞穴のような子宮に天上のすべての生き物を孕んでいた『母なる大地』」(46)であるならば、「生命を生みだしつつ奪う……宇宙的なプロセスの化身」(46)は、当然のことながらアンザルデュア自身の母をも、その指示対象としてもつものとなる。

したがってアンザルデュアがコアトリクエの「統合性」や「全体性」や「複合性」を強調すればばするほど、そしてそれによって、あらゆる抑圧言説に対抗し、それに同化しない「第三の視野」(46)を提示しようとすればするほど、彼女自身の言説は矛盾や葛藤を含み、混乱していく。なぜならその語りは、わたしを鞭打つものを、〈わたし〉として語るからだ。また、わたし自身の叫びであったはずのものが、わたしで有らざるもの――わたしがそこから身を引き剝がしたもの――の声を、語ってしまうからである。あるいはこうも言えよう。〈わたし〉の声は、〈わたし〉のなかで増殖し、〈わたし〉の古層、あるいは〈わたし〉がまだ見ぬ新層を掘り出し、産み重ねて、その抉《えぐ》り返される地層が、〈わたし〉の声を、うつろに響く木霊ではなく、轟き、うねる生きた土塊にしていく、と。彼女の言説が対抗言説となるのは、その矛盾し葛藤している生きた身体、その身体感覚を、彼女が提示するときである。(5)

本論の前半でわたしは、アンザルデュアの幼いときの心象風景はどこに落ち着くのか、彼女の個別的な記憶は、どのように、それをあえて語る彼女の現在の社会的・政治的位置に繫がっていくのかという問いを立てた。またそののち、彼女の母に向かって投げかけられた「ワタシ・ハ・ダレ?」という問いかけは、彼女自身に――そして、彼女を生み育ててきた歴史と風土が「そのすべての神経、すべての骨のなかに染み込んでいる」(21) 彼女の身体に――引き戻されるものだと述べた。そうであるならば、個人の記憶が集団の歴史に接続され、〈わたし〉の語りが広く〈わたしたち〉に読まれるのは、おそらく、きわめて個人的なものである身体が言語化されるという逆説的な試みにおいてではなかろうか。事実彼女は、『インタヴュー/アントレヴィスタス』のなかで、「わたしの抵抗の一つは、身体《フィジカル》/物質の世界から身を引くことだった」(288) が、しかし「身体に重要性を置いている」(290) という、二律背反的な言葉を吐いている。蛇の女神コアトリクエに戻れば、その「神話的な意味」を説明する章には、彼女自身の身体感覚の描写が頻繁に登場する。

突然、わたしは自分の口のなかにもう一揃えの歯が生えてきたように感じる。身震いがわたしのお尻から、からだを突き抜けて、口の裏へと走る。口蓋がちりちりする感じがして、なにかがわたしの上に、わたしに覆いかぶさせるように、雨か光のカーテンを、降ろしているようだ。……括約筋が緊張して、わたしのカントのなかの心が、脈打ちはじめる。(*Borderlands* 51)

民族の神話上の神は、民族の歴史の書き換えを要求するだけでなく、彼女の身体の表出を、その神の伝達者(母)の意図にさからって促しもする。その結果、その身体は、ちょうどモニク・ウィテッグの「レズビアンの身体」のように、生物学の統語法を無視した身体、個別的感覚に裏打ちされてはいるが、その共有を阻む身体、いやその個別的感覚さえも、次の言表によって乗り越えられ、攪乱される身体――いわば、言語の戦場となった身体――となる。したがってこの身体は、生きられている「物質」であると同時に「言葉」であり、「現実」であると同時に「神話」であり、「内部」であると同時に「外部」であり、わたしのもので「ある」と同時に、わたしのものでは「なく」、〈わたし〉のこの身体の錯乱のなかに、〈あなた〉を、そして新しい〈わたし〉を取り戻すものかもしれない。だから彼女は、彼女の身体を介して、次のように言う。

> 蛇によってつけられた傷を、蛇によって治してもらおう。イニシエノ・ワタシノ・メガミ、少しのあいだ、わたしは自分の支配をあなたに委ねる。わたしはそこから身を引く。わたしは鳩尾の、太陽神経叢のなかに両手をつっこみ、引き抜く。どすん。出てきたものは、文字盤がついた取っ手、血を滴らせ、瞬きのしない眼で見詰めているもの。鷲の眼、と母はわたしを呼んだ。見ている、いつも見ているのに、わたしは必要なだけの眼を持ってはいない。わたしの視力は限られている。イニシエノ・メガミ、ここ、この梃子の形をした取っ手、湿度や空気圧や危険を測る針がついた取っ手を、とってください。しばらくは、それをあなたが持っていてください。そしてわたしに返すと、約束してください。どうぞお願い、イニシエノ・メガミよ。(50)

アンザルデュアの語りにおいては、集団の歴史と個人の記憶は、彼女の身体を梃子に相交差している。彼女の身体は、それ自体が「歴史の戦場」であり、またその身体は、彼女自身の声を捻りだし、かつ屈曲させ、変形させ、増殖させ、敵対するもの、まだ見ぬものに変えるがゆえに、「言語の戦場」でもあり、現在の言表の臨界点に、彼女を、そして読者を連れていく。だからこそ彼女の語りは、その抵抗のもっとも核心的と思える箇所で、英語からスペイン語(方言)にすり替わり、また論説的な記述と、日記のような記載と、詩的描写(あるいは詩そのもの)が混淆する。しかしこのように、言語や語りの次元を絶え間なく動かして読者を混乱させ、語りの読解を困難にさせているものこそ、どちらの言語によっても、あるいはどの文化によっても、現在はすくい取ることができない過去——身体のなかに折り畳まれた歴史／記憶——を、未来の歴史／記憶として、自らの身体感覚のなかに、そして自らの身体感覚をはみ出して、言葉の言表作用の錯乱を我が身に引き受ける読者のなかに、再＝現前《リ＝プリゼント》／表象していくものではないだろうか。

註

（1）しかし近年、二カ国語教育をめぐっては小競り合いが続いており、その廃止がカリフォルニアやアリゾナなどの西部の州から東に移動し、コロラド州やマサチューセッツ州でも住民投票にかけられるようになった。その背景には、移民の増大や多文化主義への反発、州予算の削減などがある。

（2）スペイン語で書かれた部分の訳は、カタカナで表記する。

（3）『ボーダーランズ／ラ・フロンテラ』における詩と散文の混淆の意味については、Garber 参照。

（4）アンザルデュアにおける二項対立の攪乱、雑種性、間主観性、移動するエイジェンシーなどについては、それぞれ、Barriga; de Hernandez, "Mothering the Self"; Fowlkes; Page 参照。

（5）アンザルデュアにおける身体性を、Salvaggio はトリン・T・ミンハを引きながら論じている。

引用・参考文献

Adams, Kate. "Northamerican Silences: History, Identity, and Witness in the Poetry of Gloria Anzaldúa, Cherríe Moraga, and Leslie Marmon Silko." *Listening to Silences: New Essays in Feminist Criticism*. Eds. Elaine Hedges and Shelley Fisher Fishkin. New York & Oxford: Oxford UP, 1994. 130–45.

Anzaldúa, Gloria. "La Prieta." *This Bridge Called My Back: Writings by Radical Women of Color*. Eds. Cherríe Moraga and Gloria Anzaldúa. New York: Kitchen Table: Women of Colour Press, 1981.

——. *Borderlands/La Frontera: The New Mestiza*. San Francisco: Aunt Lute Books, 1987.

——, ed. *Making Face, Making Soul / Haciendo Caras: Creative and Critical Perspectives by Women of Color*. San Francisco: Aunt Lute Books, 1990.

——. *Interviews/Entrevistas*. Ed. AnaLouise Keating. New York & London: Routledge, 2000.

Barriga, Miguel Díaz. "Vergüenza and Changing Chicano and Chicana Narratives." *Men and Masculinities* 3–3 (January 2001): 278–98.

de Hernandez, Jennifer Browdy. "The Plural Self: The Politicization of Memory and Form in Three American Ethnic Autobiographies." *Memory and Cultural Politics: New Approaches to American Ethnic Literatures*. Eds. Amritjit Singh, Joseph T. Skerrett, Jr., and Robert E. Hogan. Boston: Northeastern UP, 1996. 41–59.

——. "Mothering the Self: Writing through the Lesbian Sublime in Audre Lorde's *Zami* and Gloria Anzaldúa's *Borderlands/La Frontera*." *Other Sisterhoods*. Ed. S. K. Stanley. 244–62.

Fowlkes, Diane L. "Moving from Feminist Identity Politics to Coalition Politics Through a Feminist Materialist Standpoint of Intersubjectivity in Gloria Anzaldúa's *Borderlands/La Frontera: The New Mestiza*." *Hypatia* 12–2 (Spring 1997): 105–24.

Garber, Linda. *Identity Poetics: Race, Class, and the Lesbian-Feminist Roots of Queer Theory*. New York: Columbia UP, 2001.

Heller, Dana, ed. *Cross-Purposes: Lesbians, Feminists, and the Limits of Alliance*. Bloomington & Indianapolis: Indiana UP, 1997.

Keating, AnaLouise. "(De) Centering the Margins?: Identity Politics and Tactical (Re) Naming." *Other Sisterhoods*. Ed.

S. K. Stanley. 23–43.

Page, Margaret, and Anne Scott. “Change Agency and Women’s Learning: New Practices in Community Informatics.” *Information, Communication & Society* 4–4 (2001): 528–59.

Salvaggio, Ruth. “Skin Deep: Lesbian Interventions in Language.” *Cross-Purposes*. Ed. Dana Heller. 49–63.

Stanley, Sandra Kumamoto, ed. *Other Sisterhoods: Literary Theory and U.S. Women of Color*. Urbana & Chicago: U of Illinois P, 1998.

Steele, Cassie Premo. *We Heal from Memory: Sexton, Lorde, Anzaldúa and the Poetry of Witness*. New York: Palgrave, 2000.

Trinh, T. Minh-ha. *Woman, Native, Other: Writing Postcoloniality and Feminism*. Bloomington: Indiana UP, 1989.（トリン・T・ミンハ『女性・ネイティヴ・他者——ポストコロニアリズムとフェミニズム』竹村和子訳、岩波書店、一九九五年）

Wittig, Monique. *The Lesbian Body*. 1973. Trans. David LeVay. Boston: Beacon Press, 1975.

第8章　対抗テロリズム小説は可能か
――『マオII』（一九九一年）から『星々の生まれるところ』（二〇〇五年）へ

［テロリストたちが］冷酷であればあるほど、その憤怒がよくわかる。この憤怒を理解しているのは、誰よりも、そしてどんな書き手よりも、小説家ではないのですか。テロリストが何を考え、何を感じているかを心底で知っているのは、小説家ではないのですか。

――ドン・デリーロ『マオII』

彼女は不思議な力をもつ数少ない人の一人と思われていた。真の意図がもつピーンという音を聴きとれる一人だと。けれどもそれを彼女は聞き逃した。

――マイケル・カニンガム『星々の生まれるところ』

「九・一一」以前と以後

一九九〇年代半ばに東京の地下鉄で起きたサリン事件は、米国で大きく報道された。通勤途上の不特定多数の人々を有毒物質によって殺傷するという世界で未曾有のことであれ、直接自国に関係しない事件に対する米国の反応はあまりに早かった。言うまでもなくその理由は、同様の攻撃を受ける可能性に米国が潜在的危惧を抱いていたためである。[1] それゆえか、日本のメディアと米国のメディアでは報道の仕方に違いが見られた。たとえば日本ではオウム真理教という個別集団の犯罪がクローズアップされたのに対し、米国では当初よりテロリズムの脅威として捉えられた。ちなみに『ニューヨークタイムズ』は事件当日の第一報を「テロリズムの攻撃」という言葉で始めており、わずか千語ほどの記事のなかで、日本の警察が語った言葉として「テロリスト」という語を挙げている（Kristof）。[2] こののち同紙には毎日のように「東京の恐怖」（"Terror in Tokyo"）というタイトルの記事が載せられ、テロリズムの脅威が語られて、その定義の変容が示唆されていった。たとえば事件翌日には以下のような記述がある。

かつて、とはいえそれほど以前のことでもないが、テロリストには国家などのパトロンがいたし、その標的として選んでいたのは……国の中枢機関や国家権力の象徴だった。しかしいまやテロリストはフリーランサーとなり……、その標的は……国家ではなく一般市民となった。……たいていの場合、咎をどこかの国にきせるのは困難だ。誰かを糾弾することはできないし、どう対処すればよいか、かならずしもわからない。そのためわれわれは初歩的疑問に立ち戻らざるをえなくなる。すなわち、なぜそんなことをするのか、政府の注意を引きたいのか、政府を動揺させたいのか、人々の注意を引きたいのか。（Weiner paras. 11–13）

その六年後の二〇〇一年に、世界貿易センタービル攻撃を含む同時多発テロが起こり、それ以降泥沼化する戦闘とテロ攻撃は周知のとおりである。しかしブッシュ政権の「味方か敵か」という二分法と、激化する憎悪の応酬は、地下鉄サリン事件のおりに語られたテロリズムの変容をいつしか見えなくさせているように思われる。いやたしかに九・一一直後は、その途方もない視覚性のゆえに、テロリズムを、現実の政治の次元を超えて、時代の心性のなかに位置づけようとする試みがなされた。たとえば英国作家マーティン・エイミスの発言、「その瞬間こそ、ポストモダンの時代——つまりイメージと知覚の時代——が神格化されたときである」(Amis) は、その一例である。またその翌年、翌々年には立て続けに、スラヴォイ・ジジェク、ジャン・ボードリヤール、ユルゲン・ハーバーマス、ジャック・デリダなどの思想家によって、テロリズムの思想的・文化的位置づけが試みられた。しかしイラク戦争のあと、イラク派兵やパレスチナ問題、チェチェン問題など、テロリズムは政治地勢や権力構造の次元で捉えられることが多い。たしかにこれらの問題は、対処的議論のなかでは提示されるべきものだが、しかしあたかもある特定の政策が変更されたり、個々の経済的・政治的状況が変われば、テロリズムが一掃されるかのような錯覚を与えていることも事実である。

それに関連して、国連にかけられている「包括的テロ防止条約」は、審議が開始された二〇〇〇年一二月の時点でも、また九・一一直後の二〇〇一年一〇月にブッシュ政権が再提起したおりにも、協議は激しく決裂した。二〇〇五年七月に開かれたグレンイーグルズ・サミットでは、その鼻先で起こったロンドン同時多発テロに対するG8声明として、この条約の速やかな妥結が盛り込まれたが、いまだに成立してはいない。条約締結をめぐって国連で争点となっているのは、民族自決のための行動をテロリズムとみなすかどうか、また国家正規軍による行動をテロリズムに入れるかどうかである。もちろんここでは、国際政治の次元で、「テロ対策」として協議されてはいるが、図らずもふたたび浮き彫りになるのは、九〇年代半ばに吐露されたこと、すなわちテロリズムの外延を画定し、彼我を峻別することの困難さであり、テロリズムに対する対抗制度、対抗文化を打ち立てることの難しさである。

文学表象に目を移せば、冷戦構造の末期以降、アメリカ文学ではテロリズムを扱う小説が目立ち始め、テロリズムが変容する一九九〇年中葉以降になると毎年のように出版されるようになった(3)。ベンジャミン・クンケルは「危険な登場人物」と題したエッセイのなかで、テロリストを扱う小説を概観し、「文学史的に言えば、［二〇〇五年の］現在になってようやく、九・一一以前の時代が終焉を迎えようとしている」（Kunkel para. 2）と語っている。

本論では、二〇〇五年夏に出版されたマイケル・カニンガムの『星々の生まれるところ』（*Specimen Days*）と、一九九一年に出されたドン・デリーロの『マオⅡ』（*Mao II*）を扱い、現代におけるテロリズムと表象文化（とくに文学表象）の関係を考察する。両者を取り上げる理由は、先に述べたように、現在のテロリズムを生む社会的・文化的風土が九・一一以前から用意されていたという認識に立っていること、またそうであってなお、プレ九・一一小説とポスト九・一一小説のあいだに変化が見られるとすれば、それは何かを考えてみたいこと、そして両作品とも、その舞台を冷戦構造の終結以降（ただし『マオⅡ』の場合は、その終焉を象徴的に示す一九八九年）に設定していることである。

『マオII』、自己参照的な自爆小説

クンケルが述べたテロリズム小説の「九・一一以前」とは、社会通念への挑戦者として小説家とテロリストが同列に扱われ、言説の力と現実的暴力がその攪乱性において拮抗しているとみなされていた時代である。アメリカ文学においては、美的挑戦をテロリズムと対置した最初の小説はヘンリー・ジェイムズの『カサマシマ公爵夫人』(一八八六年)だが[4](第六章を参照)、ちょうどこの時期に、不特定多数の殺傷を狙った近代的テロが実行されはじめ、『オックスフォード英語辞典』の"terrorist"の項には、現在使われている意味の例文として、一八八三年発行の『ハーパーズ・マガジン』の記事が引用されている。事実『カサマシマ公爵夫人』の舞台はロンドンだが、米国におけるその種のテロリズムの最初のケース、シカゴのヘイマーケット広場爆弾事件が起こったのも、この小説が出版された年だった[5]。しかしジェイムズの小説では、内面に攪乱性を秘めたカサマシマ公爵夫人はテロリズムに接近するも、最終的にはそれから身を離し、またテロリストとしてリクルートされる青年も、自らの美的信念とテロリズムの暴力との折り合いをつけることができず自殺にいたる。したがってここでは、消極的方策ながらも、テロリズムはテクストから退けられる。

しかしそれから百年余りがすぎたポストモダンの時代に、題辞に引用したように社会への「憤怒」において小説家をテロリストと対置させ、しかし小説家を敗北させたのは、ドン・デリーロの『マオII』である。主人公の小説家ビル・グレイは次のように言う。「小説家とテロリストを結びつける奇妙

な絆がある。……ずっと以前僕は、小説家は文化の内的世界を変革することができると思っていた」(41)。しかし今では「壮大な作品は、空中爆発と崩壊するビルで、これこそ新しい悲劇的物語だ」(157強調竹村)と語る。したがってこの作品は、九・一一の一〇年前に出版されたものでありながら、ジャン・ボードリヤールの言葉を使えば「出来事の先回りした衝撃波」(ボードリヤール 四二)の文学的表象であるとも言える。すなわち、「スペクタクルの神格化と書き言葉の凋落」(Kunkel para. 13)のテーマを、その一〇年前に予言した小説とみなすことができる。たしかに九・一一は、想像力が現実に対して何をなしうるかという問題を、小説家だけでなく、すべての表現者に突きつけた出来事である。事実その直後に作曲家カールハインツ・シュトックハウゼンは、「[九・一一は]全宇宙に対して想像しうるもっとも偉大な芸術作品だ。……わたしにはできない。それに比べると、われわれ作曲家は無に等しい」と語った[6]。しかし九・一一の光景は、ハリウッドのパニック映画に親しんでいる者には、どこか既視感を抱かせるものである。いやその光景だけではない。デリダの言葉を使えば、「[それ以前に作られた]映画やビデオゲームは攻撃を文字通りに視覚化したばかりではなく、愛と憎しみ、賞賛と嫉み、崇高と恥といった……感情も呼び起こしていた」がゆえに、あのスペクタクル的惨事は、それが「集団的想像力のなかに誘発した感情」("Autoimmunity" 148)においても、既視的なものだった。したがってむしろ注意をふり向けるべきことは、圧倒的な暴力をまえにした芸術の無力さではなくて、「芸術の独自性」や「感性の個別性」といった近代の信仰が侵蝕されている複製文化のなかに、すでに芸術家もテロリストも存在していたということである。九・一一は、個人の想像力と集団的想像力という二分法を破壊したのではなく、その破壊を事後確認させた事件である。そうしてみれば、『マオII』の小説家もテロリストも、彼／女らの「憤怒」の個別性やその表現の独自性において、両者が拮抗しているわけではない。(7)

その理由は第一に、『マオII』のビルは、プロット上では小説を書くことでテロリストに邂逅しているわけではないからだ。たしかに彼は、自室に引きこもって黙々と自分独自の言語世界を紡ぎ出す小説家として造型されてはいる。彼は世間にけっして姿を見せない隠遁家であり、彼の顔写真はおろか、本名さえも隠されている。ところがそのような彼がテロリストに接触することになったのは、彼自身の書く行為のゆえではなく、彼が書くことを一時中断し、テロリストによって誘拐された人質の青年を奪回すべく、マスメディアに姿を現すことを決意したためである。テロリストとの交渉の賭金となったのは、彼の小説の力ではなく、「隠遁する作家」というイメージであり、彼の元編集者のチャーリィがいみじくも語ったように、「みんなの考えをぶち破り……根深い態度や強硬な姿勢に変革を起こさせる」のは、隠遁作家のメディア・デビューという「公的イベント」であって、「めでたく愉快なセンセーション」(*Mao II* 98–99) なのである。

とはいえ、彼らの企て(この計画をチャーリィが、「僕たちの」あるいは「僕の」と呼んでいるのは注目に値する)が失敗したのち、なおも人質解放に向かうビルは、テロリストに対抗して小説を書くことを決意した。彼は次のように言う。「作家は、意識を顕示し、意味の流れを増大させるために登場人物を創造する。そのように意識の範囲と人間の可能性を拡げることで、作家は［テロリズムの］権力に応え、恐怖を打ち返そうとする」(200)。人質の心理を描こうとして、ビルはしきりにタイプライターを切望するが、この書記機械は、そのキーに落ちた頭髪への執拗なこだわりを媒介に、ビル(201)と彼のエイジェントのスコット(138-45)を類縁的に重ね合わせ、それによって作家の独我性を失わせる。逆に言えば、米国から遠く離れたアテネの地で、タイプライターを入手できずに、紙と鉛筆をつかって書くしかない境遇に陥ったビルは、創作=出版のコングロマリットから遠く離れ、剝き出しの小説家個人となっていると言える。しかし、その小説が語られることはない。あるいは、たとえビルの話に唐突に織り込まれる人質の青年の物語をビルの創作と推量したとしても、その物語のなかで青年は、幾度も自分を書き記したいと願いつつ、その望みは叶えられないのだ。

> 書くことだけが恐怖と痛みを吸い取ってくれる。書いた言葉があれば自分が何者かがわかる。……この世に存在する唯一の方法は、そこで自分のことを書くことだ。……一〇語でよいから書かせてほしい。そうすればもう一度存在することができる。……書くことによって自分の恐怖を外に出し、それを自分の肉体と精神から紙の上に取り出すことができる。(204)

西洋の辺境の地ギリシアで、「テクストをお手軽なもの、伸縮自在なもの」(161)にできるワープロを勧められながらも、それを使わずタイプライターに固執し、しかしそれさえもなくて、いまや紙と鉛筆で書かれようとしている物語は、皮肉なことに、紙と鉛筆がないために書くことができない人質の「恐怖」の物語である。しかもこれを書く小説家ビルも、自殺的な死によってその完成を自らに課すことはない。自己のイメージが消費されるメディア的状況を断ち切って唯一書こうと試みた「恐怖」——以前彼は「恐怖を吸収してくれないかぎり、物語には意味がない」(140)と語った——の分節化は、限りなく先延ばしされる。残されるのは恐怖の忘却と、恐怖を与える者と受け取る者の境界のあっけない横断である。彼の死体を発見した掃除夫は、金品には手を付けずに、「ベイルートのどこかのテロ集団に売る」ために、「[彼の]名前と番号が記されている……パスポートなどの身分証明書《アイデンティフィケーション》」(217)を盗み出す。小説家ビルの自己同一性《アイデンティティ》は、先進国メディアによって消費されるだけでなく、テロリストとも互換可能となって、いとも簡単に国境を越えていく。

『マオII』では作家もテロリストも、その独我性において競合していない第二の理由は、テロリストにもまた、疎外され屹立する近代的自我という風貌が与えられていないことである。この作品のなかで、テロリストはいったい誰なのか。首謀者とおぼしきベイルートのアブ・ラシッドなのか、それとも人質監視の役目を担わされた名前を持たぬ覆面の少年なのか、あるいはテロリズムについてビルと哲学的対話を交わすアテネ在住の政治学者ジョージ・ハダッドなのか。

ビルに会うためには一種の「通訳《インタープリター》」(Rowe 40)としてエイジェントのスコットが必要だったように、テロリストとの交渉には、自称「テロ代弁者」のジョージが、その思想的通訳として仲介する。逆に言えば、単なる誘拐ではテロリズムにはならず、それがテロリズムと同定されるには、それをテロリズムと通訳《インタープリット》/解釈させる広報媒介を必要とする。しかし結局、ジョージを介してもビルはテロリストにアクセスすることはできず、また物語の終末で直接ラシッドに会う機会を得た写真家ブリタも、奇妙な「通訳」を介して彼と話をするだけだ。というのも、ラシッドは普通に英語を話せるので、彼の通訳がおこなうことと言えば、ラシッドの言葉をもう一度違うふうに語ること、またラシッドが答えぬことに答えることであり、しかもラシッドのアラビア語は通訳されない。

一方ラシッドもまた、「歴史を作り、歴史を変える」というテロリストの常套句を吐く一方で、人質を「麻薬や武器や宝石やローレックスやＢＭＷと同じように……商取引」(235)の交換品に変えてしまう仲介者であり、取引相手は「西洋」と原理主義の両方である。他方、テロリストの風貌をもっとも色濃く反映している「憤怒」に満ちた覆面の少年も、彼の息子ではあるが、テロリストになるように教育された数ある少年たちの一人にすぎない。彼らが学んでいる「アイデンティティ」は「ある種の目的」(233)と同義にされており、彼らは「顔も持たず、言葉も持たず、容貌は同一《アイデンティカル》で、それはラシッドの容貌だ」(234)と説明される。

つまりここには自律的なテロリストはおらず、存在しているのは、クローン的実行犯、仲介的役割のテロ首謀者、その通訳＝解釈者、テロ代弁者がつくる連続体であり、そのうちのテロ代弁者の大学教授は西側の作家へと繋がっていく。文化地勢的にも、ベイルートの深部であるはずのテロリストの住処の近くには、「コークⅡという［米国系多国籍企業の］新しい非アルコール飲料《ソフト・ドリンク》の広告」(イスラム教では一般に飲酒が禁じられている)が「何千というアラビア文字」を「縫うように」(230)かかっている。『マオⅡ』においては、西洋と非西洋は互いに脱領域化しあい、内部と外部、自己と他者、敵と味方は、ウロボロスの輪のように互いが互いを巻き込んで、相互浸潤していく。

しかし、このようなテクストが表象の残余として残すのは、死と暴力である。ここでは、小説家ビルの半ば自殺的な「内臓《インターナル》損傷」(207)による死が、唐突に投げ出されている。[8] デリダは九・一一後のインタヴューのなかで、「自殺的な自己免疫」は「内部からやってくる」("Autoimmunity" 95 強調デリダ)と語った。自己免疫とは、ちょうど米国が、自らを守り強固にするために内外に波及させた武器やテクノロジーによって、自ら損傷を受けたように、「生物が『自ら』働いて自分の防護力を破壊すること、『自分の』免疫に対して自分が免疫になること」(94)である。つまり自己免疫とは、免疫力を高めていく過程で、自己の内外の区別を瓦解させ、自分で自分を破壊してしまう内部攻撃のパラドックスである。ビルはテロリストに対抗する物語を書こうとして、「文明化された不安の陰影の外側に自分自身を置」き、「そこにいる人質のことを考え」(*Mao II* 155)ようとしたが、不思議なことにそこで展開したのは、人質の青年もテロリストの少年も、「二人とも覆面を被っている」(204)姿で、青年は「少年と自分を同一視し《アイデンティファイ》」、自分が「その少年になりうる者である」ように思い、少年が自分の過去である――「その少年を記憶している」(203)――とさえ思うようになる。「死と隣り合わせで生きる」(157)テロリストに対抗するために書かれる、死と隣り合わせの人質の物語は、恐怖と攻撃、想像と現実の区別をなし崩しにし、人質とテロリストの境界を不鮮明にして、ついにはその物語を書こうとした作家に自分自身を破壊させてしまう。ビルの死は、そのような「内的《インターナル》損傷」による必然的な死、いわば自殺である。であれば、著者自身をビルに自己参照的に重ね合わせる『マオII』というテクストは、テロリストとも共犯関係にあるハイパーリアルな複製文化に対抗しようとして、作中の作家を死なせる自己免疫的テクスト、一種の「自己参照的な自爆小説」だとも言えるだろう。「高画質のコンピューター化された壁」（238）のようなベイルート、カメラのフラッシュと自動小銃の閃光の区別がつかない内戦の地を、「今一度写真に撮られた死せる町」（241）と表現して、テクストは終わる。

『星々の生まれるところ』、遅延される「歓待」の書

それでは、テロリズムに対して自己参照的な自爆小説となる以外に、その暴力に抗しうる物語はないのだろうか。デリーロは九・一一直後に発表したエッセイのなかで、現在においても「生きた言語は減じられておらず」（"In the Ruins of the Future" 39）、対抗物語は語られうると述べた。彼によれば九・一一への対抗物語とは、虚実にかかわらず、個々の人々のそのときの具体的で個別的な物語であり、世界貿易センタービルから「手と手を携えて落下した人々」（39）のことでもある。たとえその死者たちの「生存中の差異が［一瞬の］衝撃と閃光によって消え去った」としても、「その人自身の国籍や人種、老若や信仰の有無といったアイデンティティ」はやはりそこに存在し、それらは「魂の合一」ともなって、同じ衣装でメッカに向かって祈る人々の「死者たちとの繋がりの記憶」（40）に呼応していくと、彼は言う。複数の登場人物を多声的に並置しつつも、テロリズムの内外を跨ぐイメージの連鎖のなかで小説家を「自爆」させ、人質の物語を未完にした『マオII』に比して、このエッセイの主張[9]

はいかにも希望的ではある。しかしデリーロが言う「生きた言語」が語られるのは、「何がなされたのか」(39)という現在の暴力の理解においてであると同時に、「死者たちとの繋がりの記憶」という未来への投影においてでもある。他方テロリズムも、その行為だけではなく、それが未来へ投げかける恐怖において、暴力的である。つまり表象も恐怖も、再現前性(*re*-presentativeness)という点では同じく時間性を有する。してみれば、恐怖というテロリズムの暴力への対抗性は——その対抗性がどんなに希薄で、また覇権文化に被傷的なものであっても——恐怖と同じく、未来に投射される物語の時間性のなかに求められるのではないだろうか。そのことを九・一一後に小説化しようと試みられたのが、二〇〇五年に出版された『星々の生まれるところ』ではないか。

マイケル・カニンガムの『星々の生まれるところ』は、前作『めぐりあう時間たち』と同様に文学的アリュージョンに満ちて描かれ、またテクストを構成する三つの話のなかに同様の名前を持つ人物が登場するので、ハイパーリアルな複製文化の一種のパスティーシュ・テクストと言える。その第二話「子ども十字軍」の舞台は、九・一一後のニューヨークに設定されており、テロリストの少年が登場する。だがここでは、テロリズムは回避される。

ニューヨークで司法精神科医の職に就き、テロリストからの予告電話を調査しているキャットは、自爆を告げる少年の声がいたずらでないことに気づき、それを事前に防ごうとする。「婦人警官なの?」(Cunningham 101)とも尋ねられるキャットは、職務上、テロリストの対極に位置し、既存秩序の破壊に美的・倫理的意味を見いだすような芸術家ではない。しかし『マオII』では、物語の進展とともにビルの唯一無二性の神話が溶解し、彼の肉体は死滅して、名前はテロ集団に売られる身分証明書に縮約していったのと裏腹に、キャットは、システムの単なる一機能としてテロ対策のために働く状況から、物語の最後では（元）テロリストの少年を携えて社会から出奔し、身元を隠すためにクレジットカードも使えない立場、社会の意味のネットワークから離脱した存在になることを選ぶ。

彼女が社会から身を離すにあたって伏線として描かれるのは、テロリスト捜査という緊迫した状況のなかで、自分は恋人にとって「エキゾティックな標本」（166）でしかないことに気づくことである（キャットはアフリカ系アメリカ人で、恋人サイモンは年下の白人に設定されている）。サイモンは「いずれ彼の現在に到達する」が、それは「白人の賢い美人妻と結婚している」ときであり、そのときキャットは「彼自身の過去のあまたの出来事の収集［品］」（165　強調竹村）の一つにすぎなくなる、と彼女は悟る。彼との関係では、彼女の過去、現在、未来は断ち切られている。彼と過ごした日々は「標本」や「収集品」に圧縮され、その標本とて、他の標本（ダンサーやインスタレーション・アーティスト）に追加されるだけの価値しかなく、未来に向けてその生が具体的に息づくことはない。他方、彼女が自爆を阻止したテロリストの少年、わずか一〇歳ほどのひ弱で、身体の不自由な少年は、九年前に亡くした彼女の息子ルークを思わせる。サイモンとの関係のなかで抑圧していた（息子の死後、恋人を得て「生き続けている自分自身をもっと嫌悪したい」［113–14］とさえ思っていた）彼女自身の過去は、少年と共に未来に向けてふたたび蘇り、彼女の時間は、過去と現在と未来が繋がる「日々」に変わることだろう。原題（*Specimen Days*）を直訳すれば「標本的日々」である。

このように第二話「子ども十字軍」は、幼い息子を失ったのち、人種偏見を秘めた表層的交際を続けるキャリア・ウーマンに、テロリスト集団の希薄な人間関係で育てられた頑是ない少年を配して自爆テロを防ぐという、いかにも感傷的で、ハリウッド的な筋立てではある。事実、映画『めぐりあう時間たち』を制作したスコット・ルーディンが、小説出版時にはすでにこの作品の映画権を取得していたと言われている。テロリストは「あまりに華奢」な「ほんの子ども」で、ケアされることを求めており、「容易に暗示にかけられる」(184–85) ので、身につけた爆弾を外させるのは、そう難しいことではない。よってサスペンス仕立てのこの物語では、テロリズムは、ヒューマニズムと母性愛の合唱のなかで、一応はめでたく回避される。

しかし物語はさらに踏み込む。社会からの離脱はキャット自身の私的生活の精算として理由づけられているものの、彼女と少年の日々を可能にするのは、皮肉なことに、唯一、彼女たちが一カ所に逗留せずに「移動をつづけ……なんとか足跡を消し去る」(194) 生活を送ることによってのみである。少年は学校には行かず、体が悪いのだと言いつくろって、自宅で彼女が教育することになるだろう (194)。なにしろ彼は、不特定多数の市民を爆破しようとした (元) テロリストである。人々は、捕縛したテロリストを「もちろん調べ」(186)、隔離する——大人なら、グアンタナモ収容所のような場所に。「集中セラピーを受けて、社会復帰する」ことはありえない——「子どものテロリストさえも」(186)。なぜなら人々は怯えているから、「ひどく怯えている」(186) からである。

本章の冒頭で述べたように、テロリズムもまた、時間性のなかにその効果を刻むものであり、恐怖の亡霊を未来に投影する暴力である。未来に向けて出来事が開くことの意味を、デリダは九・一一後のインタヴューで次のように語っている。

> トラウマ的出来事は、起こったことの（たとえ無意識の）記憶によって、出来事として刻印されるだけではありません。こう言うと、わかりきったことにわたしが反対しているように思われるでしょう。わかりきったこととは、出来事は現在あるいは過去に――つまり否定しようのない形で一回限りとして発生した事柄の、まさに「起こる」という性質に――結びついており、したがってそののちに続く反復強迫は、すでに起こったこと、あるいは起こされたことの再生産にほかならないという見方です。……けれども「九月一一日」が「重大な出来事」のように見える理由を理解したいと望むなら、トラウマ的事柄の時間化を、今一度考える必要があります。なぜなら傷は、過去だけでなく、未来を前にしたわたしたちの恐怖によって、開いたままになっているからです。（"Autoimmunity" 96　強調デリダ）

テロリズムの暴力は、それがどんな惨事であれ、「起こってしまった」というだけでなく、「ふたたび起こるかもしれない」という恐怖に由来する。テロリズムの破壊や殺傷は、過去の事件に対する報復のように見えたとしても、事実その要素があるとしても、テロリ＝ズム（terror-ism）であることの要諦は、現在への恐怖ではなく、未来への恐怖であり、いまだ起こりえていない出来事に対する先取り的体験である。したがってテロリズムは、そのとき、その場所を恐怖に陥れるだけでなく、〈テロリズムの背景は増殖しうるので〉あらゆる場所や時間をテロル化する（terror-ize）。だからキャットと少年は移動を続け、また遠く離れた地下鉄サリン事件にも、米国はすばやく反応した。しかも地下鉄サリン事件のような、あるいは九・一一のような、古今未曾有のテロリズムは、その〈最〉悪さゆえに、人々の想像力のなかで先験的恐怖を膨れあがらせ、〈さらに最悪〉のテロリズムが起こるのではないかと怯えさせる。〈さらに最悪〉という語義的矛盾は、しかし、テロリズムが時間性を有するがゆえに、そして恐怖が未来から到来するがゆえに、テロリズムがもたらす否応のない心的風景となる。

ひるがえって、起こってしまった惨事は、まだ起こっていない惨事に比べて、〈より悪くない〉惨事に降格する（124）。九・一一の映像が繰り返し報道され、引用されるたびごとに、それがもたらす恐怖の感情は高められ、その映像を見る人の心に、まだ起こっていない惨事を用意させ、あるいは待ちわびさせ（たとえば九・一一のあと、まだ起こったことのない炭疽菌テロへの警戒が強められた）、それと同時に九・一一の惨事を、〈より悪くない〉もの、〈まだましなもの〉に変えてしまう。複製文化は、同一イメージの氾濫による共時的なハイパーリアリティを展開させるだけでなく、未来に向けたイメージの膨張と、過去のイメージの矮小化の両方をおこなう通時的なハイパーリアリティを生みだすのであり、これを典型的に利用しているのが、複製メディア社会のテロリストである。だからテロリズムを描くこと自体、その暴力に加担することになる。この種の暴力への加担は、ジジェクが言うようにハリウッドが九・一一以前にそのようなパニック映画を描いたことや、事後に米政府にとって都合のよい報復映画を制作することだけではなく、テロリズムの暴力に対抗しようとする表象すべてに——ニュース報道であれ、文学表象であれ——言えることである。「テロリズムとの戦い」は、延々と続く「プレイオフ」(99)となり、その攻守の境を曖昧にしていく。

テロリズムによって掻き立てる恐怖を大きくするには、「国の中枢機関や国家権力の象徴」(Weiner)を狙うよりも、一般市民を対象に、多くの耳目が集まる目立つ施設を標的にすることである。九・一一はそのスペクタクル性で最たるものだが、この種の劇場型テロリズムは、なにも二〇〇一年が最初というわけではない。ルクソール外国人観光客襲撃事件(一九九七年)、地下鉄サリン事件(一九九五年)、世界貿易センタービル爆破(一九九三年)など、九〇年代に頻発するが、さらに遡れば、一九七二年に起こったミュンヘン・オリンピック村襲撃事件を挙げることもできるだろう。しかしやはり九・一一の前と後を分けるものがあるとすれば、冷戦後の国際政治の不安定さや経済のグローバル化といった政治経済状況に加えて、情報の伝達やテクノロジーの急速な進展に伴う脱領域化が、テロリズムの劇場を世界規模に拡大し、またその「プレイオフ」をさらに劇場化していることだろう。九・一一では二機目の旅客機がビルに衝突する瞬間を、またツインタワーが一つずつ崩壊する様子を、それから逃げまどう人々を、それと同じ時刻に、米国だけではなく、日本でも、(デリダがいた)中国でも、(ハーバーマスが住んでいる)ドイツでも、テレビ画面で見ることができたし、それ以降もその光景は何度も何度も放映され、報道されてきた。そうしてテロル化される時間と場所の拡大が「対抗的な恐怖政治」(ボードリヤール 六四)を生み、おそらくその一つの暴力的発露として、アブグレイブ収容所の捕虜虐待が起こったのだろう。これもまた、身体に加えられるリアルな暴力であると同時に、屈辱的な姿勢を撮影することでさらに屈辱を与えるというハイパーリアルな暴力であり、またデジタルカメラで撮った写真に一緒に写っている米軍兵士の笑顔が、ソンタグが言うように観光地の記念撮影となんら変わらないという、日常と非日常の境界を液状化するものである。[10] この写真もまた、世界的にニュース発信され、広く新たな恐怖を呼び起こした。したがって九・一一以降の文学表象の困難さは、人々の先験的恐怖と、氾濫するイメージと、現実の暴力が三つどもえになって膨張しているテロル化する世界で、文学表象がそれに加担することなくいかに介入しうるかということだろう。投げかけられているのは、延々と続く「プレイオフ」で語られる対抗物語がいかなるものでありうるか、という問いだ。

カニンガムの小説で特徴的なのは、自爆テロリストが爆弾を脱ぎ捨てたことである。しかしそののち、彼が社会に受け入れられる可能性は、きわめて低い。キャットが推測するように、彼に「セラピー」をつけて「更正」させることはありえないし、ふたたび社会に戻すこともないだろう。未来に到来する惨事に前もって怯える社会は、テロリストに対して「寛容ゼロ」(Cunningham 186) の社会である。彼が収容所に入れられれば、『マオII』の人質の場合と同じく、死と同様の監禁状態となるだろう。だから爆弾を脱ぎ捨てた少年は、元のテロ集団に戻るわけにはいかず、標的にしていた社会でも生きられず、居場所を転々と変える失踪者、名前を持たぬ者になるしかない。テロ集団にいた頃、彼は予告電話でたびたび「自分には名前がない、名前など必要でない」と語っており、それが彼のテロリスト性の指標――『マオⅡ』の覆面の少年のように、テロ集団によって自爆実行者としてクローン化された者の徴《しるし》――となっていたことを思えば、これはいかにも皮肉な展開である。別の見方をすれば、テロリストであったときには、爆破の実行性において、彼はテロ集団にも、また標的集団にも繋がりを持っていた。けれども爆弾をその身から取り去ったあとは、彼はどのような集団や社会にも属さない〈全き他者〉――恐怖の波及力を考えれば、〈世界の異邦人〉――となるのである。逆説的なことに、テロリストを「他者」として排除しようとする社会＝世界にとって、爆弾を取り去って〈全き他者〉になった彼こそ、もっとも純粋な潜在的テロリストであるとも言える。キャットが引き受けたのは、そのような立場の少年と共に生きること、そのような少年と共に、彼女の時間を継続させていくことだった。

この物語は、「彼女はそれを聞き逃した」という文で始まる。彼女は「真の意図がもつピ、ー、ン、と、い、う、音を聴きとれる」(97　強調カニンガム)人のはずだった。物語の最初では、彼女が聞き逃したのは、彼女が防げなかった別の自爆テロを告げる音である。しかし物語の終末、少年と一緒の逃避行の旅立ちの場面では、彼女が聞き逃したのは、不特定多数の市民を吹き飛ばす爆破予告ではなく、彼女自身の殺害の意図を告げる音だったかもしれないと示唆される。

キャットの頭のなかで、ピーンという音が鳴った。ここにいるのは人殺しだ。ここにあるのは、真の意図をもつ顔だ。

そして今、突然に彼女は理解した。彼女はそれに引っかかったのだ。

誰も安全ではないことを知らせる必要がある。富める者とて、貧しい者とて。

……誰も安全ではない。母親とて。愛という名において喜んですべてを犠牲にする人々とて。

……彼女が養子にした息子、第二のルーク、彼女が救った少年、その彼が結局、彼女を愛するがゆえに彼女を殺害することを決意するかもしれないのだ。（196　強調カニンガム）

自分のそばにいるのが、人を殺すはずの少年だったことに気づいたキャットは、しかしとりあえずは、彼を当局に引き渡そうとはしない。とはいえ、相変わらず少年は「殺人者の笑みを浮かべたまま」（196）であり、彼女が安全という保証はどこにもない。

テロリズムが未来をテロル化するものであるかぎり、（元）テロリスト[11]と共に生きることは、キャットが感じた恐怖と共に生きることである。たとえテロリストを更正施設に入れて無害な人間に変え、社会に導き入れたとしても、それは、片方の社会への馴化・教化にほかならず、加害者側と被害者側の分断を強化するだけで、（元）テロリストと共に生きることにはならない。だからテロル化を加速する世界で書かれうる対抗物語は、キャットと同じ恐怖を味わいつつ、しかし（元）テロリストを他者として排斥しないで、自らの集団に、そして自らのなかに、迎え入れる物語だろう。

デリダは「歓待について」と題した一九九七年のゼミナールのなかで、平和を約束するものとして、「歓待」という概念を挙げた。それは異邦人を客人として自分の場所に迎え入れる行為だが、それが

「歓待」であるかぎり、迎え入れた主人は「主人」としての立場でいつづけることはない。歓待において、主と客、招待と訪れ、恐怖と信頼、隠匿と表出、脅迫と約束は転倒を繰り返す。[12] 九・一一後のインタヴューで、デリダはふたたびこの概念を持ち出して次のように言う。歓待は「絶対的に異邦の訪問者……全き他者として訪れる人すべてに、開いている、前もって開いている」。だから「歓待は、実際は招待の歓待ではなく、訪れの歓待」(“Autoimmunity” 128–29　強調デリダ)である。「訪れ」(visitation)という言葉には「訪問」という意味のほかに「災禍」という意味があるように、「訪れ」は危険なものになるおそれがある。しかしそのリスクを冒さない歓待、「全き他者に対する免疫システムで防御された歓待」は歓待ではなく、歓待には「生命を晒すこと」(129)が不可避的につきまとう。事実キャットと少年のあいだでは、恐怖と信頼だけでなく、主と客も転倒する。彼女が自らの意志で「救った」はずのひ弱な少年は、「彼女に、彼を救うことを許しつづける」(195)存在でもあるのだ。

　しかもデリダ自身が認めているように「無条件の歓待を生きることは、実際には不可能である」(129)。したがって可能なことは、「無条件の歓待と条件付きの歓待のあいだの交渉」だけであり、これにおいてのみ「政治上、司法上、そして倫理上の応答は起こりえる」(130)。だからキャットは、少年とこれからもずっと無条件に暮らしていこうと決めたわけではない。「彼はいつでも彼女を殺すことを選べるし、彼女もいつだって彼を排除する／殺す(do away with him)ことができる」(*Specimen Days* 196)。迎え入れた客人が主人を殺すことがあるかもしれず、主人が客人を追い出し、結果的に客人を殺すこともありえるという宙づり状態を引き受けることが、「不可能な歓待」を生きる唯一の道である。そしてキャットと少年が少なくとも今やろうとしているのは、この宙づり状態で「共に進みつづける」ことであり、「それ〔どちらかが相手を殺すこと〕を先に延ばすこと、一時間また一時間、おそらくは一か月また一か月、一年また一年と先に延ばすこと」（196）である。

けれどもこの宙づり状態は、冷戦期のような「抑止」ではない。二つの陣営は、不変の敵対関係のなかに凍結してはいない。死んだ息子ルークの名を選んだ（元）テロリストの少年と暮らすこれからの日々は、彼女が失った過去を再生させるだろうが、それは過去と同じ日々ではない。ある意味で彼は、テロ監視の職に就いていた「彼女の人生を、すでに終わらせた」（196）のである。「歓待」の日々は、過去の自明性を切り崩し、「終わりのない崩壊と再生を同時に」（196）繰り返す時間の連続体である。「崩壊と再生」は彼女を変え、少年を変え、テロリズムを引き起こす憎悪の応酬、暴力の配置を変えるだろう。『マオⅡ』では、人質はスイス出身の青年であり、ビルが死んだのはキプロスからレバノンへ向かうフェリーのなか、そして砲撃が繰り返されているのはベイルートであり、「死」は米国から遠く隔たっていた。だが九・一一後に書かれたこの物語では、殺人であれ、自殺であれ、「死」は米国のなかで、可能なかぎり引き延ばされようとしている。

しかしキャットと少年が孤絶した生活を続けるかぎり、「崩壊と再生」は二人のあいだのみの事柄となり、彼を洗脳したテロ集団や、テロ集団を恐怖・嫌悪する米国社会は、そのまま過去の自明性、恐怖／暴力の時間性のなかに留まったままである。残念なことに第二話は、ニューヨークのペンステーションから旅立つ二人の描写で終わり、困難な「歓待」の軌跡——恐怖と信頼、脅迫と約束が繰り返し転倒する日々、その失敗あるいはサバイバルの細部――が語られることはない。ピーター・ベイカーは『マオⅡ』論を締め括るにあたって、『マオⅡ』では達成できなかったが、「このポストモダン文化がサバイバルできるかどうかは、この社会が内在的に抱えている正義の欠如に帰因し、それゆえに国内外を問わずあらゆるテロリストを生みだしている沈黙化された言葉を、わたしたちが理解しようとつとめられるかどうかにかかっている」(34)と述べた。しかし『星々の生まれるところ』においても、沈黙化され暴力に凝結した言葉が、解き明かされることはない。テロ集団の首謀者、ホイットマンという名の中年の女は、少年をある意味でキャットに託したあと、当局の収容所の奥深くに姿を消してしまった。

物語をつうじて少年がつぶやくテロ集団の合い言葉、ホイットマンの『草の葉』からの引用句は、共存の二律背反性を暗示する。「わたしは自分自身を祝福する／そしてわたしが当然と思うものをあなたも当然と思うようにさせる」という有名なフレーズに続く「わたしのものであるすべての粒子は、まったく同じようにあなたのものでもある」という詩句は、(元)テロリストの口から発せられたとき、「歓待」の(不)可能性を追求する困難な道のりを一挙に暴力的に超えてしまう撞着語、黙示録的な祝福のように響く――「愛ゆえに殺す」少年が願う「魂の合一」として。無数の魂のドラマティックな集合を謳ったホイットマンは、他方で、改訂を重ねた長い『草の葉』の詩集において、カタログ手法とも言える具体的物事の描写を連ねた。けれどもこの第二話では、「一時間また一時間、おそらくは一か月また一か月、一年また一年」の細部は描かれない。それは、三人の登場人物の名を重ね合わせて進むトリロジーの次話、舞台を一五〇年後のニューヨークに移したSFファンタジーに委ねられたと読むこともできるだろう。たしかに第三話でも、カタリーン（おそらくはキャットの残影）、サイモン、ルークは、近未来の異邦人的存在（エイリアン、アンドロイド、少年予言者）として描かれる。またそもそも第二話でも、第一話で死んだ（ルークの）兄サイモンが、ふたたびキャット（第一話のキャサリンの残影）の恋人として登場しており、『星々の生まれるところ』というトリロジー全体は、「崩壊と再生」の物語となっている。けれども一つの話から次の話にいたる時間は、それぞれ一挙に一五〇年ほどワープし（第一話は一九世紀中葉の工業化の時代）、そのあいだの「日々」――「一時間また一時間、一か月また一か月、一年また一年」――は埋められてはいない。

『マオⅡ』においては、テロリズムの加害者側と被害者側が漸次的に連なるポストモダンな情報・消費文化のなかで、死と暴力と破壊がレリーフのように刻まれ、テクストの「残余」として残された。『マオⅡ』のその後、ビル＝人質の青年が熾烈に願った「恐怖を吸い取る」対抗物語は、「歓待」の書の気配となって、「九・一一以降」の小説で書かれ始められようとしている。しかし「歓待の日々」は『星々の生まれるところ』において、ワープした時間のなかに身を潜ませたままで、いまだその全貌を現してはいない。

註

（1）一九九三年二月に世界貿易センタービルの爆破テロがあり、地下鉄サリン事件の翌月には、オクラホマシティ連邦政府ビル爆破が起こった。

（2）同日夕刊（一九九五年三月二〇日）の日本の新聞は、警視庁の見解としてその語を使っておらず、警視庁または首相の言葉として「無差別殺人」と報道しているだけである（『朝日』『日経』）。ただし見出しに「テロ」の語を使ったのは『日経』、コメントのなかで使ったのは『毎日』。

（3）たとえばベンジャミン・クンケルによれば以下。DeLillo, *Libra*（1988）; Don DeLillo, *Mao II*（1991）; Paul Auster, *Leviathan*（1992）; Bruce Olds, *Raising Holy Hell*（1995）; David Foster Wallace, *Infinite Jest*（1996）; Richard Grossman, *The Book of Lazarus*（1997）; Philip Roth, *American Pastoral*（1997）; Don DeLillo, *Underworld*（1997）; Russell Banks, *Cloudsplitter*（1998）; Bret Easton Ellis, *Glamorama*（1998）; Jennifer Egan, *Look at Me*（2001）; Susan Choi, *American Woman*（2003）; Heidi Julavits, *The Effect of Living Backwards*（2003）; Russell Banks, *The Darling*（2004）; Nicholson Baker, *Checkpoint*（2004）; Christopher Sorrentino, *Trance*（2005）; Michael Cunningham, *Specimen Days*（2005）など。

（4）この時代のテロリストを描いた作品としては、ほかにジョセフ・コンラッドの『密偵』（一九〇七年）やドストエフスキーの『悪霊』（一八七二年）がある。

（5）シカゴのヘイマーケット広場で無政府主義者らしき者によるダイナマイト投爆があり多数の死傷者が出た。ジェフォリー・A・クライマーは『テロリズムというアメリカの文化』の第一章でこの事件を扱い、この事件の前年に発表されたウィリアム・ディーン・ハウエルズの『サイラス・ラパムの勃興』におけるダイナマイトの記述をめぐる編集者側からの削除の要求に言及している。

（6）この発言は多くの人から顰蹙《ひんしゅく》をかい、コンサートはキャンセルされて、彼は発言を修正するコメントを発表した。

（7）ピーター・ベイカーは『マオII』を意図的にテロリストの「神聖さ」を剝奪しようとしたテクストだと論じ、リチャード・ハーダックは西洋資本主義とイスラム原理主義の相同性を指摘している。

（8）都甲幸治はむしろビルの死を、カルト的なイメージの増殖の世界からもっとも遠いところに位置するものと捉える。

（9）渡辺克昭は、「生きた言語」の多声性によってテロリズムの全体主義を乗り越える範例として、『マオII』を解釈している。

（10）アブグレイブの虐待写真における暴力と欲望の関係については、生政治（bio-politics）の次元で論じた拙論 "Violence-Invested（non）Desire" 参照。

（11）（元）という括弧付きの語をこれまで一貫して使ってきたのは、このような画定不可能な条件のなかで生きていくことを示唆するため。

（12）デリダは、ギリシア悲劇のオイディプスとテーセウスの関係にこの種の歓待を読み込むが、ホモソーシャリティに裏書きされた歓待であるかぎり暴力の連鎖を生むことについては、拙論「暴力のその後」参照。

引用・参考文献

Amis, Martin. "Fear and Loathing." *Guardian* 18 Sept. 2001. Guardian. 30 Oct., 2005. 〈http://www.guardian.co.uk〉

Baker, Peter, "The Terrorist as Interpreter: *Mao II* in Postmodern Context." *Postmodern Culture* 4–2（January, 1994）. Postmodern Culture. 30 Oct., 2005. 〈http://www3.iath.virginia.ebu/pmc/〉

Clymer, Jeffory A. *America's Culture of Terrorism: Violence, Capitalism, and the Written Word*. Chapel Hill U of North Carolina P, 2003.

Cunningham, Michael. *Specimen Days*. New York: Farrar, Straus and Giroux, 2005.（マイケル・カニンガム『星々の生まれるところ』南條竹則訳、集英社、二〇〇六年）

DeLillo, Don. *Mao II*. 1991. London: Vintage, 1992.（ドン・デリーロ『マオⅡ』渡辺克昭訳、本の友社、二〇〇〇年）

——. “In the Ruins of the Future: Reflections on Terror and Loss in the Shadow of September.” *Harper’s Magazine*（December 2001）: 33–40.

Derrida, Jacques and Anne Dufourmantelle. *Of Hospitality: Cultural Memory in the Present*. 1997. Trans. Rachel Bowlby. Stanford, CA: Stanford UP, 2000.

——. “Autoimmunity: Real and Symbolic Suicides—A Dialogue with Jacques Derrida.” *Philosophy in a Time of Terror: Dialogues with Jurgen Habermas and Jacques Derrida*. Ed. Giovanna Borradori. Chicago and London: U of Chicago P, 2003.

Hardack, Richard. “Two’s a Crowd: *Mao II*, Coke II, and the Politics of Terrorism in Don DeLillo.” *Studies in the Novel* 36–3（Fall 2004）: 374–92. Ebsco Host. 30 Oct., 2005.

James, Henry. *The Princess Casamassima*. 1886. *The Novels and Tales of Henry James*. Vols. 5 & 6. New York: Charles Scribner’s Son, 1936.

Kristof, Nicholas D. “Poison Gas Fills Tokyo Subway; Six Die and Hundreds are Hurt.” *New York Times* 20 March 1995. New York Times. 30 Oct., 2005. 〈http://select.nytimes.com/〉

Kunkel, Benjamin. “Dangerous Characters.” *New York Times* 11 Sep. 2005. New York Times. 30 Oct., 2005. 〈http://www.nytimes.com/〉

Rowe, John Carlos. “*Mao II* and the War on Terrorism.” *The South Atlantic Quarterly* 103–1（Winter 2004）: 21–43.

Sontag, Susan. “Regarding the Torture of Others.” *New York Times* 23 May, 2004. 〈http://donswaim.com/nytimes.sontag.html〉

Takemura, Kazuko. "Violence-Invested (non) Desire: Global Phallomorphism & Lethal Biopolitics." *F-GENS Journal* 3 (March 2005): 65–71.

Watanabe, Katsuaki. "Welcome to the Imploded Future: Don DeLillo's *Mao II* Reconsidered in the Light of September 11." *The Japanese Journal of American Studies* 14 (2003): 69–85.

Weiner, Tim. "Terror in Tokyo: The Puzzle; U.S. Intelligence Officials Baffled over Possible Motives." *New York Times* 21 March, 1995. New York Times. 30 Oct., 2005. ⟨http://select.nytimes.com/⟩

Žižek, Slavoi. *Welcome to the Desert of the Real: Five Essays on September 11 and Related Dates*. London: Verso, 2002.

加藤朗『テロ——現代暴力論』中公新書、二〇〇二年。

竹村和子「暴力のその後……——『亡霊』『自爆』『悲嘆』のサイクルを穿て」『思想』岩波書店、九五五号、二〇〇三年、三五—五九頁。

都甲幸治「テロリズム・カルト・文学——ドン・デリーロの *Mao II* における他者の表象」『アメリカ研究』三六号、二〇〇二年、一八九—二〇六頁。

ボードリヤール、ジャン『暴力とグローバリゼーション』塚原史訳、ＮＴＴ出版、二〇〇四年。

IV

第9章

虎穴に入れば……

――〈フェミニズム・文学・批評〉の誕生と死

文学批評の冒険とは……文学が描写し、解釈し、歪曲すらしている生に対して、文学が他方で与えているさらに幅広い洞察をつかみとる能力にあるとわたしは信じている。

――ケイト・ミレット『性の政治学』

わたしが企てようとしているのは、学問分野の政治化ではない。わたしたちはすでに、政治のなかにいる。わたしはむしろ、敵意や恐怖や生半可な解決といった政治から離れるために、脱政治化しようと試みているのである。

――ガヤトリ・C・スピヴァク『ある学問の死』

〈フェミニズム・文学・批評〉の死角

文学理論のアンソロジーには、たいていその一章にフェミニズムが含まれている。ちなみに他の章は、ロシア・フォルマリズム、読者論、構造主義、ポスト構造主義（あるいは脱構築）、精神分析などで、ポストマルクス主義や新歴史主義、ポストコロニアリズム、カルチュラル・スタディーズなどが続き、ポピュラーカルチャー、映像理論が含まれることもある。またフェミニズムと別立てで、クィア理論もしくはレズビアン・ゲイ研究の章が加わることもある。しかしそのような縦割り的な章立てのなかで、現実には領域を横断してアメーバのように拡張している現在のフェミニズム批評を、どのように語ればよいか。

とはいえ文学理論の総括的書物を編むには、この縦割り方法はいわば必要悪であり、わたし自身も文学理論の授業では同じような単元分けを使っている。しかし語りにくい。なぜなら、たとえば精神分析がいかに文学批評の一翼をなすかを説明するには、まず最初に精神分析の前提に「ヘテロ」セクシズム[1]があることに触れざるをえず、そのうえで精神分析の概念のあるもの（投射・取り込み・否定・体内化など）が、心理と表象の関係をめぐってフェミニズム批評に寄与することを指摘しなければならないからだ。他方、ポストマルクス主義、ポストコロニアリズム、映像理論などは、そもそもフェミニズムの視点を抜きには成立しえない。また脱構築や読者論は、単なるツールとしてではなく姿勢として、フェミニズムには不可欠の考え方である。さらには一見してフェミニズムと遠く離れているように見えるロシア・フォルマリズムでさえ、次節で述べるように、文学言語と日常言語を区別するその主張が、現在のフェミニズム政治に大きく関与していると言える。[2]つまり各々の批評理論のなかに、ときにそれを批判するかたちで、あるいはそれとあざなえる縄のごとくに絡み合って、フェミニズムはすでに不可分に関わっている。逆もまた言える。フェミニズムの理論書やアンソロジーにも、右記の諸理論が各章のタイトルとして並んでいることが多い。つまりフェミニズム的読みは、それだけで完結・自足しておらず、何らかのかたちで他の理論と交差し、それによってその沃野を開拓している。

それでは、他の批評理論に何が付け加えられれば、それがフェミニズム批評になるのか。ある読みがフェミニズム的と言えるのは、そこに何があるためなのか。じつはこれも現在では答えにくい問いである。いまや、エレイン・ショーウォルターが提唱したガイノクリティシズム――女の書きもの、女を描く作品、女独自の文体や主題や視点、女の読者などを言挙げする批評――をはるかに超えて、フェミニズムは拡大している。また一九八五年にイヴ・K・セジウィックが『男同士の絆』においてホモソーシャリティという概念を創成して、男同士の絆に埋め込まれている性力学を世に問うて以来、女に焦点化しない読みもまた、じゅうぶんにフェミニズム的でありえるようになった。ましてやクィア理論やレズビアン・ゲイ研究は、男女の二分法自体を問題にしている。

では広く性にまつわる事柄が論議されていれば、フェミニズム的読みとなるのだろうか。この問いに関しては、イエスともノーとも言える。イエスという理由は、女への抑圧に限定せず、そのような抑圧を、結果の一つ（ただし由々しい結果の一つ）として生みだす性体制の表象を問題にするのが、フェミニズム文学批評であるからだ。しかしそれにもかかわらずノーという答えもありうると思われるのは、そのような表象分析を文学批評の一実践として開陳してみせることが――とくに対象を客体化して、その批評家本人から引き離している場合――たとえその分析がどんなに華々しいものであっても、フェミニズム的読みと言えるだろうかという疑問が生まれるからだ。

一九八三年に出版された先駆的書物であり、かついまだに古びていない著作『文学とは何か』(原題『文学理論』)の最終章でテリー・イーグルトンは、マルクス主義文学理論とともにフェミニズム文学理論を、「本書で論じたどの文学理論にもまして……価値がある」[3](三一四)と高く評価した。また一九九六年に出した改訂版の「新版あとがき」でも、「フェミニズム理論は、いまも昔も、知的優先項目群のトップ近くに位置して」おり、その理由の一つは、「次第に保守化の度合いをつよめてゆく時代にあって、ますます手にいれにくくなっているもの、すなわちアイデンティティの問題と政治組織の問題とのあいだの貴重なつながりを、またさらに大学と社会との貴重なつながりをも提供」(三四〇)するからだと述べた。彼はその次の段落で、「一九八〇年代中頃になると、フェミニストのほうが、たとえば現象学者よりも、社会主義的計画についてよく知っているとか、共感をいだいているとは、もう自信をもって語れなくなった」と断るが、しかし「たとえそうであっても」、フェミニズム批評が「ここ十年以上にわたって、おそらく新しい文学研究法のなかでももっとも人気を博したものとして確立し、それ以前の理論をおおいに活用しながら、文学の正典《キャノン》全体を修正し、文学の束縛的な境界をおしひろげたことは否めないだろう」(三四二)と付け加える。

事実フェミニズム文学批評は、少なくとも英語圏において、それが始まってから継続して、批評的《クリティカル》・批判的な姿勢を貫いてきた。しかしイーグルトンが右のように述べたのが改訂版においてさえ一九九〇年代半ばであることは、心に留めておく必要があるだろう。すでに一九九二年にボニー・

ジママンは、「レズビアンとは『こういうものだ』とか『ああいうものだ』とか」という題名の論文のなかでこう語っている。「現在の多くの批評家と同様にわたしも、文学テクストに『本物』や『真正さ』の基準を当てはめることには懐疑的である。しかしこういったものこそ、わたしの学生や友人たちが文学に期待していることであることも、わたしにはよくわかっている」(4)。彼女はこの論文を締めくくるにあたって、「では作家や、テクストや、読者のコミュニティに対して批評家が負うべき責任とはいったい何か」と問いかけ、「おそらく［これから］一九九〇年代に書かれるもっとも興味深い著作は、この問いの答えとなっていくだろう」(13)という期待で結んだ。

しかし、イーグルトンが言うように現実の政治ともっとも強く結びついているはずのフェミニズム批評は——そのなかでも九〇年代の政治運動を背景に登場したレズビアン・ゲイ批評でさえ、いやそれこそがまさに——九〇年代をつうじて、もっとも難解と評される批評となっていった。このような状況に批判的なマーサ・ヌスバウムは、そういった批評は「現実の女の実質的境遇に目を注ぐ」どころか、「アカデミズムの外にいる人々を当惑させる」だけの、「どろどろしたスープのような下らぬ論議だ」(5)とまで言う。

たしかに先に述べたように、現在のフェミニズム批評は、他の批評枠の知見や概念と緊密に関わりながらその射程を広げており、フェミニズム問題そのものを直接に扱っていない場合もある。またフェミニズム理論も、他の批評理論も、これまで蓄積されてきた議論を踏まえたうえで、それらの語られざるところを衝き、さらに根源的な問題提起をおこなおうとしている。それゆえに、そういった理論が社会の先入観や学問的通念から脱して、深く現実を捉えようとすればするほどに、皮肉なことに日常の現実感からかけ離れていくように見えることもある。しかし現実感とは、けっしてヌスバウムが想定しているほどには、所与の存在論的なものではなく、まさに社会に出回っている思いこみ《ドクサ》によって裏打ちされたものであるからだ。だからフェミニズム理論が「ヘテロ」セクシズムの現実を深く洞察しようとすればするほどに、これまでそれを阻んできた学問上の（つまりは知の体系の）前提を、他領域にまで渡って微細に問題化する難解な議論となり、それが結果として、フェミニズムの政治の現実的主張とかけ離れるかに見える場面が訪れるかもしれない。

しかし問題はそのことではない。理論がどんなに現実から乖離しているように一旦見えたとしても、それが現実への確かな足場から発しているかぎり、両者のあいだの回路が途絶えているわけではない。そうではなくて問題は、フェミニズム批評を追求する場がアカデミズムのなかであるために、今度はそのアカデミズムという磁場が、「理論」や「研究」という名のもとに、ラディカルなフェミニズム批評を、現実から確信犯的に再度乖離させていく傾向があることだ。学問制度が、フェミニズム批評の政治的ラディカルさを骨抜きにして、非政治性を学問的正統性とみなす「政治性」のなかに取り込んでしまうのである。もちろんフェミニズム批評に限らず、現存の文化体制や社会制度への批判から生まれた批評は、これと同じ皮肉な道程に陥りがちである。しかしなかでもフェミニズム批評は、女性蔑視と異性愛主義が長らくアカデミズムのなかに根を張ってきたために、それ自身の学問的強度と政治的主張の両方を、確固として保持しておくことはなかなか難しい。

そもそもフェミニズム批評は、これまで自明視されてきた知の偏向性を問うものである。その意味でも、それは既存の批評枠に単に「付け加えられる」のではなく、いわんやアカデミズムの「政治的正しさ《ポリティカル・コレクトネス》」に益するために、その末席に連なるものでもない。フェミニズム批評が知の体系の核心に迫る問いかけをするためには、アカデミズムの術語や研究蓄積をわきに追いやるのではなく、それらのなかに深く分け入って研究を進めなければならない。しかしそのことが逆に、フェミニズム批評の足下を掬い、教育制度や学会組織といった既存のシステムのなかに絡め取られて、フェミニズム批評を起動させたそもそもの動因がなし崩しになってしまう場合もある。その結果フェミニズム研究は数多くなされても、それらはアカデミズムの現代的正統性のための一種のアリバイとして機能し、その陰に隠れてフェミニズムの主張がやせ細るという事態さえ危惧される。しかもこの脅威は、外圧として制度の側から、ときに権威的形象や組織の形をとって押しつけられるだけでなく、研究者自身の自己規制や自己保身として、さらにまたアカデミズムの言語が本来的にもつ象徴的特質のせいで、研究者の内側に潜むものでもある。

そしておそらくどのような批評も――現実への確かなまなざしから出発している批評でさえも――けっして無縁と言えないのが、この最後の点、アカデミズムの言語の象徴的特質を身に帯びるということである。それは、現実と理論、身体と精神、日常言語と思想言語のあいだの隔たりという形をとって現れる。しかもこれまで「現実」や「身体」や「日常」としてしるしづけられてきたのが「女」であり、それより上位に位置するとされてきた「理論」や「精神」や「思想」を手中にできたのが「男」

であったために、これらの両者をまたいで、その二分法を無効にしようとするフェミニズム批評は、両者のなかのそれぞれに存在する死角の両方に晒される。もっと正確に言えば、両方の源から放たれる光線が交差して生まれる眩耀的盲点に、つねに身を置くことになる。

さらにまたフェミニズム批評のなかでも、フェミニズム「文学」批評は、もう一つの源からの光によって、その眩耀性が倍加される批評である。なぜならそもそも文学批評は、日常言語と文学言語は両立するかという問題をつねに抱えたものであるからだ。たとえばその答えとして、もしも日常言語と文学言語が両立しないということになれば、文学批評はそれ固有の牙城に閉じこもり、その批評制度の外側では、つまりは一般読者に対しては、無価値なものとなり、文学テクスト自体の開放性や豊穣さを割り引いてしまうことになる。またもしも両立するということになれば、対象テクストが「文学」テクストである意味は何か、またその批評が「文学」批評である意味は何かという問いが生まれ、文学批評、ひいては文学性の根本的な定義が問題になってくる。

したがって〈フェミニズム・文学・批評〉は、それが現実や身体や日常を構築している性体制に関わるフェミニズム批評であるために、現実と理論、身体と精神、日常言語と思想言語のあいだに横たわる問題系に無自覚であることは許されず、またそれが文学（この言葉が何を指し示すにせよ）を扱う批評であるがゆえに、文学性をめぐってこれらの二項対立を定位しなおす姿勢を必要とする。つまりフェミニズム文学批評は、フェミニズム文学批評とは何か、それは存在しうるのか、存在するとすれば、どんな形なのかを自らに問いかけなければならない批評、自らの存在理由をつねに自問しなければならない批評であり、さらに言えば自らの死――もしかしたら一度も生まれなかったかもしれない自らの生の死――に、つねに晒されている批評と言うことができるだろう。

文学と政治と倫理

文学研究において、経験よりも理論を上位におく批評体制を作ったものこそ、文学理論である。テリー・イーグルトンが『文学とは何か』のなかで語っているように、およそ制度としての文学理論は、二〇世紀初頭までは存在しなかった。彼はその始まりを、一九二〇年代に誕生した国民文学としての「英文学研究」に置いた。しかし大橋洋一がイーグルトンを踏まえた自著の初めの部分で、イーグルトン自身が詳述しなかった「ロシア・フォルマリズム」について丸々一章をかけて論じたように[6]、文学理論を新しい潮流として最初に押し出したのは、一九一〇年代にロシア／ソビエト連邦で興った文学運動だと言える。詩の価値をその技法の分析によって明らかにしようとしたロシア・フォルマリズムは、次の二点で、良かれ悪しかれ、フェミニズム文学批評に重要な布石を敷いたと言えるだろう。一つは、それ以前の一般的な作品受容のなかにあった近代主義的な人間中心の空気――これは片方で、英文学研究によってリベラル・ヒューマニズムという文学理論として定着していくことになる――を否定するものであったこと、二つ目は、文体や技法などの形式を重んじて、文学を世俗的価値から引き離したことである。

前者は、そのころまだ登場していなかったフェミニズム文学批評に、時代をへて貢献したと言える。なぜなら近代主義的な人間観こそ、人間を、欧米の中産階級の異性愛の男に限定する文学観を醸成するものであったからだ。しかしそれを覆す起爆力を備えていたにもかかわらず、ロシア・フォルマリズムは、実際には近代主義的な人間観からさほど遠くに行ったわけではなかった。というのも形式を重視する主張は、作品の内容をまったく顧みないことであり、内容に込められた価値基準に対しては、何ら検証をおこなわないことであるからだ。つまりそれは、「何もしない」ということによって、近代主義的な人間観に与することになる。加えて形式を「文学言語」として特権化し、「日常言語」からの逸脱に文学性を見つけようとする姿勢は、文学形式を普遍的・汎歴史的なものとみなして、文学形式に潜むイデオロギー的要素——どのような形式を文学的とみなすかという、文学形式の歴史的選択の軌跡——を不問に付すことになる。この「文学言語」重視、「形式」重視の考え方は、構造主義、米国のニュークリティシズム、そして脱構築にも影響を与え、広く言えば、文学性を前景化するあらゆる批評的立場に、今もその根拠を与え続けている。

したがって文学性の基準から排除されてきた者たちが、その抑圧的な文学理論に異議を申し立てるさいには、日常言語を構成している政治が、文学言語のなかにも侵入していること、いやむしろ文学言語および、文学言語は何かを規定する文学批評こそ、「政治」そのものだと主張することになる。その意味で文学をとおして性の政治を世に問い、一九七〇年代以降のフェミニズム文学批評のきっかけを作った書物の題名が「性の政治学」(7) であったことは、宜なることである。しかし著者ケイト・ミレットは、この本の最初の三分の二近くを「性の政治の理論」や「歴史的背景」に費やし、文学テクストそれ自体を分析したのは、その前半の導入章と第二部の一節、および最終部だけである。たしかに前半部分の「理論」「政治」「論争」の章においても、政治と文学がいかに地続きのものか、そして文学が現実の性制度をいかに韜晦し、それのみならず、その制度を強化・温存しているかに触れられている。けれども、もしもケイト・ミレットが語っているのがそれだけならば、この本は啓蒙的なフェミニズム運動の書物にはなっても、フェミニズム文学批評にはならない。テクストのなかの言説を特定のイデオロギーの表出として捉えることは、「問題提起」や「解放」という名のもとに、テクストの象徴性や修辞性を切り捨てることである。ではミレットは、文学テクストを具体的にどう扱ったのだろうか。それを見てみるまえに、文学と政治の関係についてもう少し考えてみよう。

前節でわたしは、アカデミズムの象徴的言語は、現実と理論、身体と精神、日常言語と思想言語のあいだに隔たりを生みだすことだと述べた。しかしこのことは、理論や精神や思想言語が全一的であり、現実や身体や日常言語が偶発的で雑種的だということではない。むしろ両者のあいだに隔たりを置くという姿勢自体が、両者を別物とみなし、前者の論理的全一性という幻想によって、後者の多様な偶発性や雑種性を切り詰めてしまうことである。つまり、特定の理論や精神や思想言語にとって都合が良いように、現実や身体や日常言語を一面的に解釈してしまうことである。

他方、文学理論は、そのような一面的解釈からつねにずれていく言語の象徴性や修辞性を取り扱う。たとえその対象が文学テクストではなく、看板であろうと（イーグルトンのエレベーターの例）、ポスターであろうと（ロラン・バルトの例）、そのことに変わりはない。したがってロシア・フォルマリズムからニュークリティシズム、構造主義、脱構築へと変遷する道のりのなかで（とはいえ、これらはけっして前のものから次のものへと直線的に変容してきたのではない）、文学理論は文学の特性を、形式上の統一ではなく、それを永遠に裏切るテクストの修辞に求めるようになっていった。しかしそうなると、文学の意味は、日常に参照点をもつテクスト内容にも、また形式上の美的完結性にもなく、つねに次の読みによって覆される「不安な読み」のなかにあるということになる。つまり文学の意味はその無意味さにあり、無意味という意味こそが文学性を保証するということになる。これについては大橋洋一がきわめて適切な説明をおこなっている。

> テクストが意味を結実させないどころか、テクストが最終的には〈無意味〉なものであること。ド・マンの教えは〈無知の教え〉となる。そしてこのテクストの〈無意味〉さに耐えてゆくことが、ド・マン、そしてその同僚でもありド・マンを敬愛してやまないヒリス・ミラーによって〈倫理《エシック》〉というかたちで語られてゆきます。テクストの〈無意味〉さに耐えかねて、一義的な意味のあるものを捏造してしまうのはイデオロギー的思考である。いっぽう読むとはテクストの〈無意味〉さに最後までつきあい、眼をそむけないことである。それが「読むことの倫理」というわけです。
> （一五三）

こののち大橋は、たとえば人種差別のように「［差別を］するかしないかの二つの選択肢しかない」（一六二）ときに、この選択を回避して第三の道としての「倫理」や「中立」を立てることは、結局差別をしていることであり、そのような「美学をかかげる文学批評は、中立などありえない分野の存在を黙殺」することによって、その分野から「反撃され」ると主張する（一六四）。わたしは大橋の主張に賛同しながらも、ここでもう少しテクストの修辞性や象徴性ということに留まって考えてみよう。

一九八三年に他界したポール・ド・マンはさておくとして、(8) ヒリス・ミラーが「倫理」という言葉を持ち出してくるのは、一九八五年以降のことである。(9) それはちょうど、フーコーの影響を受けたスティーヴン・グリーンブラットが『ルネサンスの自己成型』（一九八〇年）を出し、フレドリック・ジェイムソンがフランクフルト学派の流れで『政治的無意識』（一九八一年）を出したのちに、新歴史主義が脱構築を凌駕して、文学批評家界を席巻しだした時期に当たる。ミラーはそれまでニュークリティシズム、現象学批評、脱構築と、次々に華麗な変身を遂げていたが、この期にふたたび新歴史主義へと、つまりイデオロギー批評へと乗り移るかにみえた。だがさすがの彼もそこまでの変身はせず、しかし悪く言えば機に敏な、良く言えば批評の時代性に無感覚でない彼は、テクストの決定不能性という脱構築の原理を活かして、歴史に対する文学批評家の責務は、読む瞬間瞬間（それを彼は「言語的瞬間」と呼ぶ）に引き受ける行為遂行性のなかにあると語った。

たしかに新歴史主義や、その発展的形態としてのカルチュラル・スタディーズのなかには、分析対象のイデオロギー的要素を高みから腑分けしているだけのもの――つまり分析対象の歴史性は衝いても、自らの批評行為の歴史性を顧みなかったり、あるいはイデオロギー批評であるにもかかわらず、変革の可能性をあらかじめ訳知り顔に排除するもの——がある。イーグルトンが警鐘を鳴らしているように、亜流フーコー派のほとんどはこれだと言っても過言ではない。そういった批評家は、単なる歴史資料の収集家や、クロスワード・パズルの愛好家と本質的には何も変わらず、その批評家としての立場を安泰に保っているのは、単にアカデミズムという制度に他ならない。彼や彼女は批判的な批評をしたつもりでも、彼や彼女が批判する批評家——文学の自律性を主張して、日常言語から衒学的に我が身を引き離した批評家——と同じ轍を踏んでいるのである。

そのような批評風土(の予感)のなかで、ミラーは、テクストの外部と内部は歴史とアレゴリーの関係と同じように相互に侵入しあっており、その渾然一体となった現場に身をおくことは倫理的行為だと語った。アレゴリーは単に一つの修辞法ではなく、もともと諷刺や教訓のために使われたものである。それを考慮に入れれば、歴史とアレゴリーが相互侵入している現場こそ、イデオロギーが生産される場所だと言うことができる。イデオロギーによって表象されている事柄は、個人の存在を規定している現実の制度的な社会関係ではなく、そのような現実の社会関係と個人のあいだに結ばれている「想像上の関係」だというルイ・アルチュセールの言葉を思い出してもよい(10)。したがってその現場を既存の思考や理論に当てはめて片づけてしまうのではなく、そこにはたらく表象の力のせめぎ合いに身を晒そうとする批評は、読みという行為による歴史への真摯な参入と言えるだろう。

しかし残念ながらミラーの倫理は、批評的責務を仮装した美的中立性に留まったままだった。たとえばイデオロギー批評が上げ潮に乗っていた頃に出版された『ピグマリオンの変奏』[11]では、不在のものを生きているように表現する修辞「活喩法」を、ヘンリー・ジェイムズの『メイジーの知ったこと』やハーマン・メルヴィルの『バートルビー』などに見いだそうとするが、そこで彼が一貫して主張するのは、「あらゆる言葉や出来事の表面の後ろに、そしてそれらの裂け目に、しかも果てしなきかなたに隠れて、『永遠にそこに』存在している想念を呼び起こす」(207)という「倫理的」行為である。しかしこれは、ピグマリオンという性別が刻まれた物語の読みとしては、いかにも自己防衛的である。ここには、テクストの決定不能性のあわいに立ちつつも、なぜこのテクストをいま読むのか、読まざるをえないのかという、読者の切迫した状況がすっぽりと抜け落ちている。「永遠」や「果てしなきかなた」を持ち出すかぎり、読むことによって現実世界は何も変わらず、ここで成し遂げられるのは、そういった読みの切迫性から、自らの読み、そして批評家としての自らの位置をかばうことだけである。

ケイト・ミレット『性の政治学』再訪

では文学テクストの読みをただ一つに決定できないとき、フェミニズム的読みとはいかなるものになるのだろうか。それを考えるために、その端緒を開いたケイト・ミレットの『性の政治学』にもう一度戻って考えてみよう。ミレットの批評は、なぜこの文学テクストを読むのか、読まざるをえないのかという理由が明快な書物である。彼女はこう述べる。「現実のものであれ、想像上のものであれ、男らしさのイデオロギーが破棄されなければ、また生得の権利としての男性優位への執着が最終的に葬り去られなければ、あらゆる抑圧体制は、根本的な人間状況を論理的、感情的に支配する力によって、これからもやすやすと機能しつづけるだろう」(21)。彼女は、いかに男性優位の文化がわたしたちの生の隅々まで覆っているかを、法律から日常にいたるまでの歴史的資料、思想書、精神医学書など多彩な文献を逍遥して説得する。その分量だけでも、大部の書物一冊分である。そしてその随所で文学テクストに触れ、そのなかの一節と最終部をテクスト分析に当てる。彼女が文学テクストを扱うやり方には、大きく二つの方向性があると思われる。一つは、文学外テクストで検討した男性中心のイデオロギーを文学テクストのなかに跡づけようとするもの、もう一つは、男性中心主義への挑戦をテクストのなかに見いだそうとするものである。

前者の部類に入るのは、ヘンリー・ミラー、ノーマン・メイラー、D・H・ロレンスを扱った箇所である。それらの作家の性描写に対するミレットの仮借ない糾弾と、彼女の筆に込められた怒りの激しさのせいで、読者のなかには、彼女の読みを主観的・感情的で、非アカデミックだと呼ぶ人がいるかもしれない。あるいはその政治的主張の一貫性に幻惑されて、彼女の分析を偏向的で一枚岩だと評するかもしれない。しかしミレットのテクスト分析は、ある場面における男の登場人物の些細な描写も見過ごすまいとしているかのようで、テクスト精読を掲げる文学至上主義もかくやと思わせるほどである。また彼女の議論は、男性中心主義への批判としては一貫していても、イデオロギーの巧妙な支配の細部を見逃すことはない。たとえばロレンスの『アーロンの杖』の分析では、女性蔑視と同性愛嫌悪によって成り立つ「男たちの友愛」を、セジウィックの『男同士の絆』の一五年も前に言い当てている。ミレット自身、ある作家を「技術に欠ける」とか「技法が貧しい」といった言葉で済ませるような「まったくの主観的判断」を排して、作家の「思想のあるものと実質的論争をするには、その根拠を挙げて議論」(xx)しなければならないと語っているが、これらのテクスト分析ではそれが試みられていると言ってよいだろう。

だからもしも読者が彼女の筆致に感情や主観を読み取るなら、おそらく読者が読み取ったものは、彼女の感情や主観ではなく、彼女の批評《クリティシズム》・批判によって動揺し不安になった読者自身の感情や主観ではないだろうか。男性性がいかに無根拠なものかを暴くフェミニストが、その批判によって不安になった人々から、その人々自身の不安を投影されてヒステリックとか感情的と揶揄されるのはよくあることだ。『性の政治学』は出版前から話題を呼び、出版後、賛否両論の大きな渦を巻き起こした(12)。それはおそらく、性描写をあけすけに描いた書物を彼女があけすけに批判したからだけではない。それは、性の非対称性の根幹を支えながらも、「批評」対象にほとんどならなかった事柄——文学批評ではなおさら面と向かって取り上げられなかった事柄——であるセクシュアリティに、彼女がテクストを精読することによって切り込んだからである。本書の他の部分で取り扱われている社会的側面や政治的側面が、それまで不可侵とされてきた身体性をめぐって、かくも文学表象と同延上に連なることを喝破した点で、彼女の分析は画期的なものであったし、今でもその新鮮さを備えていることは間違いない

(しかしこのことは、残念なことに、三〇数年を経ても読者を取り巻く状況が抜本的に変わっていないことの証左でもある)。

それではテクストの決定不能性ということに関してはどうだろう。テクストの決定不能性とは、意味を特定できずに凍り付いた状態ではない。それは、テクストに走る亀裂や空隙を読むという行為の終わりのなさを語ったものである。あるいはこう言った方が良いかもしれない。つまり、その亀裂を縫合するために、あたかも実体や事実であるかのように使われる象徴や隠喩の、その象徴性や隠喩性を読み取ろうとする試みであると。だから文学言語のみを前景化することは、そもそもが隠蔽化という政治性に加担することである。ゆえにミレットが、それまで当たり前の事実として看過されてきた「男の身体」や「女の身体」の象徴的・隠喩的機能を、まさにその表象の現場で指摘したことは、いくら強調してもしすぎることはない。

しかしそれを認めたうえで、文学と政治の関わりにおいて、この部分の彼女の分析には不満が残る。なぜならちょうど彼女が、「ブロンテ姉妹についての文学批評が……彼女たちを野育ちの人間の事例史《ケース・ヒストリー》に変えた」(147)と批判したのと同じように、彼女自身も文学テクストを、たとえそれがどんなに弾劾されるべきものであるとしても、男性中心イデオロギーの「事例史」にしたと思われるからである。事実彼女は、導入章では「性の政治の諸例」として、第二部の一節では「文学的側面」として、最終部では「文学への反映」として文学テクストを取り上げた。文学テクストをイデオロギーの事例史にするということは、テクストを透明な伝達道具とみなしたり、そこに単一の声のみを読み取ることだけではない。それはテクストを、否定されるべき特定のイデオロギー[13]の単なる言表にしてしまって、そのイデオロギーを乗り越える想像力を、そこに見いださないということである。

とはいえ『性の政治学』のなかには、いまだに未定形のものを、ミレットの批評的判断が指し示す瞬間もある。男性中心主義への挑戦をテクストのなかに見いだそうとする場面である。彼女は「性革命第一期」の章で、この時期の性革命に対する反応として（いまも通用する分類と思えるが）、「現実主義派」「騎士道派」「空想派」の三つを挙げる。彼女によれば、「騎士道派」は男性中心の現状を維持したいという己の真意を、ロマンス物語で韜晦する反革命的・保守的なものであり、革命をもたらすのは「現実主義派」と「空想派」だが、前者が「実際的で的確な」のに比べ、後者は「首尾一貫しておらず……二律背反的態度を示すこともあり……あまり当てにされていない」（129）。しかし他方で彼女は、空想派の「反応は混乱しており……無意識や空想のなかに逃げ込む」が、逆にその「戦術によって……［他の二派よりも］性的エネルギーを解き放ち、性に関する態度のうちの、さらに微細にさらに奥深くに埋め隠されているものを表し出す」（129）とも述べる。そして「同性愛感情」および「その他の……性的倒錯と呼ばれるもの」の「中心」にあるものこそ、この空想派だと言い（129）、この節でも第三部でもテクスト分析の最後に取り上げるのは、それぞれオスカー・ワイルドとジャン・ジュネである。

しかしここでちょっと留保をおけば、ミレットは、性の政治に挑戦するそれ以外の表象作品のなかにも混乱や二律背反性がみられること、そしてそれらはたやすく意味を同定できるものではないことを指摘してもいる。たとえばトーマス・ハーディの『日陰者ジュード』の分析では、女の登場人物スーの末路を「精神病的な自己切断」(133)と呼び、スーが何の犠牲になっているかは、それほど簡単には理解できないと述べる。しかしミレットの分析は、この地点で留まったままである。このテクスト自体も、スーのような「新しい」女を創りながら、彼女をどう扱ってよいかわからず、彼女に押しつけたさまざまな象徴的イメージのなかで彼女を分裂させ、「精神病的な自己切断」と呼ぶしかない状況に追い遣るのだが、それを分析するミレットも、それらのイメージを縫合しなおして、いまは言説化しえない何か新しい存在としてスーが立ち上がってくる契機を提示できなかった。このことは、「多くのことを伝えてくれる」とミレットが言う、この時期の女性作家シャーロット・ブロンテの『ヴィレット』分析においても、さほど事情は変わらない。彼女はこのテクストのなかに「痛恨と怒りがあることは認めても、それがどのように姿を変えて、「英語で書かれたもののなかでもっともウィットに富み……革命的感性を表現した」(147)と彼女が評価するテクストになりえるかについては語らない。それ以降『ヴィレット』はさまざまなフェミニズム批評家によって取り上げられ、語りのギャップ、省略、投影に焦点が当てられていくが[14]、フェミニズム文学批評の始まりを告げた本書では、テクストの意味の可能性は限定されており、そのせいで、テクストの亀裂を縫合する修辞の不安定さのゆえにかいま見える未来を、提示できていない。

だが同性愛表象を描くテクスト分析においては、とくにジュネの後期作品の分析においては、ミレットは、「最終的に革命家に変身するジュネの様子を記述し」(349)ようとする。ミレットによれば、「革命家」に変身するまえの段階は、単なる「反逆者」にすぎない。しかし性制度への単なる「反逆者」でしかなくても、『サロメ』のワイルドや初期作品のジュネは、相争う意味が生みだす緊張や逆説を表現しえてはいる。というのも彼らは、たとえば「[『人形の家』の]ノラが公然と理性的に闘った」(156)ようには、性の政治と「対決」することができないために、自らの同性愛欲望を隠して、女の欲望に象徴的に化身せざるをえないからだ。しかし彼らは「象徴を売り買い」(155)してしまったせいで、テクストは緊張や逆説を保ちつつも、結果的には、彼らが現実に被る拒絶と排除を、その象徴的描写のなかで、聖なる文学的殉教や自己犠牲として非現実化してしまうことになった。というのも彼らのテクストは、性の政治のなかで表象不可能とされている亀裂を見据えつつも、その縫合の手段として、相も変わらぬ男女の性差のイデオロギーを反復した修辞――自己蔑視や自己の悪魔化としての女性性――を使ったからだ。そういった文学的殉教は、反逆者に対してなされる現実の社会的抹殺と表裏一体であり、ミレットが言うように「体制は無傷のままどころか、さらに強固にすらなっていく」(349)。

　他方ミレットがジュネの後期のテクストに見ようとするのは、自らを女に同一化することが象徴レベルを超えて、「資本主義・人種差別・帝国に対して女性的役割・従属的役割を担わされている人々すべてに対する……同一化」(350)になるようなテクスト的瞬間である。とくに彼女が取り上げるのは、ジュネの最後の作品、アルジェリア独立戦争を背景にした戯曲『屏風』である。これは登場人物の多さにおいても、上演時間の長さにおいても、また生と死の世界が入り交じる筋の複雑さにおいても、容易な解釈をはばむ壮大な実験的笑劇である。ミレットはその全貌をわずか一〇頁ほどで論じようとする。したがってここでは、テクストで展開されている力のせめぎあい、表象の覇権を求めて争う象徴どうしの闘いのすべてが分析されているわけではない（もともとすべてを読むことは不可能である）。ここで提示されているのは、性やマネーや肌の色などのために抑圧される人々を女に象徴化し、それにもかかわらずそのように象徴化された「女」という形象から、現実の女に対して（またあらゆる被抑圧者に対して）ふるわれる実際の暴力を、割り引いたりはしない「文学」表象が、存在するということである。

ワイルドも初期のジュネも、「女」は実体ではなく象徴であること、したがってその指示対象を、「女性的な」ゲイ男性にしたために、男女の権力関係をなぞることになった。だからこそ彼らは、その権力関係によって否定される女（ゲイ男性）を救うために、文学という美的空間における華麗な死を演出したのである。それは、文学を現実に一旦は引き寄せながらも、撤回不可能な形でふたたび現実から引き離すことである。文学性を標榜する批評家もまた、同じ軌跡を踏む。象徴のなかに走る亀裂はふたたび閉じられ、現実を扱う日常言語と、象徴を扱う文学言語が、相交わることはない。それは、日常言語のなかでふるわれる暴力を、文学言語のなかで現存のまま温存することである。そこでは、「男」とはこういうもの、「戦いの大儀」とはこういうものという旧来の定式が、相も変わらず繰り返される。だから次に「男」という象徴に何を充填しようとも――それが帝国の男でなく、植民地の男であったとしても、いわんや権力を得た女であったとしても――この支配の図式とその暴力は変わらない。「以前の抑圧と不平等を、新しい抑圧と不平等に置き換えた」（359）だけだからだ。ゆえに文学がなしえることは――文学でしかなしえないことは（狭義の文学テクストのみを意味しない）――「女」や「男」といった言葉（象徴）のなかに走る亀裂を閉じないこと、いわんや文学批評によって閉じないことである。

「歌にする」ということ、および未来への付記

ミレットが『屏風』で着目したのは、被抑圧者すべての象徴となった「女」を体現するオムーが、植民地主義と性差別と階級支配を忘れないためには、サイッドという登場人物を「「歌にし」ならなければならない」（360）と語ったことである。彼こそは「腐敗した精神状況の見本として最初に暴動を引き起こした、あの圧倒的恥辱の徴候」（360）なのだが、ミレットが言うように、暴動、つまり現実にふるわれる「暴力それ自身では、革命を起こすことで達成しようとしているものを何一つ達成しない」（359）。事実、暴動は成功しなかった。だから「植民地体制、つまり一つの生活様式――の産物」であるサイッドは、「革命を生み出したがゆえに、［過去の恥辱を抹殺しないためにも］忘れ去られるべきではない」（360）。しかしその方法は、「お手本として」[15]（四二七）ではなく、彼が「芸術のなかに保存される」ことによって、「歌になる」ことによってである。その理由を説明するために、ミレットはオムーの台詞を引用する。

兵士よ！　……味方の兵士、このおたんちんのおたんこなすめ、いいかい、絶対、現実に適用されてはならないような種類の真理ってものがいくつかある。まさにそういう真理こそ、歌によって生きさせなければならない。真理が歌に姿を変えたその歌でな。お前なんぞは敵と向かいあっていればいいのさ。お前の死も、あたしの狂乱以上に真実ではない。お前ら、お前とお前の仲間はな、まさしくあたしらにサイッドが必要だという事の証拠だわさ。

（『屏風』四三一―三二　強調竹村）

この引用を締め括るにあたってミレットは、「オムーがサイッドに求めているのは、叩き込まれたヒロイズムより、もっと気高い人間性があるという証しなのだ」(361)と結び、そのあと半頁ほどでジュネ分析も、また『性の政治学』という本自体も終える。しかし「人間性《ヒューマニティ》」という曖昧な言葉で終わらせずに[16]、「芸術に保存される」「歌になる」とはどういうことか、それがどのように暴動よりも「革命的」なのかを、この戯曲をもとに考えてみよう。

ジュネはオムーに、右の引用とほぼ同じことをもう一度繰り返して語らせている。そこで付け加えられた台詞は、ある種の真実は現実世界に「適用したら……死んじまう」（『屏風』四三二）ということだ。それはちょうど、「女」が象徴にすぎないという「真実」を語るのに、ワイルドや初期のジュネが女性性とみなされているものを温存したまま、つまり現実世界の意味づけを変えないままでおこなったために、「女」の象徴性を十分に提示できず、むしろ「女」の意味づけを実体化してしまったことに繋がるものだろう。たしかに「歌」も「芸術」も、象徴ではある。しかし現実世界も象徴秩序であり、日常言語もまた、言葉がものに対して記号として機能する過程、つまり記号現象《セミオシス》にほかならない。だからジュネが言う「歌」とは、そのような象徴秩序、そのような記号現象を混乱させる新たな象徴といって良いかもしれない。「歌にする」ということは、既存の現実感に寄り添って表現することではない。「歌」は、「調和のとれた尊大な形に仕立て」られた「小綺麗なもの」ではなく（四三一）、「唾とよだれで吐き出さ」れるもの、「腹が裂けて、どろどろと物語が流れ出す」（四三〇）ようなものである。それは、自律的堅牢さを誇っている現実世界の象徴秩序と比べると、いかにも呪術的で「当てになり」そうもなく、意味の確定、つまり指示対象の特定化がおよそ不可能な象徴である。しかしそれゆえに、そのような「歌」は、既存の現実（象徴秩序）を紊乱させ、その汚穢のなかで、いまだ見ぬもの、いまだ見ぬ正義を、未来に向けて現実化する唯一の道となるのではないか。

被抑圧者は、抑圧者の言語によって語られる。あるいは自らが語る。ちょうどサイッドのように――たとえそれが抵抗としてではあっても。他方ジュネは、ミレットが言うように、「もっとも恐るべき革命的情熱を、女たちに託した」（Millett 356）。しかしその方法とは、サイッドの抵抗のなかに潜む象徴性を明るみに出すこと、しかも彼女たちの「抵抗」として明るみに出すことである。ここに描出されているのは、単に男のヒロイズムと、そこから身を引いて結果的に銃後の陣をはる女の自己矮小化のあいだの、男女の単純な二項対立ではない。オムーは、男の革命家（革命家は男性性を標榜するのが常だ）と同じく、いやそれ以上の情熱をもって、抵抗運動が抑圧者の暴力を無意識に模倣することを糾弾する。しかし、いやだからこそ、オムーの抵抗は、現実世界ではその指示対象をもちえない抵抗、つまり抵抗としての通常の力をもちえない抵抗となる。それはむしろ、べつの指示対象を求めて「夜ごと、戸口から戸口へと、犬共の切られた首が運ぶ歌、犬共の切られた喉が語り出す」(『屏風』四三一)歌となるような「死や狂気」に満ちたものである。

ジュネは「演出者ブランへの手紙」のなかで、「これ〔『屏風』〕は、道徳が舞台の美学によって置き換えられる領域でおこなわれる」(四七二)演劇だと語った。[17] しかし「舞台の美学」とは、けっしてヒリス・ミラーが逃げ込んだような「かなたにある永遠」の領域ではない。なぜならジュネはブランに宛てたべつの手紙のなかで、「裁判官が判決をくだすとき」とは、「言い渡そうとする判決が、裁判官をくたくたにさせて、あやうく彼の魂を死とか狂気とかに迷い込ませるほど厳粛な事件、すなわち詩的事件」(四七二　強調竹村)が起こるときだと述べているからである。それは二〇〇四年の初めに日本でおこなわれた『屏風』公演で、演出家フレデリック・フィスバックが、「『屏風』は舞台のための詩であり、政治の言葉が一言も発せられることなく政治をかき立てるという、この詩的な側面がいいのです。芸術作品は、観客の心と頭に、世界観を示すという点において、政治的なものになりうるのです」[18]と語った言葉に通じるものである。

おそらく文学は、このような種類の「詩的事件」なのであり、それが「詩的」つまり「歌」でありえるのは、それが現実の象徴秩序を穿つ政治性を秘めているからこそである。ガヤトリ・スピヴァクはその著書のなかで、民族・人種などを扱う地域研究(日本の文脈ではカルチュラル・スタディーズのなかのあるものに相当するだろう）が、「文学性や言語性を避けて通っている」ことを危惧して、「わたしが企てようとしているのは、学問分野の政治化ではない。わたしたちはすでに、政治のなかにいる。わたしが試みているのは、脱政治化することである」（4）と述べた[19]。むろんスピヴァクがここで強調しているのは、英文学（それは日本文学でもよい）という、イーグルトンが言うような政治的偏性をもって始まった学問分野を打破しようとして作られた比較文学が、はたして現在その機能を果たしているかということである。しかし彼女が将来へ向けての希望として語っているのは、あらかじめ政治のなかに有無を言わせぬ形で巻き込まれているすべての文学の文学性を――ジュネの言葉を使えば「詩的事件」を――おそらくは読むという「応答努力」（13）によって再度浮かび上がらせることである。

そうであってみれば、文学批評の眼目は、［文学］言語から［文学］言語への翻訳」ではなくて、「身体から倫理的な記号現象への翻訳」、むしろ「両者のあいだの絶え間ない往還」へと「近づく」[20]ことである。そして文学批評のなかでもフェミニズム文学批評が存在しなければならない理由とは、象徴の亀裂をふさぐもっとも基盤的なもの――象徴をそれ以上還元不可能にさせているもの――が、身体性に裏付けられた性的差異だと考えられているからであり[21]、したがってその役割とは、そういった（日常言語の）一般通念が（文学言語の）象徴機能と交差する現場を読み取ることである。ブランに宛てた手紙のなかで、ジュネはこう述べている。

男、女、姿勢とか言葉遣いは、生活の中ではみじめったらしいものだが、劇中では、際立って見える力と優雅さとによって、たえずぎょっとさせ、たえずはっとさせるものでなくてはならない。（四五八　強調ジュネ）

ちなみに演出家に対してジュネが出したオムーのメイクアップの指示は「顔色は黄色、無数の小皺ですっかり荒らされている。その小皺は、非常に大きくて陰気な（栗色の）渦巻形の皺の間にある。これが顔面に満月のような様子をあたえる。……腕や脚も似たようなもので、かずかずの孔や丘陵がある」（四五五―五六）だった。

性抑圧という「恥辱」が、「地上に生じるあの死のなかの主権者」（四五六）たるオムーが希求するような「歌」、汚穢にまみれ、読者を攪乱するような「歌となって」流通し、読まれていき、その結果「男」や「女」という象徴が男女のあいだのくっきりとした二分法をいかなる場面においてももはや差し示さず、したがってそういった言葉がこれほど決定的力関係を表明しなくなったとき、つまり、何を指し示しているのか今は定かでない「歌」に、何か新しい未知の意味が充填され、そして「歌」が新しいべつの現実に適用されるようになったとき、つまり性革命が成就したとき、そのとき性にまつわる言葉の亀裂は、本当の意味でその隙間を閉じる。そのとき、フェミニズム文学批評はその役割を果たす。

フェミニズム文学批評は、政治性を内包した詩的事件に対してなされる一つのイデオロギー批評である。しかしそれは「文学性」のなかにこそ、将来への希望を見いだす「読み」でもある。そして、いかなる読者もその読みの切迫性を感じ取る事がない現実世界が到来するとき、フェミニズム文学批評は終わりを告げる。フェミニズム文学批評は、我が身の真の誕生としての我が身の死を行為遂行的に望むという意味で――まさに生と死が修辞をつうじて交差する象徴の場に進んで身を投じるという意味においてのみ――倫理的批評となるものである。

注

（1）［ヘテロ］セクシズムは、性差別（セクシズム）と異性愛主義（ヘテロセクシズム）が車の両輪となって性体制を形成していることを表現した筆者の言葉。拙著『愛について――アイデンティティと欲望の政治学』（岩波書店、二〇〇二年）参照。

（2）また日常言語と文学言語（哲学言語）については、ジュディス・バトラーが、マルティン・ハイデッガー、ピエール・ブリュデュー、ジャック・デリダの流れで、興味深い洞察をおこなっている。Judith Butler. *Excitable Speech: A Politics of the Performative* (Routledge, 1997)（『触発する言葉――言語・権力・行為体』竹村和子訳、岩波書店、二〇〇四年）参照。

（3）Terry Eagleton. *Literary Theory: An Introduction*. 2nd Ed. (Oxford: Basil Blackwell, 1996).（テリー・イーグルトン『新版　文学とは何か――現代批評理論への招待』大橋洋一訳、岩波書店、一九九七年）

（4）Bonnie Zimmerman. "Lesbians Like This and That—Some Notes on Lesbian Criticism for the Nineties." (Ed. Sally Munt, *New Lesbian Criticism: Literary and Cultural Readings*. Harvester Wheatsheaf, 1992). 13.（ボニー・ジママン

「レズビアンとは『こういうものだ』とか『ああいうものだ』とか──九〇年代のためのレズビアン批評に関する覚え書き」富岡明美訳『日米女性ジャーナル』一六号、一九九四年、六九─八四頁)

(5) Martha Nussbaum. "The Professor of Parody." *The New Republic*, Online, Feb. 22, 1999.

(6) 大橋洋一『新文学入門──T・イーグルトン『文学とは何か』を読む』岩波書店、一九九五年、二七─五四頁。

(7) Kate Millett, *Sexual Politics*. 1970, Urbana & Chicago: U of Illinois P, 2000.(ケイト・ミレット『性の政治学』藤枝澪子ほか訳、自由国民社、一九七三年)

(8) ポール・ド・マンが第二次世界大戦中に、ナチ占領下のベルギーでナチズムを擁護する書評を書いていたことが、彼の死後暴露され、脱構築の(非)政治性が問われることになった。

(9) 彼はまず、カリフォルニア大学アーヴァイン校のウェレック・ライブラリー連続講演で「読みの倫理」と題する講演をおこない、二年後に同名の著書を出版、その後の著作でも「物語の倫理」など、「倫理」という言葉を使っている。J. Hillis Miller. *The Ethics of Reading: Kant, de Man, Eliot, Trollope, James, and Benjamin* (The Wellek Library Lectures at the University of California, Irvine. New York: Columbia UP, 1987) および注(11)参照。

(10) Louis Althusser. "Ideology and Ideological State Apparatuses." *Lenin and Philosophy and Other Essays* (New York: Monthly Review Press, 1971).(ルイ・アルチュセール『アルチュセールの「イデオロギー」論』柳内隆・山本哲士訳、三交社、一九九三年)

(11) J. Hillis Miller. *Versions of Pygmalion* (Cambridge, Mass.: Harvard UP, 1990).

(12) 刊行前よりその一部が回覧されており、発行と同時に女性解放運動のバイブルとして熱狂的に読まれた一方で、本書で批判されたノーマン・メイラーからは、早くも翌年に反論の書が出た(Norman Mailer. *The Prisoner of Sex*. Boston: Little, Brown and company, 1971.[ノーマン・メイラー『性の囚人』山西英一訳、早川書房、一九七一年])。また本書の発行と同年に、ケイト・ミレットは自らをバイセクシュアルと名のったが、その発言を

『タイム』誌はフェミニズムとレズビアニズムを分断させるために報道し、当時のフェミニズムの熱気に水を差そうとした。しかし本書では、男性同性愛は革命の可能性として論じられるが、女性同性愛については注で触れられるだけである。

（13）ミレットは男性中心主義を通史的に存在してきたものとして脱歴史化する傾向があり、その点でも、性抑圧の二元論派（家父長制と資本制の両方をみる見方）からは批判された。しかし、ミレットのテクスト分析においては、性抑圧が階級や人種などの他の抑圧体制と連動性をもつことが指摘されており、新歴史主義や現在のイデオロギー批評の先鞭をつけている。

（14）たとえば Judith Newton and Deborah Rosenfelt, eds., *Feminist Criticism and Social Change: Sex, Class, and Race in Literature and Culture*（New York: Methuen, 1985）および Mary Jacobus, ed., *Women Writing and Writing about Women*（London: Barnes & Noble Books, 1979）参照。

（15）ジャン・ジュネ『屏風』渡邊守章訳（『ジャン・ジュネ全集』第四巻、新潮社、一九六八年、二六九—四三八頁）。

（16）メルヴィルの「バートルビー」も「ああバートルビー、ああ人間性よ」という詠嘆で終わり、これをヒリス・ミラーは彼が「墓のかなたの領域から戻り、生者のなかを徘徊する亡霊」であることの証として捉えるが、この解釈も、「人間性」を規定する歴史的参照枠を考慮しないリベラル・ヒューマニズムに通じるものである。

（17）ジャン・ジュネ「演出者ブランへの手紙」曽根元吉訳（『ジャン・ジュネ全集』第四巻、四三九—七八頁）。

（18）〈http://www.setagaya-ac.or.jp/sept/jouhou/les_paravents/about.html〉

（19）Gayatri Chakravorty Spivak. *Death of a Discipline*（New York: Columbia UP, 2003）. 4.（ガヤトリ・C・スピヴァク『ある学問の死——惑星的思考と新しい比較文学』上村忠男・鈴木聡訳、みすず書房、二〇〇四年）

（20）*Ibid*. 13.

（21）言語による主体の一次的切断を普遍的に象徴化するのが性的差異であると論じたジャック・ラカンおよび、

その衣鉢を継ぐラカン派、とくにスラヴォイ・ジジェクの議論を参照。なお性的差異が形式か否かという論争にはいまだに決着がついておらず、その典型はジジェクとジュディス・バトラーの論争。Judith Butler and Slavoj Žižek, and Ernesto Laclau. *Contingency, Hegemony, Universality: Contemporary Dialogues on the Left* (London: Verso, 2000).（ジュディス・バトラー、スラヴォイ・ジジェク、エルネスト・ラクラウ『偶発性・ヘゲモニー・普遍性——新しい対抗政治への対話』竹村和子・村山敏勝訳、青土社、二〇〇二年）

第10章　ジェンダー・レトリックと反知性主義

はじめに

米国社会において、放恣なほどに攻守ところを変え、鵺《ぬえ》のごとき融通無碍さをもって「反知性主義」のメンタル風土が歴史的に構成されてきたと指摘したのは、リチャード・ホフスタッターである。たしかに今世紀の初頭のブッシュ政権のイデオロギー戦にも、それが観察される。反知性主義はその各時代において、ジェンダー化された語彙を巧みに、しかしたいていの場合は比喩的次元で、つまりレトリックとして傍証的に用いてきた。(1) だがホフスタッター自身は、ジェンダー化された言辞に言及することがあっても、ジェンダー体制そのものと反知性主義との関係については、正面からは——たとえば一章として独立させたかたちでは——取り扱っていない。

ところで反知性主義は、当然のことながら反知性を擁護し、知性を攻撃するものなので、〈知〉のほうが男性的で、〈非知〉——身体性であったり、感情であったりするもの——を女性的とみなす思想に、屈折したかたちで介入していくことになる。その典型が、一九世紀から二〇世紀の変わり目にセオドア・ローズヴェルトが取った政治戦略である。ホフスタッターが語るように、ローズヴェルトは「ニューヨーク出身」の「財産家」で「ハーヴァード大学の卒業生」で「女性的な出で立ち」で「気取り屋」（Hofstadter 192）と見られていたが、彼はこの「ハンディキャップ」（191）を克服すべく、「都会的で商業的で冷笑的で女性的な世界」と対蹠的な「西部やアウトドアの生活」（194）を好む、「男らしくてスポーツ選手的で精力旺盛な」（193）人物像を押し出すイメージ戦略を成功させ、それによって当時「女々しい」とされていた公務員改革や教育改革などの社会改革に取り組むことができた。

ローズヴェルトのこの戦略によって浮かび上がるのは、米国の反知性主義が攻撃する「知性」の指示対象がきわめて曖昧で広範囲に及んでいること、しかも「知性」に仮託された多様な局面が、その本源が明らかにされないまま「女々しさ」というかたちで一様にジェンダー化されており、その結果、「男らしさ」というジェンダー価値を別方向から牽強付会的に賦与されれば、反知性主義によって攻撃されていた内容が、一転して受け入れ可能になるということである。さらにもう一つ着目すべきことは、反知性主義において知性はジェンダー化されているのみならず、セクシュアライズされてもいることである。というのも、政治家としてのローズヴェルトが誕生する数年前に、彼がそののち実行することになるのと同じ社会改革を進めようとしていた政治家たちは、「大衆」の利益を代弁すると自称している人々から「知識人」と揶揄されていたのみならず、「政治的両性具有者」とか「孕ませることも孕むこともできない……第三の性」（188）と嘲笑されていたからだ。

しかし見方を変えれば、「知性的」とされているものの対象が曖昧で、また時代決定的であるゆえに、ちょうどローズヴェルトが「大学卒のカウボーイ」(195)という撞着語法的なアマルガムを奇術的に作り上げることが可能だったように、ジェンダー化され、セクシュアライズされている〈知〉の内実もまたきわめて可塑的であり、知性と反知性の境界を大きく揺るがすものになりえるということである。そしてそれが文学的想像力の磁場で試みられるさいには、現実政治を内側から切り崩す攪乱性を先取り的に描き込むものとなる。とりわけ以下で述べるように、「女」がアメリカ文学史上、また政治的・社会的文脈において重要な意味をもつようになった一九世紀中葉、およびセクシュアリティの可視化と〈知〉の大衆化が同時に進行していった二〇世紀前半においては、ジェンダー体制そのものを俎上に載せる〈知〉の展開のダイナミズムが、反知性主義的なメンタリティへの脅威となり、まただからこそ反知性主義は、この〈知〉の変容を差し止めるべく、さらなるジェンダー体制の強化を推し進め、それによって反知性主義自身のなかにミソジニーとホモフォビアをいっそう深く刻印することになっていった。

こうしてみれば、二〇世紀末に現れ出たクィア理論が、「現実」の政治の次元でのジェンダー／セクシュアリティ規範の再考を迫るものでありつつも——またそうであるからこそ——反知性主義に真っ向から対立するかのごとき、きわめて思弁的で先鋭的な「理論」となったことは宜なることである。しかし他方で、幾度かの自己変容ののちにアメリカン・イデオロギーにまで昇格した反知性主義のメンタリティは、いまだに根深く命脈を保ち、ジェンダー体制の抜本的な解体を阻んでもいる。ネオリベラリスト的で新保守的な政権が趨勢を占めていた二一世紀初頭において、フェミニズム理論の先鋭さは国家総力的な反知性主義とどのように切り結ぶことになるだろうか。そのことを考えるために、いま一度、反知性主義とジェンダー体制との歴史的な連累関係を振り返ってみよう。

一 〈女〉の可視化と反知性主義──一九世紀中葉

初期の女権論者として文学史上、筆頭に挙げられるのは、マーガレット・フラーである。フラーはラルフ・ウォルドー・エマソンと親交があり、書簡の往還もしていた。

ところでエマソンについては、ホフスタッターは、「反合理主義者」ではあるものの、「典型的な反知性主義者」とは言い難く、しかし「もちろん反知性主義の運動が反合理主義の思想家たちの考えをしばしば引き合いに出してきたのは事実」であり、「なかでもエマソンだけは、数多くのテクストを反知性主義の運動に提供してきた」(8–9)と、回りくどい説明をつけている。要は、エマソンが反知性主義を意識的に標榜したわけではなく、「アメリカの学者」(一八三七年)と題されたエッセイで典型的に示されているような、旧大陸の思想・文化から米国を「独立」させようとした彼の姿勢が、その後の米国の脱特権的で、知識フォビアで、ナショナリスティックな心性──つまり反知性主義──に利用されてきたということだろう。事実エマソンの「告別」(一八四六年)からの以下の文章は、一九世紀後半、小学生用の『読本』などにしばしば引用されることになったと、ホフスタッターは指摘している(307)。

わたしは笑う、知識や高慢さを
屁理屈をこねる学派や、知識人一派を（Emerson 38）

他方マーガレット・フラーは、幼いときより父親から古典やヨーロッパ文学を学び、ハーヴァード大学図書館に女で入館を許されるほどの「知識人」であり、しかも米国初の女権獲得集会が一八四八年にセネカ・フォールズで開催される数年前に『一九世紀の女性』（一八四五年）を上梓したという「危険な思想家」であり、さらにはイタリアに渡って、当地の男とのあいだに婚姻外で子どもをもうけるという「非ナショナリスティックな女」であるがゆえに、固定的なジェンダー役割をレトリカルに使う国粋的な反知性主義にとっては、否定あるいは無視して当然の人材ということになる。事実エマソンについては、幾度もの留保を置きながらも右記の指摘をしたホフスタッターだが、フラーについては一言も触れていない。

しかし実際には彼女はエリザベス・ピーボディからの質問に答えて、書物への過度の傾注について警告を発している。

わたしは、本との関係に溺れることはありません。もちろん一時期、本に熱中することはあっても、……それに確実にうんざりし、そしてそれを超えていくのです。正確には、作家を超えるということではなくて、作家が自分に与えうるものすべてを受け取ったら、その作家に飽きてしま

うのです。(April 22, 1841; Healey 139–40)

また文学については、「あらゆる種類の、またあらゆる階層の人々の相互理解を深める装置とみなさなければならず、一つの家族の仲間同士がおこなう書簡体交信のようなものです」(*Papers* 2)とも述べている。彼女は、仲間の超絶主義者たちのなかでけっして引けを取らない学識を有していたが、しかし衒学的になることに対しては、きわめて否定的であった。

加えて彼女が唱道し、実際に試みた「会話」(Conversations)の手法は、〈知〉を固定的で教条的で特権的なものとは考えず、個人が対話のなかで獲得する民主的で大衆的で実践的なものとみなす思想に基づいている。ここで引用したフラーの言葉も、その「会話」集会の一つで語られたものだ。この手法で強調されているのは、クライマックスや終わりによって制限されることのない開かれた知性であり、エマソンの「大霊」にも通じるものである。さらに言えば、エマソンが「自己信頼」を個人主義の次元で捉えたのとは異なり、フラーは人々のあいだで進展していく「前進的で集合的な」理念を希求しており(Kolodny 366)、〈知〉の開放性と共有性については、エマソンのそれよりははるかに凌ぐと考えられる。

しかし〈知〉の開放性と共有性を推し進めていくと、〈知〉そのものの大胆な組み替えに繋がっていくという、まさにこの攪乱的ダイナミズムが、「書く人」であるエマソンよりもさらに多様で多数の民衆に、「話す人」であることによって開かれる思想を説いたフラーを、反知性主義者たちはその思想的アリバイとして無視する理由となった。というのも、〈知〉を「知識人」の桎梏から解き放つということは、〈知〉そのものを牽引している特権的ネットワークを疑問に付すことであり、その矛先は当然のことながら、〈知〉そのものがジェンダー化されていることに向けられるからである。逆に言えば、知性と反知性の対立に敏感であればあるほど、〈知〉とみなされているもののなかに潜む性の非対称性に対峙することになり、だからこそフラーは、このような「会話」集会の実践を経て、米国のフェミニズム著作の嚆矢となる『一九世紀の女性』を上梓することになったと言えるだろう。またださからこそフラーの死後も、この「会話」の技法をつうじた問題提起は、米国初期の女性運動の第一人者エリザベス・ケイディ・スタントンによって、「マーガレット・フラーの『会話』に倣ったもの」(Urbanski 160) と称されて試みられ、さらには、これときわめて似た形態と思われる「意識覚醒」(Consciousness-Raising: CR) の手法が、その後一世紀あまりのちの第二波フェミニズムを力強く牽引することになったのだろう。他方エマソンのほうは、彼もまたフラーの死後一八五五年と一八六九年の二回にわたり、「女性権利集会」で講演をしたにもかかわらず、彼の場合の〈知〉の組み替えはそのような根源的な攪乱としては捉えられず、アメリカの文化的アイデンティティ構築への貢献として、ナショナライズされていった。

もう一つ反知性主義に関わってフラーについて特筆すべきと思える事柄は、彼女がジャーナリストの先駆者の一人とみなしうることである。「民衆」や「大衆」が存在するようになった近代において、個人の思想はメディアをつうじて伝達されていく。もちろん「マスメディア」という言葉が誕生したのは二〇世紀初頭であり、新聞がその扇情性も含めて米国で大きな役割を持つのは一九世紀後半になってからだが、思想が雑誌などをつうじて人々のあいだに共有され始めたのは一九世紀中葉であり、その一例が、超絶主義者たちの機関誌『ダイヤル』（一八四〇―四四年）だった。フラーがこの編集を受け持っていたことはつとに知られているが、さらにフラーについて言えば、『ダイヤル』廃刊後、一八四一年に創刊された社会主義的な雑誌『ニューヨーク・トリビューン』[2]に引き抜かれ、一八四六年にはその海外特派員としてヨーロッパに旅立つという、女性ジャーナリストの草分け的存在となった。彼女は当地で貧困や社会的惨状を目の当たりにして、売春や刑務所改革や奴隷制度などについて次々と政治的発言をし、またローマ共和国政府の革命軍シンパともなった。いわば彼女は、それまで知識人内部に限定され、思弁的枠内に留まっていた〈知〉を、具体的次元での社会の平等や正義に向かって開こうとした最初の米国人ジャーナリストの一人であった。

思えば、〈知〉の特権化を嫌う反知性主義の伝播と醸成にとっても、（マス）メディアの存在は欠かすことができず、ホフスタッターも諸処でマスメディアに言及している。実際アメリカ文学史のなかでポピュリズム的な反知性主義に援用されがちな作家は、ベンジャミン・フランクリン、ウォルト・ホイットマン、マーク・トウェイン、アーネスト・ヘミングウェイなど、ジャーナリズムの世界に一時期、身を置いた人が多い。もちろん彼らを含めて文学者においては、かならずしも知性と反知性の対立は明瞭ではなく、「知識人や著述家と世論とのあいだの和解」（Hofstadter 157）は、単純化することはできない。しかしそれにもましてフラーの場合は、知性と反知性の対立そのものを包摂している男性中心的な枠組みを揺るがす危険性があるために、彼女がおこなった主張は、〈知〉をめぐる攻防のなかで掻き消されていく。それのみか、彼女の主張をこの対立論議のアリーナにさえ登場させないでおくために、彼女自身をジェンダー化し、周縁化していく戦略が取られたのである。

ホフスタッターが『アメリカの反知性主義』を上梓したのと同年の一九六三年に奇しくも出版されたマーガレット・フラー集『マーガレット・フラー、アメリカ・ロマンティシズム』の序文で、その編者のペリー・ミラーは、彼女の「有名な首」(xviii)に言及し、それが「異様に長い」(xvii)と述べ、その典拠として彼女と同時代人のオリヴァー・ウェンデル・ホームズの酷評(「蛇のよう」)や、ウィリアム・ヘンリー・チャニングの二律背反的な所感(「穏やかな心のときや物思うときには白鳥のようだが、人を軽蔑したり怒ったりするときには猛禽のようになる」)を挙げている〈次頁の〈図1〉〈図2〉参照〉。ちなみにホームズは、自身の小説『エルシー・ヴェナー』(一八六一年)のなかで女の「邪悪さ」を叙述するさいに鎌首をもたげる蛇の比喩を多用しており、また主人公のエルシーが他人に対して「邪悪な影響」を与えるときには、「あの有名なマーガレット」と同様に「目を細める」(Holmes 101)と記述している。フラーは彼女が活躍していた一九世紀中葉において、すでにその容姿が極度に取り沙汰されており、そのような叙述をもとにして、アメリカニズムが醸成される二〇世紀中葉の文学批評家であり、アメリカ思潮史《インテレクチュアル・ヒストリー》の草分けであったペリー・ミラーは、彼女を「途方もないほど不細工」(Miller xvii)と断じたのである。ちなみに「女性的」とも言われてよいナサニエル・ホーソーンの繊細な美貌は、セクシュアリティ研究がなされる近年まで、彼の文学研究においてはさして言挙げさ

図1　マーガレット・フラーの銅版画（Humanities and Social Sciences Library）

図2　John Plumbe によるマーガレット・フラーの銀板写真の複製（Metropolitan Museum）

れなかった。

けれども〈知〉を女性的とみなして反駁する反知性主義が、このようなかたちでジェンダー化されたフラーを、自らを益する格好の範例として持ち出さないのは奇妙なことである。というのも、もしも彼女の脱知識人的で解放主義的な姿勢を評価するのであれば、たとえ万一彼女の容貌が当時の女の美の基準に添わなくても、いや添わないからこそ、反知性主義者たちは、「女性的でない」態度として、彼女を肯定的に取り込むことができたからである。逆に、彼女の出自や教養のゆえに、彼女を「悪しき知識人」として弾劾するのであれば、彼女の容貌の「女らしくない」部分を強調することは、反知性主義者が嫌う「女っぽい知性」と齟齬をきたすことになる。要は、知識人としても反知識人としても、反知性主義者にとってフラーは扱いにくい存在であり、それはひとえに、彼女が「女のような男」ではなくて、「女」であるからだ。フラーの事例から浮かび上がってくるのは、反知性主義者たちがジェンダー化された語彙を使って「知性」を攻撃するとき、その対象は「女たち」ではなく「男たち」であったこと、知識人も「反知識人」も共に男たちであり、したがって知性と反知性の対立から「女」は完全に除外され、だからこそ「知性」はレトリックとしてのみジェンダー化されていたということである。

事実、知性と反知性の対立は単純ではなく「著しい拡がりと多様さ」(Hofstadter 430)をもつと断って、その例として多数の作家の名前を挙げたホフスタッターでさえ、そのリストに入れた女性作家は、エミリー・ディキンソン、ガートルード・スタイン、イーディス・ウォートンの三名のみであり、そのうちの前二者は、セクシュアリティにおいて曖昧な作家とみなされてきた。つまり知性と反知性の対立構造を詳細に分析したホフスタッターさえも、この対立構造が隠蔽し、なかんずく陰で推進してきた近代のジェンダー体制に切り込むことはなかった。むしろ知性と反知性の対立に女が介入すると き何が起こるのかを、(韜晦的ながらも)冷徹に予見したのは、フラーと同時代人の作家ナサニエル・ホーソーンだと言えるのではないか。彼の著作『ブライズデイル・ロマンス』(一八五二年)のゼノビアのモデルはマーガレット・フラーと言われているが、ここで着目したいのは、ゼノビアの「知性」を叙述している箇所である。

見事な知性(本来的な性向としては文学に向かっていたわけではないが、彼女の場合、その知性はじっさい見事なものだった)が、これほどまでにぴったりと納まっているのを見るのは、素晴らしいことだった。(15)

彼女の精神は活動的で、多様な方面に能力を発揮していた。……彼女の心は多方面に適応性があって、その気質には無限の浮力があり、これから先の二〇年間で彼女を中心へと押し上げ、勝利させていっただろうに。……彼女はきっと、その人となりによって直接に、あるいはその天才的な統率力を発揮して一人の男に、また一連の男たちに影響を与えることで、強力に世間に働きかけていったであろうに。(240)

ここで述べられているのは、狭い教養のなかに閉じ込められないゼノビアの「新しい」知性が、世の中を大きく抜本的に変える可能性をもつことである。しかしその方法が、抽象化された文化変容をとおしてではなく、(フラーが「会話」の場で実践したような)個人の意識や感受性をとおしてであるかぎり、〈知〉の拡大による体制変革は、個人と社会との具体的な関わり、つまり個人の人間関係から立ち上がるものとなり、〈知〉がジェンダー化されている以上、それはまず第一に、規範化されている男女関係のずらしとなって表出してくるものとなる。このテクストでは、彼女は幾度も「愛につまずき」ながら、「それを乗り越えていった」にもかかわらず、しかし結局は「博愛主義の夢想家に溺れて身を滅ぼしてしまった」(240)と、登場人物の一人ウエスタヴェルトによって苦々しく語られている。

テクストではこの「博愛主義者」は、「高い知的な教養など何もない」(90)と述べられ、反知性主義を先取りしているかのような男に設定されていることを考えれば、女の側からのラディカルな〈知〉の拡大と組み替えは、けっして容易なことではなく、それをまさに現実生活の面からおこなおうとした「女」の知識人が、いかに悲劇的で笑劇的な個人的苦境を歴史的に体験せざるをえないかが、ここに描かれていると言えるだろう。けれどもゼノビアの試みは、完全に否定・排除されているわけではない。入水自殺した彼女が発見されたとき、その姿は「祈りの姿勢で跪いている」ように、腕は「けっして途絶えることのない敵意をもって神に抗っている」ように、また手指は「和解を拒んで挑戦しているかのように握りしめられている」(235)と描写されている。ゼノビアの死にざまの無惨さをシニカルに描写しつつ、他方でそれを「祈り」や「挑戦」とも報告するテクストの不決定性は、語り手カヴァデイルの悪魔的ダブル（ウエスタヴェルト）のシニカルな見解と相俟って、ゼノビア／フラーを排除しようとする表層的プロットをなし崩しにしていく。

思えば、マーガレット・フラーは「きわめつけの不細工」と悪評されてきたが、ホーソーンのテクストでは、彼女をモデルとしたゼノビアは「じつに見事な姿をしている」(15)と造型されている。しかしその描写の細部では、「柔和さと繊細さに欠ける」(15)ことが指摘され、しかしそもそも「彼女の好ましさは、生き生きしたところ、健康さ、そして活力」(16)にあると強調されている。「活力（vigor）」とはまさに、ハーヴァード大学卒の知識人であったローズヴェルトが、当時の反知性主義的な言説を流用して自らを社会に受け入れ可能な形象に仕立て上げたときに加えた属性――「精力旺盛（vigorous）」――と同義の言葉である。したがって「知的で精力旺盛な」フラー／ゼノビアもまた、「大学卒のカウボーイ」という撞着語法で社会主義的改革を実行できたローズヴェルトと同様に、反知性主義の文脈ではその範例となってしかるべき人物だった。けれども彼女（たち）の場合は、「知的で精力旺盛な『女』」であったために、実生活における評価においても（フラー）、社会主義的共同体を語る物語においても（ゼノビア）、肯定的に扱われることはなかった。しかし逆に言えば、ゼノビアの「活力」を好ましいものとして秘かに書き込んでいるテクストであるからこそ、結果的に無惨な死を遂げる（遂げざるをえない）ゼノビアの人生と平行して、フラーに関わるもう一人の女の人生が描かれていると考えることもできる。

このテクストには、ゼノビアの妹プリシラを登場させている。プリシラは物語に登場してきた当初より誰かに似ていると言われ、その相手は「当代きっての才女」であり、「カーブを描いている肩」や、「半ば閉じていながらも［人を］鋭く射抜くようなまなざし」（51–52）――前述したチャニングの「猛禽」の比喩に通じる――を持っていることから、フラーを連想させる。実際このくだりのすぐ後で、語り手カヴァデイルはプリシラに、「マーガレット・フラーに会ったことがあるかい」（52）と尋ねる。表面的には脆弱さが強調されているかのようなプリシラではあるが、姉ゼノビアを介することなく直接にフラーとの近接性が指摘されているのである。そして「意識的で知的な生活と感受性の両方を生きるという……ゼノビアのもっとも高邁な目的[3]」（244）は、プロット上は挫折し、フラー／ゼノビアはテクストから葬られたとしても、彼女のダブル、そしてフラーのもう一つのダブルでもあるプリシラは、「自分よりもっと頑強な男さえ何人も打ち倒すことができるほどの衝撃のさなかにあって平衡を保っていられる」（242）人物として、テクストのなかを生き延びていく。

〈知〉を知識の枠内から解き放とうと果敢に取り組んだマーガレット・フラーの挑戦は、ゼノビアとプリシラの二人に分割されて描かれてはいるものの、そしてこの両名に、それぞれ別様の皮肉な顛末が示されてはいるものの、それでもなおテクストは、語り手をしてこの両名に対して、（告白の時期は異なるが）「愛している」と語らせている。このことは、テクストの結末近くの叙述、「世間は世間自身のために、血を流している女の心に対してすべての道を大きく開かなければならない」（241）という言葉とともに、女性的なものとして〈知〉から分断され排除されている「感受性」を組み込むまでにラディカルな〈知〉の拡大が、個人的・情感的・身体的レベルを巻き込みつつ――しかしそれゆえに――

反知性主義そのものを危うくしていくことを暗示している。なぜなら、そのように「世間が、血を流している女の心に対してすべての道を大きく開いた」ときに現れ出るものは、反知性主義が知性を攻撃するときに使うジェンダー的語彙（「女のような男」）から、そのレトリック性を剝ぎ取っていくからだ。

物語の末尾では、それまで鉄のように頑強な男であったはずのホリングスワスが、「自滅的な弱さと［母に身をすり寄せるような］子どもっぽい幼稚性を見せるようになった」（242）と語られている。体はきゃしゃながら「男」以上の心的頑強さを示すようになったプリシラと、被傷的で女性化した姿に様変わりしたホリングスワスとの鮮やかな対比は、「女」や「男」という言葉に込められる意味を空洞化していく。たしかに、「男を女性化する」プリシラ／フラー、そして「知的で精力旺盛な」ゼノビア／フラーは、テクストでは二律背反的な口調で描かれており、またプリシラ／フラーの「その後」の内実にまでは立ち入らない。しかしそうであるからこそこのテクストは、〈知〉のラディカルな拡大がジェンダーの境界を跨ぐ存在を生産する「危険性」があることを、リアリスティックに冷徹に「予見」したのだと言えるだろう。(4) ここで浮かび上がってくるのは、反知性主義がこのさき、その具体的対象を変えつつも「知性」と名づけて恐れることの究極は、知性でも、なかんずく知識人でもなく、まさにこのこと――すなわち論証不要な前提として近代を基盤づけていくジェンダー体制そのものを瓦解させる「セクシュアリティの濫喩」を生きる存在――なのではないか。

二　セクシュアリティの可視化と反知性主義——二〇世紀前半

〈知〉がジェンダー化されているのみならず、セクシュアライズされていることが明確に示されるのは二〇世紀前半である。この時期は、セクソロジーの進展とともに同性愛が広範に抑圧されはじめてきたものの、他方で同性愛が局所的に、また特権的なかたちで可視化されはじめた時期でもあった。その場所の一つが、アメリカ国内から遠く離れたパリの国籍離脱者たちのサークルである。

反知性主義の文学的代表者の一人とみなされがちなアーネスト・ヘミングウェイが、皮肉なことに前衛詩人のガートルード・スタインらの国籍離脱者グループと親交を結んでいたことはつとに知られているが、このグループの非異性愛的な部分が前景化されるようになったのは、近年のセクシュアリティ研究によってであり、またこの非異性愛グループのモダニスト的な高踏性は指摘されても[5]、そのなかにレズビアンのジャーナリストが数多くいたことは、さほど重要視されてこなかった。しかしたとえば一九九五年に制作されたドキュメンタリー映画『パリは女』（一九九六年）に収録されている人物二八人のうち、出版に関係していたレズビアンたちは、その半数近くを数える。そのうちの代表者は、セーヌ河左岸でシェイクスピア書店を経営し、彼女たちに集会所を提供したシルヴィア・ビーチだが、反知性主義に関して言えば、そのイコン的存在に祭り上げられたヘミングウェイの近くにいた人物として、ジャネット・フラナーが挙げられる。ちなみに次頁の〈図3〉は、戦争特派員としてフラナーとヘミングウェイが馴染みのカフェで同席している写真で、〈図4〉はビーチとフラナーとヘミン

図 3　撮影者不詳
（Prints and Photographs Division, Library of Congress）

図 4　撮影者不詳
（Prints and Photographs Division, Library of Congress）

グウェイの三人が一九四四年のパリ解放のおりに共にいる姿を、写真誌『ライフ』（一九三六年―）が報じたものである。[6]

ジャネット・フラナーは、一九二五年からおよそ半世紀にわたって雑誌『ニューヨーカー』（一九二五年―）に「パリ便り」という連載記事を書き続け、その軽快な筆致は「ニューヨーカー文体」の典型と言われた特派員記者であり、また彼女が『ニューヨーカー』に寄稿するようになった機縁は、その創立者で編集長のハロルド・ロスの妻ジェイン・グラントの紹介をつうじてであった。彼女たちはともに、夫婦別姓を唱道する「ルーシー・ストーン連盟」の会員であり、会員のなかには、フラナーと生涯レズビアンの関係を続けた通称ソリタ・ソラノもいた。ちなみに一九二五年創刊の『ニューヨーカー』は、一九世紀に刊行されていた知識人向けの文芸誌が、二〇世紀になって大衆向けの文芸誌に取って代わられたさいの、後者の代表誌の一つである。また先に触れた『ライフ』も、二〇世紀以降の読者層の増大と、文字情報から映像情報へと〈知〉が拡大するに伴って刊行されるようになった写真誌であり、これに写真を提供した写真家の一人は、ドイツからパリに逃れてきたユダヤ人レズビアンのジゼル・フロイントだった。

マーガレット・フラーは近代のジェンダー体制が確立されはじめる一九世紀中葉にエマソンをして、若い女たちはこぞって彼女に熱を上げていると言わせたほど（Chevigny 92–93）、セクシュアリティの流動性を体現していた人物だが、そういった体験を経てフラーが社会的平等や正義へと関心を拡げていくのは、前節で述べたように雑誌の海外特派員時代においてだった。そして興味深いことに、フラーが始めた女性海外特派員という位置を、それから半世紀あまりのちの〈知〉のさらなる大衆化の時代において継承したのが、フラーと同様に、しかしフラーよりもさらに明確に男女のセクシュアリティを跨ぐ存在のレズビアンの記者であった。

他方ヘミングウェイについては、一九二〇年代末から、彼のマッチョなポピュラー・イメージが流通していた。従来の文学性や芸術性から訣別したかのようなハードボイルドな文体に加えて、従軍記者としての体験や狩猟や闘牛への彼の傾注は、セオドア・ローズヴェルトが反知性主義を標榜して自己成型した「男らしくてスポーツ選手的で精力旺盛な……アウトドア生活」を好む人物像を彷彿とさせる。もちろんすでに一九三〇年代からヘミングウェイのマッチョ性については否定的発言がなされており、(7) またホフスタッターが断っているように、文学と反知性主義との関係は一筋縄ではいかず、「知識人や著述家と世論とのあいだの和解」は容易に実現されえないとしても、その要因として、セクシュアリティの曖昧さが第一に掲げられることはなかった。文学研究の面でも、短編「エリオット夫妻」(一九二五年)や「海の変容」(一九三三年)などでレズビアニズムが暗示されていることと、作家の脱知識人的なイメージとの関係については、遺作『エデンの園』が刊行された一九八六年まではさほど取り上げられなかった。また『エデンの園』刊行後も、これらの作品で表象されているセクシュアリティは、おもに著者ヘミングウェイの個人的伝記あるいは文学的特性に還元して研究されてきた。ヘミングウェイ自身もエドマンド・ウィルソンへの手紙のなかで、「海の変容」の創作ヒントを前衛詩人のガートルード・スタインとの会話で得たと語っている。

しかし前述したように、非異性愛的なセクシュアリティは、この時期のパリの国籍離脱者たちのあいだで、スタインやヘミングウェイといった特権的な芸術家のみが体現していたわけではなかった。またセクシュアリティの流動性に対するヘミングウェイの傾倒は、これら初期の作品が書かれた一九二〇年代から三〇年代に限定されるわけではなく、それ以降も彼の周りには非異性愛のジャーナリストが多数存在しており、その一人のフラナーは、皮肉なことに彼のマッチョ性への疑義を辛辣に表明した記事が掲載された『ニューヨーカー』誌に、(8)七〇年代まで寄稿を続けていたのである。ホフスタッターは、一九三〇年代半ば以降「アメリカの知識人にとって、ヨーロッパの文化的・精神的な求心性が徐々になくなり、それにしたがってアメリカニズムのあるものが成長し」(Hofstadter 414)、その結果、ヨーロッパに範を求めていたアメリカ人たちはこぞってアメリカに帰還し、また「重要な知識人の国外脱出もエズラ・パウンドが最後である」(414)と述べた。しかし反知性主義が、非アメリカ的で非異性愛的な影響力を一九二〇年代のパリの高踏的な芸術集団に限定しようとしても、その集団の範囲を超えて、また時代的にそれ以降も、非アメリカ的で非異性愛的なものはそれとは直接に名ざしされないまま、〈知〉のさらなる大衆化を図る米国メディアの各局面に確実に根を張り続けていたのである。つまり、反知性主義が〈知〉を性的倒錯として弾劾する言説を繰り広げていた二〇世紀前半、既存の〈知〉を押し拡げ、知性のみか反知性の前提さえも揺るがしかねない非異性愛的な風土は、米国から遠いパリで展開していたハイカルチャーのなかに狭く留まることなく、まさに〈知〉の拡大を推進する米国メディアのエイジェントたちのなかに——記者や、特派員や、写真家や、作家、詩人を問わず——

共有されていたのである。

逆に言えば、だからこそ第二次大戦が終結したのちの一九五〇年代前半に、国威高揚的なマッカーシズムが共産党員のみならず同性愛者を、ヨーロッパ文化への寄生的存在として「狩った」と言えるだろう。他方、ヨーロッパ文化の正統な後継者と自認しつつ、それに「寄生」しないアメリカ文化を求める気風は、ヨーロッパとアメリカの〈知〉の統合化をめざすものとなる。この意味で、F・O・マシーセンの主張である「労働」と「文化」、「物質的事実」と「理想主義」、「現在」と「永遠」の弁証法的止揚が、この時期以降のアメリカニズムのなかで称揚されることになるのは宜なることだ。[9] しかし男性的活力に溢れた民主主義的アメリカと、女性化されたヨーロッパの知的探求の融合が、マシーセンが唱道する「普遍」のなかではけっして「倒錯」とは表現されなかったように、そのアマルガムのクィア性は脱色され、あくまで男性中心的・異性愛中心的な枠内での知性と反知性の弁証法的止揚でしかなかった。ローズヴェルト大統領が自らに課した「大学卒のカウボーイ」のアマルガムのなかに、「白い結婚」と言われた彼の結婚生活の内実や、妻エレノア・ローズヴェルトのレズビアンとの交友がけっして侵入しないのと同様である。しかし反知性的な知性という弁証法的止揚のなかで——またそれゆえに——深くそして広く根を張りつづけるクィア的なものの隠蔽・封印は、おのずと、マシーセンの場合のような自己破壊や、あるいは『ニューヨーカー』誌に見られるようなメディアの亀裂、またテクストの亀裂となって現れて出てくる。

テクストの亀裂の一例として、たとえばヘミングウェイが生存中に発表した短編「海の変容」が挙げられる。ここでは「エリオット夫妻」よりもさらに明瞭に、レズビアニズムが取り扱われている。しかし女を選んだ女がテクストから去り、元パートナーだった男がテクスト内に残ることで、またその男が、女同士の関係を「倒錯」と決めつけることで、表面的には同性愛嫌悪のテクストであると読むことができる。おそらくこの作品が短編集『勝者に報酬はない』（一九三三年）に収録され、巷に流通可能だったのは、この表層的プロットのためだろう。

けれどもこのテクストは、細部において巧みな転換がなされている。その一つは、このカップルが別れ話をしている酒場の客の性別が、代名詞の使用を避けることによって、英語表現としては故意に曖昧化されていることである。またもう一つは、主人公の男が相手の女を「倒錯」と罵る台詞の直後に、バーテンダーに「呼びかける」客の会話が挿入され（Hemingway 75）、そのため「倒錯」と「呼びかけられる」対象がその酒場全体に拡大できる読みを誘導していることである。バーテンダーが「太った」と述べられていることも、彼の女性化を暗示している。つまりこの酒場自体が奇妙（クィア）で特異な雰囲気を醸し出しており、したがって物語の最後で女と訣別したのち、酒場の客に両脇をはさまれて腰掛け、そこに居心地良くおさまる主人公が経験する「変容」[10]は、単なる大人の男へのイニシエーションであるとは到底読めない。けれども問題は、まさにここにある。彼が「違う人間」（76）になったこと、「違うように見える人間」（77）になったことが強調されているが、どのように「違う（ように見える）人間」になったのか、彼がそうなることで、彼の周りがいかに「変容」するのかが書き込まれていないからだ。テクストはその直前で幕をおろし、それによって物語の視点は宙づりにされ、テクストの危険な攪乱性は目眩ましにされる。

ホーソーンもヘミングウェイも、歴史的文脈や受容のされ方は異なるが、自らの著作にあえてジェンダー／セクシュアリティの攪乱を忍ばせた作家だったが、しかし皮肉なことに、ともにアメリカ文学の正典的作家として、その生存中より一貫して読まれ続けてきた。その理由は、両者とも、この種の攪乱性を表現の巧緻さのなかに掩蔽《えんぺい》することを選んだためだと思われる。ホーソーンはフラーの急進性を二様に書き分けつつも、プリシラ／フラーの「その後」の詳細については緘黙し、ヘミングウェイは言辞の暗示性を巧みに操ったが、主人公の変容の「その後」には立ち入らなかった。そして彼ら自身はテクストから退き、代わりに読者に、「その後」の読みを委ねたのである。他方、文学の読者が格段に増加して〈知〉の拡大が図られる二〇世紀前半から中葉にかけて、文学の読みを方向づける批評風土が、政治的に重要なものとして昇格していく。この文学の政治化とも言うべき時代にあって、ヘミングウェイはその同時代性ゆえに、彼本人が政治化されることになった。女性読者が増加した一九世紀後半に、性の攪乱を体現していた作家マーガレット・フラーがジェンダー化されたことを考えると、きわめて興味深いことである。

ヘミングウェイの場合、その政治化は、反知性的なマッチョ作家というイコン化であった。作家のキャラクターがマスメディアによって喧伝され、小説（知的テクスト）が作家イメージ（反知性主義的ポピュリズム）を媒介に伝播するようになった二〇世紀前半において、彼のテクストに書き込まれている潜在的な男性同性愛は、男性中心主義へと変換されていく。加えて、大戦をつうじたアメリカのナショナリズムの高揚とともに、アメリカ的な男性中心主義は、アメリカの正義へと、そしてアメリカの正義は「普遍的」正義へと、読み替えられていく。スペイン人民戦線を描いた映画『スペインの大地』はヘミングウェイやリリアン・ヘルマンら[11]によって制作されたが、その試写会が、(同様にクィア性を封印した)ローズヴェルト大統領夫人エレノアの口利きでホワイトハウスで上映されたという皮肉な成り行きは、その一つの証左である。文学テクストにおいても、メディアにおいても、政治においても、その根幹にクィア性を有しつつも、この反知性主義的な隠蔽は文学的左翼と政治的右翼を跨いで、アメリカの反知性的な知性、つまり男性中心的で異性愛中心的なアメリカニズムの批評風土を形成していくことになるのである。

三　フェミニズム批評と反知性主義——二〇世紀後半から現在へ

このような歴史的文脈のなかに置くと、二〇世紀後半のフェミニズム批評の推移は、反知性主義的なメンタリティとの屈曲した立ち向かいの軌跡として読むことができる。

反知性主義が、その政治的占有はさておき、〈知〉を狭いエリート的な衒学性や特権性から解放し、一般市民へと解き放つ民主主義的方向を内包するものであれば、当然のことながら、〈知〉の性的偏向性に異議申し立てをするフェミニズムとは親和性があるべきであった。けれども知性と反知性の対立が、各時代においてはその攻守の実相を変えつつも、一貫して男性中心的な枠内で展開していたために、そして反知性主義がジェンダー化された語彙を知性への攻撃の具としたために、むしろフェミニズムは、反知性主義からさらに辛辣な攻撃を受けることになる。加えて、第二波フェミニズムが大きなうねりとなっていた一九六〇年代後半から七〇年代にかけて、それまで内外の共産主義の脅威を煽っていた右翼が衰退したことは、逆説的なことに、フェミニズムに不利な政治状況を生みだした。

一九六四年の大統領選挙において、共和党候補のバリー・ゴールドウォーター上院議員は民主党候補のリンドン・ジョンソンに敗北するが、彼の敗北は新しい右翼を誕生させるきっかけを作った。新しい右翼は「ラディカル右翼」とも呼ばれ、その照準を「平等権修正条項」(Equal Rights Amendment: ERA)の実現阻止に合わせた。ERAは、性別に基づくあらゆる法的差別を憲法違反とするための修正条項である。この連邦議案はフェミニズムの努力にもかかわらず、批准期限の一九八二年に、批准に必要な三八州に三州だけ足りなかったために実現を見ることはなかった。ERAがもう少し早く、「狭い法律上の争点」でしかない時期に議会を通過していれば事態は変わっただろうが、右翼の新しいイデオロギーを呼び起こした時点で、その批准は望み薄になったと分析されている(Berkeley 89)。一九六二年のキューバ危機以降の米ソの正面衝突の回避と、六〇年代後半以降のベトナム反戦運動は、五〇年代ほどの共産党脅威説を持ち出しにくくし、そのような状勢のなかで、アメリカのナショナル・アイデンティティに求心力を保持するための唯一の仮想敵となったのが、フェミニズムであった。それまでは、外から侵入してくる共産主義とセットにされて、ナショナリスティックな反知性主義の標的となっていたジェンダーやセクシュアリティの攪乱が、いまや右翼に起死回生の道を与え、それ自身がアメリカ社会内部の「道徳的堕落」(89)の宿根として真っ向から攻撃される対象となっていったのである。

またフェミニズムの側も、現実的な制度改変を優先させるために、この時期、〈知〉のラディカルな変革に及ぶような問題提起を回避あるいは排除する姿勢を示した。実際、一九六〇年代半ばに始まった第二波フェミニズムは、その当初においてセクシュアリティの攪乱にさほどの重要性を置かず[12]、ときに否定的だったことは、第二波フェミニズムを牽引したベティ・フリーダンが、設立されて間もない「全米女性機構」(National Organization for Women: NOW)において、レズビアン排斥発言をおこなったことからも明らかである[13]。その明示的理由としては、五〇年代、六〇年代のレズビアンバー・カルチャーで流通していた男役／女役の役割演技が、ジェンダー体制を固定するものとしてフェミニストから批判されたことが挙げられるが、しかし深層においては、第二波フェミニズムを当初担っていた人々が、そもそも自分たちが敵対すべき対象であった反知性主義的なアメリカニズムのメンタリティの或るものを、身のうちに取り入れていた中産階級の白人異性愛女性だったためでもある。

しかしそうであってもなお、〈知〉のジェンダー化を言挙げしたマーガレット・フラーが「セクシュアリティの濫喩」を生きることになったように、第二波フェミニズムにおいても、セクシュアリティにまで遡った問題提起がなされてはいた。それを如実に示すのは、早くも一九七〇年に出版され、フェミニストの教典とも言われた『性の政治学』のなかで、ケイト・ミレットがセクシュアリティの攪乱を明瞭に記述していたことである。しかし彼女の場合には、NOWに存在するホモフォビアに反対して自らをバイセクシャルと語った発言が『タイム』誌に取り上げられ、フェミニズムに対する体制側からの攻撃の的となった。それとともに、彼女に続くフェミニズム文学批評は、『性の政治学』の最終章で力強く展開されていたジャン・ジュネのテクスト分析をつうじたセクシュアリティ機制への問題提起を、[14] さらに理論的に発展させる方向ではなく、むしろ分量面ではそれよりも軽い位置に置かれていた女性作家のテクストの発掘や女性登場人物の再検討（ガイノクリティシズム）の方向に向かった。同様に、フェミニズム批評の里程標的な機関誌『サインズ』（一九七五年―）創刊号の巻頭を飾ったキャロル・スミス＝ローゼンバーグの論文は、マーガレット・フラーが生きた時代の一九世紀中葉における女の友情と女同士のホモエロティシズムの分別不可能性をいち早く洞察したものであり、また『サインズ』誌は一九八二年には「レズビアン特集号」を出し、一九八五年にはそれまで同誌に掲載された関連論文を集めて論集『レズビアン・イッシュー』を刊行してはいた。しかし同誌がセクシュアリティを理論的に取り扱う姿勢を明確に示すには、一九九二年発行の「レズビアン経験の理論化」特集号（一八巻四号）を待たなければならなかった。

こういった米国のフェミニズム批評の風土は、それ自身は力強いものではありつつも、ヨーロッパ（フランス）のフェミニズム「理論」とアメリカのフェミニズム「実践」という区分けが八〇年代半ばまで語られていたように、理論的な革新性を追求する方向には向かわなかった。あるいは、米国のフェミニズム自体に侵入していた反知性主義的な現実主義が、フェミニズム批評のなかに単発的に出現していたセクシュアリティの問題提起の急進性を、先鋭的理論へと発展させることを阻んでいたと言う

 こともできる。まただからこそ、九〇年代に躍り出た先鋭的なフェミニズム批評は、直截にセクシュアリティ機制の核心に切り込むものとなり、またアメリカ中心的な反知性主義の文脈とは袂を分かつきわめて思弁的で、ヨーロッパの理論を縦横に使うものとなったのだろう。

逆に言えば、一九六〇年代末以降、アメリカの批評界を席巻した「脱構築」批評は、八〇年代半ばあたりまではアカデミズムの内部に自閉していたため、反知性主義的なアメリカニズムと表だって交差することはなく、したがってアメリカを基盤づけている〈知〉を脱構築するには至らず、それがなされたときにまず最初に言挙げされた事柄の一つが、戦後のアメリカニズムによってその著作がイデオロギー的根拠とされてきたF・O・マシーセン本人のクィア性であったことは象徴的なことである。また八〇年代後半より、それまでアカデミズム内部に留まっていた脱構築を具体的な現実政治の次元へと開いていった批評の二つが、どちらも性に関わるもの——ポストコロニアル・フェミニズムとセクシュアリティ研究——であったことも、当然の成り行きと言えるだろう。ちなみに、ジャック・デリダの『グラマトロジーについて』の英訳者ガヤトリ・C・スピヴァクは、八〇年代半ば以降ポストコロニアル・フェミニズムの地平を開き、また『散種』の英訳者バーバラ・ジョンソンは一九九三年に発表した論文のなかで、「レズビアンとして明確に読む」(160)という姿勢を表明した。また九〇年代のクィア理論を牽引することになったイヴ・K・セジウィックとジュディス・バトラーは、ともに脱構築の視点を自論の中核に据えている。

しかし他方でこのようなフェミニズム批評の思弁性は、理論自体がやむなく内包する難解さ、あるいは一見した現実乖離の様相への反発とはべつに、米国の政治・文化の底流に流れている反知性主義的メンタリティからの攻撃にも晒されることになる。その典型がバトラーへの反応だが、彼女の「理論」に対しては、当初よりレズビアンからの戸惑いの発言がなされてはいた。たとえばカミングアウトしたレズビアンの文学研究者ボニー・ジママンは、一九九二年の段階ですでに、レズビアンの日常的体験と現代理論は近年「ますます乖離しているように思われる」(13)と語っている。しかしジママンはクィア理論の革新性を全面的に否定することはなく、「おそらく一九九〇年代に書かれるもっとも興味深い著作は、この問い[作家やテクストや読者のコミュニティに対して批評家が負うべき責任はいったい何かという問い]の答えとなっていくだろう」(13)と未来志向的な発言をしている。けれども一九九〇年代末から激しさを増してきたバトラーの文体への揶揄や攻撃は、この種の経験論的な戸惑いとはべつの、〈知〉の外延をめぐる攻防のように思われる。

バトラーの文体への攻撃は、『ダイアクリティーク』誌に掲載された彼女の論文が、一九九八年の「悪文大賞」に選ばれたことで表面化していくが、デニス・ダットンは、選考理由を以下のように説明している。

今年の一連の受賞文章[次賞はポストコロニアル批評家のホミ・バーバの文章]を生みだしたのは、おそらくはこのように書く修行を長年のあいだ積んできた著名で高給取りの専門家たちである。こういった学者は、自分たちが何をしているのかを知るべきであり、この賞にエントリーした文章がすべて有名な出版社や学術誌をつうじて出版されているという事実を見れば、それは一目瞭然だ（"The Bad Writing Contest" para.5）。

ここで興味深いことは、文体の難解さを理論的土壌で議論せず、作家の社会的地位や経済的状況（それが当たっているかどうかはともかく）を持ち出して批判していることである。これは、ホフスタッターが、ローズヴェルト時代以降の米国の一般大衆が専門家に対して抱く憎悪の形態として論じていることに、非常に似通っている。ホフスタッターの分析によれば、政治的事柄に専門家が大きな影響力を持ち始めるとき、一般大衆は「現実離れした大学教授や無責任な専門回答家や狂った科学者を嘲弄することで一種の復讐を果たす」(36–37)ようになり、さらに言えば米国では、「憎悪を一種の信条にまで高める心的傾向がつねに存在しており、このため集団憎悪は、他の近代社会における階級闘争と似た政治局面として現れる」(37)ということである。したがって集団憎悪が向けられる対象には明確な論拠はなく、一般大衆の「幻想」のなかで「スケープゴート」的に選ばれるにすぎず、たとえばフリーメイソン、奴隷制廃止論者、カトリック教徒、ユダヤ人、黒人、移民、国際銀行家等々が挙げられるが、そこにホフスタッターの時代に「知的専門家」が加わったというわけだ(37)。してみれば二〇世紀末に、さらにそこにクィア理論家が付け加えられたと考えることもできよう。

しかしこのような集団憎悪を抱く人々を、ホフスタッターが「ノウナッシング」[15]党的な人々と語っていることを考えれば、クィア理論家は、単に奴隷制廃止論者や移民や国際銀行家などと同列のスケープゴートではないように思われる。なぜならバトラーの文体攻撃に口火を切った雑誌もまた、『哲学と文学』という学術誌であり、一般大衆（あるいはその感情を利用する政治家や経済人）とは言い難く、一般大衆とのあいだの「階級闘争」とは趣を異にしているからだ。ちなみに『哲学と文学』の発行元は、皮肉なことに、米国で最初にジャック・デリダを招聘したジョンズ・ホプキンズ大学で、デリダがそこでおこなった講演「人文科学の言語表現における構造と記号とゲーム」は、彼の難解な著作『エクリチュールと差異』のなかに収録されている。

　バトラーの文体への攻撃は、特定の個人的資質に還元しうるものではなく、それが志向している〈知〉の方向性に対してなされているように思われる。その理由の一つは、彼女の論考がきわめて明確にセクシュアリティ機制に挑戦していることである。彼女の文章の読みにくさは、彼女独自の論の進め方に拠るところもあるが、しかしそれと同等か、それ以上に読みにくい著作は、脱構築以降のアメリカの文学批評においては、さほど珍しいことではない。しかしそういった著作がアカデミズムの内部で流通しているかぎり、反知性主義の攻撃を真っ向から被ることはなかったが、アカデミズムの外にまで、つまり政治の次元にまで関与してくる（と察知された）ときに、とたんにそれが矢継ぎ早の攻撃に晒されるのである。しかし思えばバトラーへの批判は、そもそもが自家撞着を起こしており、ダットンが述べているように「有名な出版社や学術誌をつうじて出版され」消費されているのであれば、一般大衆とは無関係のはずである。けれども、ことセクシュアリティに関するかぎり、その研究がたとえ思弁的であっても、いや思弁的であるがゆえに、人の自己形成の有り様、つまり自他関係の根幹に関わってくるものとなり、ちょうどセクシュアリティの撹乱を生きたマーガレット・フラーを恐れたように、既存の社会は、セクシュアル・アイデンティティさえ無効にしていくクィア理論家のバトラーを恐れるのではないだろうか。

その意味で、バトラーの「受賞」が悪文コンテストの四回目であり、それ以前にはこのコンテストはさほど人々の耳目をひかず、彼女が受賞してのちに、『ウォールストリート・ジャーナル』『ニューヨーク・タイムズ』『リンガ・フランカ』『ニュー・リパブリック』などが取り上げて議論が沸騰していったことは着目すべきことである。(16) さらに言えば、彼女への批判はその悪「文」に対してなされている風を装いながら、実際には、その文章をつうじて彼女が提起している問題を矮小化する方向に向かっている。ダットンはコンテストの結果を発表したのち『ウォールストリート・ジャーナル』にも寄稿し（"Language Crimes"）、そのなかで、「カントもアリストテレスもウィトゲンシュタインも分かりにくい文章を書いたが、しかし彼らの場合は、人間の精神が遭遇するもっとも難しく複雑な問題に真摯に取り組んだ」が、バトラーはそうではない（para. 15）と語気強く語る。(17) してみれば、カント哲学者であるダットンの思考のなかでは、「人間の精神が遭遇するもっとも難しく複雑な問題」として、欲望に関わる事柄は登録されていないということになる。その意味で、こういったダットンらへの反撃として、バトラーを始めジョナサン・カラー、ガヤトリ・スピヴァク、レイ・チョウ、マーガレット・ファーガソン、バーバラ・ジョンソン、ピーター・ブルックスらが論考を寄せて二〇〇三年に出された論集『単に難解なだけ？——公領域における学問の文体』が、ジェンダー／セクシュアリティの問題系を学問的に追求することの意味に焦点を当てず、学問の使命を一般論的に論じる構成になっているのは、この攻撃の文脈を捉え損なっていることのように思われる。(18)

ここにおいて、バトラーが攻撃される二つ目の理由――それはとりもなおさず、グローバル化する現在においてフェミニズムがどのように米国の反知性主義と交渉していくかという問題でもある――が浮上してくる。一つ目の理由と関係するが、それは、「規範」あるいは「普遍」を脱構築しようとする姿勢である。バトラーを「理論」的に攻撃する急先鋒はマーサ・ヌスバウムだが、(19)ヌスバウムは「パロディ教授」(一九九九年)と題した論文のなかで、バトラーが主張する言語のパフォーマティヴィティ(行為遂行性)は、物質性を記号の不決定性のなかに矮小化するとともに、政治的静観性を引き起こし、それこそがエリート的・権威主義的だと批判する。倫理学の専門家であるヌスバウムによれば、痛みや苦悩といった物質性を等閑視することは非政治的態度であり、結果的に「悪におもねる」(V par. 5)ことになり、むしろ批評家がやるべきことは「公正さ、品位、尊厳の規範……を分節化する」(IV par. 8)ことである。ここでヌスバウムは「規範は存在する」(IV para. 8)と明言しているが、この主張が現在のグローバル化する世界状勢のなかで何を意味するのかを明瞭に述べたのは、ドゥルシラ・コーネルである。

彼女[ヌスバウム]の試みは、まさに人権として考えられた自然権が、どうしたら市民権を打ち負かし、国民国家の主権よりも優先させるようになるのか、というディレンマを解決しようとする率直な試みである。ヌスバウムは、基本的な潜在能力に対する文化的解釈の余地を残そうとはしているものの、彼女はこうした潜在能力の正しい内容とその機能を規範として記述できるとし、したがっていまだ人間的ではないとされる者たちがいかにして人間的になるべきかを正確に記述できると信じている。（一三三　強調竹村）

しかし人間と非人間を分別する境界はきわめて恣意的であり、この恣意性を歴史的に如実に示してきたのが、米国の反知性主義が「知性」と名づけてきた対象の不分明さ、融通無碍さである。言葉を換えれば、国民国家的な主権から超越しているかに見える自然権としての人権の遵守を、国民国家の存在理由とする米国は、その自然権をナショナライズする方向に向かい、国家的正義を普遍的正義に読み替えていった。このとき、〈知〉を万人に開こうとする反知性主義は、その本来の運動であるべきはずの〈知〉の体制への根源的で継続的な問題提起を差し押さえて、限定的イデオロギーの内部に留まり、それに包摂されないものを、国家の外へ、市民という概念の外へと、他者化していったのである。そのとき反知性主義にとって大きな脅威となったのが、これまで述べてきたように、男女の弁別さえ疑問に付して、市民（＝人間）という概念を切り崩すセクシュアリティの攪乱である。しかもバトラーが主張するのは、レズビアンやゲイ男性の解放というアイデンティティ主義をさえ踏み越えた表象不可能なものへの接近である。それは、人間と非人間だけでなく、「人間／非人間以外のものも名づけようとするダーウィン的前提」（一三三）を根本から覆す姿勢となる。

バトラーを初めとする一九九〇年代以降のフェミニズム理論が、アメリカニズム的な反知性主義にとって無視できない存在であるのは、既存のセクシュアリティの分類によってさえ名づけられないもの――いわば〈他者の他者〉とも言うべきもの――について語ることによって、アメリカという国家の存在を保証し、その対外的な拡張政策を裏付けてきたアメリカ市民（＝人間）の定義を内側から侵蝕し、米国が内外に表明してきた「普遍的正義」という理念を液状化するからだと思われる。そうしてみれば、一九九〇年代末に表舞台に登場してきた新しい右翼（ネオコン）によって、米国先導のグローバル化――つまり、米国のさらなる拡張政策――が進行しはじめたときに、バトラーの理論の「難解さ」が殊更に弾劾されるようになったのは、アメリカの反知性主義の文脈では歴史的必然だと言えるだろう。

他方、かりにアメリカという国家の枠組を超えて「普遍」が求められることがあるとすれば、それは、マシーセン的に弁証法的に止揚されるものではなく、またヌスバウム的に分節可能なものでもなく、脱構築されつづける普遍、もはや普遍＝一般性（the *universal*）という言葉が適切でないような普遍ではないかと思われる。ここにおいて、バトラーのセクシュアリティの議論が、スピヴァクのポストコロニアリズムの議論と重なり合うことになる。事実、一九九〇年代後半以降、両者は自論文のなかでも、また直接にも、アカデミックな対話を始めており、とくに二〇〇七年秋に発行の二人の対談集の当初の表題が『グローバル国家』であったことは、[20] このことを象徴的に語っている。しかし、そこにおいても、また他のフェミニスト理論家によっても、脱構築されつづける普遍の有り様については、いまだに明確な議論がなされてはいない。コーネルはスピヴァクの「世界化」という考え方に賛同して、「『サバルタンのほとんど葬り去られてしまった社会制度や儀式を求めて、他者という想像された行為体』」を「人権言説に縫合する」（一三三）ことに希望を見いだしているが、「人権言説」というときの「人」が何を意味していくかという問いには、答えを与えていない。[21] またバトラーについては、共社会性という概念を提示しつつも、それとアイデンティティ主義ではない（非）自己がいかに両立するかについては、論を進めていない。ひるがえって、アメリカニズムとともに進展してきた日本の戦後半世紀の文脈に照らして、「理論的」著作がアメリカ研究をおこなう日本人研究者に対していかなる批評力を持ちうるかについては、前述した『単に難解なだけ？』にレイ・チョウが載せた論文「理論の抵抗あるいは苦痛の価値」が示唆的である。彼女は、日本を含め、近代化の時差がある東アジアの国においては、西洋諸国とは異なった国家プロジェクトのなかで、「理論」がさらに衒学的なエリート主義を強める傾向があると指摘している。しかし彼女がこの論文でさほど取り上げなかったのは、フェミニズムの理論的著作がセクシュアリティに真っ向から切り込む場合の批評力についてである。

二〇〇八年米国では、民主党大統領候補の有力株として浮上してきたヒラリー・クリントンをめぐって、彼女が体現しているかに見える〈知〉に対する恐怖と、彼女の選挙のために結束している女たちが将来の政権に関与することへの嫌悪がない交ぜになって、ジェンダー・バイヤスのかかった反知性的風土がふたたび可視化しつつあった。そのようななかにあって、また他方で、〈知〉を脱構築することで、一国内に占有されない〈知〉を追求することを求められているフェミニズム理論は、どのように展開すればよいのだろうか。国家と隠微に連携しているグローバル資本とどう邂逅していくか、それに再占有されることのない理論を現実から乖離しないでどう発信していくかは、フェミズムにとっても現在の火急の課題であり、それはまたアメリカの知性／反知性の対立の磁場のなかに大なり小なり巻き込まれてきた日本のなかの研究者、そしてそのフェミニスト研究者自身が取り上げていくべきことであるように思う。

註

（1）ホフスタッターが反知性主義のなかにジェンダー・レトリックを見た点については、前川玲子が「アメリカ社会と反知性主義」のなかで、「反知性主義とジェンダー」という節を立てて指摘している。

（2）『ニューヨーク・トリビューン』誌は社会主義的姿勢を取っていた雑誌で、マルクスの論文なども掲載し、南北戦争時には共和党を支持した。

（3）興味深いことに、ホフスタッターもこの箇所を引用しているが（Hofstadter 28）、理念的な知識人の社会参与の形態として軽く触れているだけで、物語のダイナミズムにまでは立ち入っていない。またホーソーンについては、ジャクソン・デモクラシーを支持した行動的な知識人であるけれど（156）、結果的にはその種の知識人が米国社会で疎外される（240）と論じている。

（4）語り手を「傍観者」に設定したこのテクストの結構が、セクシュアリティの攪乱を暗示の段階に留めたとも読める。語り手のセクシュアリティの攪乱をメルヴィルの『ピエール』と関係づけて論じたものに、Monika Mueller. *"This Infinite Fraternity of Feeling": Gender, Genre, and Homoerotic Crisis in Hawthorne's* the Blithedale

Romance *and Melville's* Pierre（Fairleigh Dickinson UP, 1996）がある。

（5）この時期のパリのレズビアン・カルチャーは、高踏的なモダニストの詩人のサークルとして前景化されていた。スタイン、デューナ・バーンズ、ナタリー・バーニィ、H・D、ミナ・ロイ、ルネ・ヴィヴァンなど。

（6）テレビの隆盛により、一九七二年に週刊誌としては廃刊したが、一九七八年以降は、月刊写真誌として復活した。

（7）たとえば以下。Max Eastman. "Bull in the Afternoon." *New Republic*（75 June 1933）や Wyndham Lewis. "'The Dumb Ox.'" *Life and Letters*（April 1934）など。

（8）Lillian Ross. "'How Do You Like It Now, Gentlemen?'" *New Yorker*（May 13, 1950）.

（9）前出の前川玲子も、マシーセン以降のアメリカニズムにおける性を介した文化的ナショナリズムを指摘している。前出論文五八―六〇頁。

（10）「とても具合が良いように見える」とバーテンダーが主人公に語りかけるが、同じ台詞が、「倒錯」という呼びかけの直後で、バーテンダーに対して客が投げかけている。

（11）ヘルマンは『子供たちの時間』（*The Children's Hour*, 1934）や『ペンチメント』（*Pentimento*, 1973）「『ジュリア』（*Julia*, 1977）のタイトルで映画化」など、セクシュアリティの攪乱をテーマにした作品を書いている。

（12）むろんCRなどの実践においてはレズビアンの可視化があったが、ストーンウォール暴動の翌年、一九七〇年に開かれた「第二回女性連帯会議」ではリタ・メイ・ブラウンらが議事を中断させて、「全米女性機構」（NOW）などに存在するレズビアン差別を訴え、NOWを脱会した。

（13）フリーダンはレズビアンを「ラベンダー色の厄介者」と呼んで非難した。

（14）ここでは、のちのポストコロニアリズムを彷彿とさせる論述もなされており、ポストコロニアル批評とセクシュアリティ研究の重なりを予見したものと思われる。

（15）「何も知らない」という党称は、党員が何も知らない無知な輩という意味ではなく、自分たちの組織について聞かれたら「何も知らない」と答えるという意味だが、この党がのちに「アメリカ党」と名称を変えた偏狭な愛国主義党だったことを考えると、この名称は意味深いものがある。

(16) バトラー自身、悪文大賞に選ばれた年の一九九九年に『ニューヨーク・タイムズ』に反論("A Bad Writer Bites Back")を寄稿した。

(17) マーク・バウアラインも二〇〇四年に『哲学と文学』誌に発表した論文("Bad Writing's Back")のなかで、『単に難解なだけ?』への反論として、「唯一、天才だけが、難解しごくな文章を書いても、何年も読まれ続ける」(186)と述べている。

(18) ロビン・ウィーグマンは『単に難解なだけ?』の"Feminism's Broken English"という章で、これについて論じている。

(19) ヌスバウムは『哲学と文学』の編集委員でもある。

(20) スピヴァクとバトラーの対談集のタイトルは、現在では以下のようになっている。*Who Sings the Nation-State?: Language, Politics, Belonging.*(ジュディス・バトラー、ガヤトリ・スピヴァク『国歌を歌うのは誰か?——グローバル・ステイトにおける言語・政治・帰属』竹村和子訳、岩波書店、二〇〇八年)

(21) この論文は、二〇〇二年に立命館大学大学院先端総合学術研究科が開催した〈二一世紀・知の潮流を創る、パート2〉の国際シンポジウムにおいて講演として発表されたものであり(のちに『現代思想』に邦訳が収録)、そのコメンテーターとして筆者が「人」権の意味の外延について尋ねる機会を得たが、それについてのコーネルからの回答は「人」の定義についてては触れず、「やはり人権という概念に信を置く」というだけであった。

引用・参考文献

Bauerlein, Mark. "Bad Writing's Back." *Philosophy and Literature* 28.1 (2004): 180–91.

Berkeley, Kathleen C. *The Women's Liberation Movement in America*. Westport, Conn.: Greenwood Press, 1999.

Chevigny, Bell Gale. *The Women and the Myth: Margaret Fuller's Life and Writings*. Old Westbury, N.Y.: Feminist Press, 1976.

Chow, Rey. "The Resistance of Theory; or, The Worth of Agony." *Just Being Difficult?*. Eds. Jonathan Culler and Kevin Lamb, Stanford: Stanford UP, 2003. 95–106.

Culler, Jonathan, and Kevin Lamb, eds. *Just Being Difficult?: Academic Writing in the Public Arena*. Stanford: Stanford UP, 2003.

Dall, Caroline Wells Healey. *Margaret and her friends: or, Ten conversations with Margaret Fuller upon the mythology of the Greeks and its expression in art*. 1895. New York: Arno Press, 1972.

Dutton, Denis. "The Bad Writing Contest." 〈http://www.denisdutton.com/bad_writing.htm〉

——. "Language Crimes: A Lesson in How Not to Write, Courtesy of the Professoriate." *The Wall Street Journal*, February 5. 1999. 〈http://www.denisdutton.com/language_crimes. htm〉

Emerson, Ralph Waldo. "Good-bye." *Poems*. 1846. London: Waverley Book Company, 1883. 37–38.

Fuller, Margaret. *Woman in the Nineteenth Century*. 1845. Boston: John P. Jewett, 1855.

——. *Papers on Literature and Art Part II*. London: Wiley & Putnam, 1846.

Hawthorne, Nathaniel. *The Blithedale Romance*. 1852. Columbus: Ohio State UP, 1964.（ナサニエル・ホーソーン『ブライズデイル・ロマンス——幸福の谷の物語』西前孝訳、八潮出版社、一九八四年）

Hemingway, Ernest. "The Sea Changes." *Winner Take Nothing*. 1933. London: Arrow, 1994.

Hofstadter, Richard. *Anti-Intellectualism in American Life*. 1962. New York: Vintage, 1963.（リチャード・ホーフスタッター『アメリカの反知性主義』田村哲夫訳、みすず書房、二〇〇三年）

Holmes, Oliver Wendell. *Elsie Venner*. 1861. Boston & New York: Houghton, Mifflin and Company, 1892.

Johnson, Barbara. "Lesbian Spectacles: Reading *Sula, Passing, Thelma and Louise*, and *The Accused*." *Media Spectacles*. Ed. Marjorie Garber, Jann Matlock and Rebecca L. Walkowitz. New York & London: Routledge, 1993. 160–66.

Kolodny, Annette. "Inventing a Feminist Discourse: Rhetoric and Resistance in Margaret Fuller's *Woman in the Nineteenth Century*." *New Literary History* 25–2 (Spring 1994): 355–82.

Miller, Perry, ed. *Margaret Fuller, American Romantic: A Selection from Her Writings and Correspondence*. Garden City, NY: Doubleday, 1963.

Nussbaum, Martha. "The Professor of Parody." *The New Republic*. 220–8 (February 22, 1999): 37–45.

Urbanski, Marie Mitchell Olesen. *Margaret Fuller's Woman in the Nineteenth Century: A Literary Study of Form and Content, of Sources and Influence*. Westport, Conn.: Greenwood Press, 1980.

Weiss, Andrea. *Paris Was a Woman: Portraits from the Left Bank*. San Francisco: Harper, 1995.

Zimmerman, Bonnie. "Lesbians Like This and That." *New Lesbian Criticism: Literary and Cultural Readings*. Ed. Sally Munt. London: Harvester Wheatsheaf, 1992.

コーネル、ドゥルシラ「フェミニストの想像力——形姿・追悼の権利・共通性」岡野八代訳、『現代思想』三一巻一号(二〇〇三年一月)、青土社、一三〇—四〇頁。

前川玲子「アメリカ社会と反知性主義」『アメリカの文明と自画像』上杉忍・巽孝之編著、ミネルヴァ書房、二〇〇六年。

フィルモグラフィ

Paris Was a Woman, dir. Greta Schiller, perf. Juliet Stevenson and Maureen All, Zeitgeist Films, 1996.

第11章　ある学問のルネサンス？

――英（語圏）文学をいま日本で研究すること

わたしが講演のお話をいただいて、引き受けさせていただいた理由は、本日の講演の副題として付けさせていただいた「英（語圏）文学をいま日本で研究すること」という問題意識がずっと心に渦巻いていて、それを今日お話しして、みなさまと考える機会にさせていただきたいと思ってのことです。「英（語圏）文学をいま日本で研究すること」は「英（語圏）文学をいま日本で教えること」とも密接に結びついた問題で、英文学会でも、またアメリカ文学会でも、いろいろな形をとりながら、近年しばしばシンポジウムやワークショップのテーマになって、わたしたちが共有している問題系だと思います。また後でも触れますが、齋藤一さんの『帝国日本の英文学』(1)、宮崎芳三さんの『太平洋戦争と英文学者』(2)、そして二〇〇〇年の雑誌『文学』の特集に収められたいくつかのエッセイや鼎談などで(3)、この問題意識は広く共有されていると思います。にもかかわらず、あえて今日取り上げますのは、自分自身の経験からも、そして根本的に今は英文学という制度としても、日本においては英文学の研究者、教育者としてのプロフェッショナル・アイデンティティが立てられにくい状況にあるのではないかと思うからです。

わたしがこの問題について考えるようになったのは、いくつかの具体的な経験をきっかけにしてからです。それをまずご紹介しながら、わたし自身の心にわだかまっていること、そしてそこから新しい地平というか視界を得たいと模索している事柄をお話ししたいと思います。したがって、今日のお話はこれまでわたしが学会で述べてきたこととは若干趣を異にするもの、どちらかと言えば、自伝的な要素が含まれているものとなります。合衆国でも、研究や教育の変容については意識されているようで、英文学を中心にした学会、現代語協会(Modern Language Association)が発行しているニューズレターの今年(二〇一〇年)の秋号では、会長のシドニー・スミスが、「物語ることのコンヴェンション」("The Conventions of Narrating Lives")と題した巻頭エッセイで、(4) 自伝や日記などのジャンルの位置づけを論じていますが、わたしの今日のお話も、必然的に自己物語《セルフ・ナラティブ》な視点が入ってくるものとなります。

さて英文学研究者、英語圏言語文化の研究者としてのプロフェッショナル・アイデンティティについて考えるようになったのは、二〇〇〇年を過ぎたあたりからですが、そのきっかけはいくつかあります。

一つは、二〇〇三年のことです。アメリカ文学会東京支部では、一二月にシンポジウムを開きますが、そのコーディネートと司会を引き受け、そのときは、「ポストファミリーの攪乱/暴力――二〇〇三年暮れアメリカ文学フェミニスト読解」というテーマで大変、興味深い発表と議論が展開されていた(5)のですが、そのときにコメンテーターをしていただいていた社会学者の方から、最後に一つの質問が発せられました。それは、「このようなアメリカ文学の発表や議論を、日本で、日本語で、日本の観客に向かってだけ発する意義はどこにあるのか」というものでした。そのときは、ポスト構造主義以降の質問としては、挑発的でナイーブな質問だと思い、それに対して、デリダの散種やホミ・バーバの置換や、読者論などを引き合いに出して、「読みはつねに、多様に、そして遠くへ、それゆえさらに豊穣に、さらに生産的なかたちで再生産され、翻ってその読みが置換され、変容したかたちでテクストに舞い戻り、新しいテクストの生産へと導いていく、したがって、アメリカ文学を日本で、日本語で、日本の観客だけに論じることが非生産的だということは毛頭ない」と応答しました。

けれどもその問いかけは、その後大学内外で起こってきた英文科をめぐる制度としての動きのなかで、徐々にそれが発せられた当初よりも、大きな意味をわたしのなかで持ってきました。かといって、「イギリスやアメリカで、英語で、英語を話す観衆に向けてだけ発信すればよい」とは思いません。けれども、当時ほど瞬時の返答ができにくくなっている自分自身を自覚しはじめました。

二番目は、韓国や台湾に、会議で行ったおりのことです。フェミニズム研究の方面から、海外のフェミニスト研究者と交わる機会が増え、あるいは共同でシンポジウムを開催することもあり、そのようなさいに、韓国や台湾のフェミニスト研究者のなかには英文学を学部で研究した人、あるいは今でも研究している人が多いことに気づきました。

そこで初めて体験したのは、アメリカやイギリス以外の場所で、また英語を母国語とする研究者を介さずに、非英語圏の英文学研究者と出会うことです。ポストコロニアルな理論から言えば、あまりにも当たり前のことですが、そこでの体験は、これもわたしにはボディブローのような影響をもたらしました。それは英文学がそれぞれの国において制度として機能しているという自覚と、そういった制度から逸脱して、あるいは横断して、何が蠢いているのか、蠢きうるのだろうか、そのときわたしは英文学研究者としてどんなプロフェッショナル・アイデンティティを持っていくのだろうかと考えるようになったことです。

三番目は、さらに個別的なこと、わたし自身のことです。一九九〇年代の前半あたりからセクシュアリティについて書くようになりました。というか、セクシュアリティについて書けるようになったのですが、書き進めるにしたがって、自分が英文学の研究者であることと、セクシュアリティについて書いていることがどのように繋がるのだろうと考えるようになり、ひいては、自分が英文学の研究者であることは、どんなことなのか、そもそものプロフェッショナル・アイデンティティは、なべて何によって裏書きされているのかと考えるようになってきたことです。

ところが、英文学者としてのプロフェッショナル・アイデンティティをどのように構築していくかということは、別に新しい話題ではなく、そもそも、東京帝国大学の英文科の最初の日本人教師となった夏目金之助(夏目漱石)が直面した課題だったことはつとに知られています。わたしが今挙げました経験から何か答えを出すことはとても難しいことなので、今日は、わたし自身がどのような「日本」の英文学研究の歴史というか文脈のなかに存在してきたのか、ということから考えてみたいと思います。

用語についてですが、「英文学」は、せまくイギリス文学だけを意味することもあれば、英米文学を指すこともあり、また最近では英語で書かれた文学ということでは英語圏文学も指しますし、導入された初期は「英学」と呼ばれていましたが、とりあえずは、英文学という言葉をしばらくは使っていきたいと思います。

さて、夏目漱石については、二〇一〇年のアメリカ文学会の全国大会で講演された亀井俊介先生が、漢学と英文のあいだの両方に行きつ戻りつする若き夏目金之助の足跡を講じておられました[6]が、その後、苦闘のロンドン留学を経て、まさに彼が英文科で文学を教えなければならなかったときに呻吟して、そのすえに辿り着いた方法は二つでした。それは、彼の最初の講義録ではなく、二回目の講義録『文学評論』の第一編に書かれています[7]。

一は、言語の障害という事に頓着せず、明瞭も不明瞭も容赦なく、西洋人の意見に合うが合うまいが、顧慮する所なく、何でも自分がある作品に対して感じた通りを遠慮なく分析してかかるのである。

もう一つの方法は、次のようなものです[8]。

西洋人がその自国の作品に対しての感じ及び分析を諸書からかり集めて、これを諸君の前に陳列して参考に供するのである。これは自己の感ではなく、他人の感である。他人が或文学上の作品に対する感は自己の感ではないが、自己の感を養成しもしくは比較する上において大なる参考となる。のみならずただ知るという点からして頗る興味のある事であると思われる。即ち或社会の状態があってその状態からして或作品が出来上がった。するとその社会に生存している人間がどういう風にこれを迎えたか、またどういう風に感じてどういう風に分析したか。さてその所感と分析とは吾人が同作品に対する所感と分析とどの位異なるか、異なる以上は吾人の趣味と当時の人の趣味とは或点で矛盾しておった、その矛盾は如何なる社会的状況から出て来たか。凡てこれらを明瞭にするのは自己の見聞を弘めるという点において大いに利益を与える者である。

後者は一見して、前者の独創性を求める批評方法と異なって、イギリスなりアメリカなりの批評の「受け身的」な紹介のように受け取られるかもしれませんが、それとは違い、むしろイギリスやアメリカの評論を咀嚼し、それと吾の評価の違いを明確にすることによって、その相違がどこから生まれてくるか、彼の地の評価の源流をその社会の構成にまで遡って探っていくという、イデオロギー分析を含む比較文化的な視野までもを先取りして取り込んでいるものと思われます。しかしながら漱石は、二回目の講演の時期を早めてまでも、英文学研究者という立場を退き、創作者、作家への道を選んでしまいました。それでは、そののち、日本の英文学研究は、どのような道を進んでいったのでしょうか。

とはいえ、漱石が留学したのは一九〇〇年で、帰国してすぐの一九〇三年から英文学を帝大で教え、一九〇七年でその職を辞めているので、漱石が、英文学研究の批評家の先達を念頭に置きながら、日本において英文学を研究することの意義について悩んだとはいえ、当時の英文学のメッカの英国においても、実のところは、その時期は、やっと英文学が稼働し始めていた時代で、振り返ってみれば、漱石が思っていたほど、彼の地においても英文学が制度的に整っていたわけではありません。ロンドン大学では一九世紀中頃から英文学の学位を出しはじめましたが、オックスフォードで英文学が教えられ始めたのは一八九四年、ケンブリッジでは、漱石が大学教師を辞めたのち、一九一一年になってのことでした。実際『日本の英学一〇〇年（大正編）』を読むと、「学問としての英文学を進展させてきた」東京帝国大学のイギリス文学の講座は、「オックスフォード、ケインブリジ大学の同様の講座よりも、古くから、比較的はっきりとできていた」とさえ書かれています(9)。

けれども一旦、イギリスの国内で制度化されたこの学問は、またたくまにリベラル・ヒューマニズムを標榜して、イギリス文学の普遍化、帝国化へと繋がっていくわけですので、日本において英文学が制度として誕生し、確立しようとする時期は、まさにイギリスでイギリス文学研究が――帝国主義の最後の残滓を留めておくかのように――急いで制度化されて、国内外に普遍化されていく時代であったわけです。

他方、日本の事情においても、一八九五年に台湾を併合し、一九〇五年には日露戦争に勝利し、五年後の一九一〇年に朝鮮半島を併合し、第一次大戦後は中国大陸での権益も飛躍的に増大させて、ナショナリズムと帝国主義が高まっていく時代でした。つまり、日本で英文学が制度的学問となる時代は、イギリスの英文学が帝国化されていった時代であるとともに、日本自体も帝国化しようとした時代であったわけです。そして日本の帝国化とは、近代化と西洋化を急稼働させて、一方で脱亜入欧に向かいつつ、他方で日本の「国体」を顕示して近隣諸国の植民地化を推し進めるという、屈曲した帝国化であり、その相反する複数の政治的思惑が錯綜するなかで、日本の英文学は制度化されていったわけですから、そこで英学者であることは、複雑極まりない立ち位置を要求されたものと思われます。わたしたちに馴染み深い名前、岡倉由三郎、市河三喜、福原麟太郎、齋藤勇、寿岳文章、中野好夫といった、日本の英文学の創設の父たち《ファウンディング・ファーザーズ》がいたのは、まさにこのような学術的、歴史的コンテクストのなかでした。しかもそれは、二〇世紀初頭の数一〇年という、きわめて短い間です。

その先達のおもだった幾人かを、日本の帝国主義に対する姿勢について分析して、興味深い研究は、齋藤一さんの『帝国日本の英文学』です。ここで齋藤さんは旅行記や翻訳文、エッセイなども渉猟して、多元的な見地から、日本の英文学の創設の父たちが抱えるアンビヴァレントな姿勢を解明していきます。それは、時代迎合的とか、時代超越的とかの、どちらかに彼らを押し込んで位置づけてしまう研究ではなく、彼らの表現の足跡を、その表現が生産される歴史的コンテクストのなかに、できるだけ緻密に読み解こうとしたものですので、一刀両断的な決めつけは避けています。しかし、だからこそ逆説的に浮かび上がってくるのは、文学的偉業をなしたと言われている彼らが生きた時代が、きわめて複雑な政治的時代であったということです。もちろん現在のわたしたちは、すべての文学研究が——いや学問研究そのものが——どの国においても、政治性を抜きには存在し得ないことを理解しています。けれども、日本の英文学の場合は、英国における英文学や、合衆国におけるアメリカ文学や、はたまた日本における「国」文学とも異なり、それが外国文学であったこと、しかも、脱亜入欧の文化的帝国主義と、近隣諸国へ日本化を押しつける植民地的帝国主義という相反するベクトルのなかで、つねに緊張を強いられる制度であったということです。

だからこそ、さきほど紹介した漱石の文学論には反して――そこでは、のちの漱石の言葉に集約される「自己本位」という姿勢があったのですが、それに反して――日本の英文学が向かったのは、難解な外国語であるがゆえに要求される（英語は履修するのが困難な言語です）、読みの正確さや、論の「客観性」、「公平さ」、「学問的正当性」だったのではないでしょうか。つまり政治性をできるだけ希釈していく方向です。しかしこれは、本国イギリスの研究に則ったことでもありました。なぜならそのときイギリスで形成されていった文学理論は、I・A・リチャーズといい、ウィリアム・エンプソンといい、F・R・リーヴィスといい、みなテクストの細密な読みを文学批評の主眼としていったからです。テクストを、政治的・経済的・文化的文脈から遊離し、それの綿密な言語的解釈を主軸におくことによって、英文学は、時間的にも（すなわち歴史からも）、また空間的にも（すなわち地理的制約からも）超越して、世界万人に共通する普遍的な価値を体現するものとなるのです。そして、イギリスで学術化されていくこの批評姿勢は、日本の英文学研究者が、自らのプロフェッショナル・アイデンティティとして前景化していったものでもあったようです。言葉を換えれば、英文学という制度は、二つの帝国主義が衝突するもっとも血塗られたサイトになるはずだったかもしれないのに、しかしそれは、つねに遅延されたのです。

このことを象徴的に表している書物があります。日本の英文学を開始させたと言われている齋藤勇『思潮を中心とせる英文學史』です。齋藤勇は、その序文で次のようなことを書いています。[10]

併し、たとひ私が文學史家として一生涯を獻げるつもりであると假定しても、私は上下千年間各時代の作品合せて幾萬の書を讀破し得ない。（よし萬一それが出來ても私はそれを好まない。）その中の代表的作品をかりに千部として、それらを通讀することだけでも微力私の如きには出來さうもない。加之、Dr. Johnson が、"No, Sir, do you read books through?" と反問したやうに、五六頁を讀んで一卷の書の良否を斷じ得る程眼光紙背に徹することは、私のやうな凡人の企て及ばざる所である。して見ると、私が *Beowulf* から *The Dynasts* までのすぐれた英文學史を單身獨力で書くといふことは、全然不可能である。［中略］故に私は各專門大家の研究によつて自らの足らざるを補ふことを努め、そしてその負債を、本書の終りに揭げた參考書目又は脚注に記して、先人の功を謝し、且つ更に研究を進めようとする讀者のために道しるべを殘して置くことを忘れなかつたつもりである。

これは、ある意味で大変誠実な言葉であり、姿勢です。英文学史を独力で書けるなどということは――しかも先行研究が手元にない時代に――ほとんど不可能に近いと思います。とくに英文学史を、彼のようにBeowulfからThe Dynastsまでを網羅して、すべてに目配りしたものと捉えるならば。けれども、やはり一度は、このような包括的な文学史が必要なわけですから、彼はぎりぎりのところで折り合いをつけて、この労作を生み出したのだと思います。しかも——いや、しかし——彼は付け加えて、以下のようにも言います[11]。

或ひは言をなす者があらう、英米の諸大家が既に簡潔な英文學史を幾十種となく公にしてゐるのに、屋上屋を築く必要がないと。その通りでもあらうが、私は前述の自由と法則との論點から英文學の主潮を見直しても見たかつたし、又日本人にとつて特に説明を要するふしぶしを注意することも、邦文英文學史の存在を有意義ならしめるものと考えて居る。まして英米の批評家とは全然獨立の見解を以て英文學史を著はす學者があるならば、それは啻に英文學研究上一大貢獻たるのみならず、我々日本人の精神生活上にも大いなる寄與であり、そして國文學の發達にも資する所が少くあるまい。そのやうな邦文英文學史ならば、いくらあつても多過ぎる筈がない。

宮崎芳三さんが、その著『太平洋戦争と英文学者』で、齋藤のこの態度を批判して、自らの日本学者としての批評的位置を鮮明にせずに、「ただの学者」としての文学史でしかないと述べています。宮崎芳三さんのこの著書は、あとでも述べますが、日本人の英文学研究者の胸にずしんと来る問題提起をされたもので、必読の書とわたしは思っていますが、ただこの部分については、若干意見が異なります。
わたしは、齋藤勇の『思潮を中心とせる英文學史』が客観性や網羅性を強調しようとしていたことの問題点は、宮崎さんと共有しているのですが、けれどもこの文学史は、そのような様子を取りながら、しかしバイヤスのかかったもので、逆に言うと、バイヤスがかかっていながら、（おそらくは著者も気づかずに）あたかも客観的な叙述のような呈を取っていることです。
一つ例を挙げると、王政復古の時代の劇作家として、アフラ・ベーンがいます。彼女はイギリスの女性でものを書いた最初の人と言われており、ヴァージニア・ウルフも『自分だけの部屋』で、女性作家の嚆矢として、すべての女たちは彼女の墓に花を捧げるべきだと述べていますし、[12]漱石の前に東京帝国大学で英文学史を講じたラフカディオ・ハーンも、その著『英文学史』のなかで「物書きで生計を立てた最初の女性」と評しており、[13]漱石もまたこの文学史が出る二〇年ほど前に出版した『三四郎』で、美禰子と三四郎のからみの重要な部分でアフラ・ベーンに言及し、その翻案でトマス・サザン作の戯曲のなかに登場する“Pity's akin to love”という台詞にまで言及しています。[14]それにもかかわらず、齋藤勇はそういったことには一言も触れていません。彼はただ、「Aphra Behn, Sedley, Congreve など劇作者たちも韻文に筆を染めたけれども、この時代の詩壇は到底前の時代の偉観を呈し得なかった。［中略］Mrs. Aphra Behn（1640–89）は情事にからまる賑かな喜劇を書いて、時人の喜ぶ所となった」と言うだけです。[15]
わたしが齋藤勇の『思潮を中心とせる英文學史』を出してきたのは、この労作全体を頭から否定・

批判するつもりではありません。むしろ、このようなコツコツした仕事ができる環境であった当時の東京帝国大学の職場環境に羨望の念しきりなのですが、現実には当時の英文学者が置かれていた立場は、むしろ日々悪化するものでした。日本の英学の祖とされるこの本が出たのは、さきほどの帝国主義の綱引きの現場的な状態が更に高じて、時代は急を要していました。実際、この本が出たのは一九二七年（昭和二年）ですが、一九三一年には満州事変、翌一九三二年には五・一五事件が、一九三六年には二・二六事件が起こって、軍部の勢力が強まり、一九三七年には、盧溝橋で日中両軍が衝突して日中戦争へと雪崩れ込んでいきます。そのようなときに出版されたものであるがゆえになおさらに、このテクストが後進に与えた影響は大きいと思います。それは、ある方向性をもって取捨選択されているにもかかわらず、「透明性」や「超越性」を強調し、それでもって正典的なテクストの位置を占めつつも、後進への捨て石のような身振りをすることで、著者自身の批評姿勢を先延ばしにすることです。つまり、漱石流の「自己本位」な批評を価値づけつつ、それを遅延させる臆病な姿勢です。

けれどもそれは皮肉なことに、あるいは好都合なことに、太平洋戦争の時代に英文学者が、自らのプロフェッショナル・アイデンティティの正当性を持ち続ける武器にもなりました。その時代は「鬼畜米英」や、英語教育の不要論が叫ばれ、陶片追放的な処遇を受けていた英文学者たちにとっては、「超越性」「俯瞰性」という学術的フィクションを、なんとしても増大させ、自らのプロフェッショナル・アイデンティティを価値づける必要があったとも言えるでしょう。しかし逆に言えば、この時代は、ある種、微温的な学術環境から抜け出して、外国文学——とくにそれが世界で覇権的位置を占めようとしているという意志をもって制度化されている外国文学――を研究するとはどういうことかという、日本での英文学の制度的アイデンティティの構築をあらためて突きつけられていた時代でもあったのです。

この間の事情は、宮崎芳三さんが、その著『太平洋戦争と英文学者』において、日本の英文学研究者に提起して下さったもので、この本は、その先見性においてのみならず、その視線の細やかさと鋭さ、問題意識の深さにおいて、ぜひ英文学研究者はすべて読んでいただきたいと思っています。なかでも、彼の言葉で印象深かったのは、「これはむずかしい話題であるので、言い過ぎても、言わなさすぎてもいけない」と語っている部分です。威勢の良い、カッコイイ言葉を発するときには、それが言い過ぎてはいないだろうかを注意してみる必要があるでしょうし、言葉と思想が足りないために、十分に言い尽くせないという弊害もまた多く経験することです。

私は前に、あの戦争は、日本の英語英文学者にとってまたとないチャンスだった、と書いた。日本人としてわざわざイギリスの文学を研究する意味を問う好機会だった、とも書いた。戦争は、たしかに彼らの生活にとって災難であったが、私から見れば、じつは思想の問題として彼らに迫ってくるものであった。しかも暮らしの不自由さをしのぐのに劣らないほど、それは、本気で当たらねばならないさしせまった問題であった、というのが私の議論の中心部分である。私には、その中心部分にふれないかぎり、どんなつらい話も、やっとのことで戦争をすりぬけた苦労話になってしまうのである。

――せっかく戦争をしたのに、せっかくあれほどひどい目にあったのにもったいないではないか、というのが私の本音である。

この勉強ひとすじにがんばって戦争をすりぬけるという態度は、昨日今日生まれたものではない。私の見るところ、その根は深い。さいごにそのことを書く。(16)


宮崎さんが、「深い根」として最後に書かれたのは、さきほど見た齋藤勇の『思潮を中心とせる英文學史』で、これは「大戦間の緊張関係の中から生まれたものではな」く、「本の著書は自分自身から切り離されて」いて、その代わりに、ここにあるのは圧倒的な「勤勉さ」であり、「学問研究の形をしたこの熱心な勉強というくせ」が、「わが国英語教師、英文学者の手本となった」と論じています。マサオ・ミヨシさんも、同様のことを少し言葉を違えて、日本の英文学は、漱石の問題提起が継承されずに、日本の周縁性をできるだけ少なくするように、辞書編纂や包括的な文学史や評釈テクストの生産にいそしみ、日本という差異から目を背けるように、制度化が図られたと論じています。(17)

宮崎さんが否定的ニュアンスを込めた「勤勉さ」に戻れば、たしかにそのとおりで、そう言えば、わたし自身の中にもどこかに植え付けられていると思われる日本の英文学研究者の遺伝子は「勤勉さ」であるかもしれません。もっと正確に言えば、「勤勉であること」ではなくて、「勤勉であらねばならない、ＯＥＤをつねに引いて正確に英文を読まなければならない」という強迫観念です。それは、宮崎さんが述べているような「思想以前」のものであるだけでなく、自らの読みに歴然と存在している思想・イデオロギーを、あたかもそんなものはないかのごとき目眩ましにしてしまう思想・イデオロギーです。しかしわたしは、この「勤勉さ」は、別の意味では、可能性をもたらすものでもあるかもしれなかった、そのようにも思います。それを考えるために、ふたたび漱石の「煩悶」(彼自身の言葉です)を見てみたいと思います。

漱石は、英文学とは何か、何のために本を読むのか自分でもわからなくなったという煩悶のすえに到達した原理を、「自己本位」という概念を作って説明しています。それがはっきりと表明されたのは一九一四年(大正三年)一一月二五日の学習院大学の講演でのことです。それは文学を「根本的に自力で作り上げること」ですが、それはさきほどの引用部分にもあったように、彼と我の読みの違いを突き詰めて考えていくことによって成り立つものであり、と同時にこれは、単に比較検討するということでも、複数の読みということで自足しているものでもありません。今風の、暗黙の共約可能性の上にたった多文化主義というわけではないように思われます。なぜなら、彼はこの「自己本位」という「個人主義」(この講演は「私の個人主義」と題されています)を説明して、[18]「他の存在を尊敬すると同時に自分の存在を尊敬する」というものではあっても、「朋党を結び団体を作」るようなものではないがゆえに、「夫だから其裏面には人に知られない淋しさも潜んでゐ」て、それゆえ、「ある時ある場合には人間がばらばらにならなければなりません。其所が淋しいのです」(強調竹村)というものだからです。

むしろ漱石が到達した英文学における自己本位とは、ガヤトリ・スピヴァクが比較文学に求めた姿勢、「物語のなかに例示される文化をパフォーマティヴに行為する」ことに必要な「自己を他者化する」ことに近いかもしれません。

　もしも我々が、ジェンダー教育と人権教育を補うのに、「比較文学」の範囲を拡大しようというなら、本来の文学研究は、物語の形態で出現しているさまざまな文化がおこなう行為遂行的営為のとば口に連れて行ってくれる。ここでは我々は外側に立っているが、人類学者としてのそれではない。わたしたちは、いかに不完全であれ、自己を他者化する努力をその目的それ自体とする想像力を備えた読者として、そこに立っているのである。(19)（強調竹村）

そしてこの「自己の他者化」は、単に座してあれこれ想念を呼び起こすことによってではなく、まさに漱石がやっていたように、外国文学を読むこと、勤勉に読むことから始まると言えると思います。スピヴァク自身、それを、「古い形の比較文学がやっていたように、刻苦勉励」を伴うと述べています。

　想像力の訓練としての文学教育の役割を再生させ、他者化するという生得的な偉大な道具を再利用するためには、旧弊の比較文学で有名だったように刻苦勉励していくことが……言語から言語への翻訳ではなく、身体から倫理的な記号現象《セミオシス》への翻訳、「生」という名の絶え間ない往復運動になっていくかもしれない。[20]（強調竹村）

しかしその刻苦勉励、勤勉さには、それが自己の他者化へ向かう忍耐強い批判的応答であるかぎり、漱石の言う「淋しさ」がつねにつきまとうものです。他者化とは、たとえば新しい批評理論に群れ集うことではありません。その意味で、自己本位を「淋しさ」と表現した漱石は、文学の非連続の契機を、スピヴァクよりも皮膚感覚的に捉えていたのかもしれません。しかし、むろん漱石の「小説」には、その「淋しさ」の男性中心的な自己撞着が描かれており、また「私の個人主義」の後半には国家の強さへの信仰のようなものが書かれていて、全面的に首肯するものでないことは確かです。けれども、スピヴァクがポストコロニアルな地平を乗り越えた比較文学の可能性を説くときに語る「不可能なものの経験」（それはセクシュアリティ研究においても同じなのですが）は、この意味での「淋しさ」と表裏一体のものであり、逆に言えば、刻苦勉励の細読は、「淋しさ」を引き受けることによって、「不可能なものの経験」へと繋がっていくのではないでしょうか。逆に言えば、細読は、一つには既成の体制迎合的な方向に、もう一つには「不気味なもの」を呼び起こす契機にもなるのです。

　皮肉なことに、日中戦争から太平洋戦争終結に至るまで、英文学自体が、他者化され周縁化される状況になりましたが、そのときに細読は、この「淋しさ」を引き受けるよりも、むしろ普遍的な教養人としてのコスモポリタニズムに存在のニッチを求めるためのものとなりました。戦後、中野好夫と市河三喜のあいだで戦われた英文学者の戦争責任論のなかで、中野好夫が「語学研究の目標は視野をひろく世界的に物を見、物を考える人を養成するのにある」(21)と述べていることに象徴されると思います。

＊

では、敗戦後の英文学界はどうだったのでしょうか。最近ときおり、敗戦後、アメリカという存在が日本に現れなかったら、英文学は今のような制度に成長していただろうかと思うことがあります。戦後は、日本にとっての戦後であったと同時に、イギリスにとっての戦後でもありました。戦争には勝ったものの、戦時中の空襲と無力性、壊滅的な打撃、そののちの植民地の相次ぐ独立を経験するイギリスには、普遍的文学を標榜し続けるエネルギーはなかったように思います。むしろ文学が思想化し政治化して人をひきつけたのは、戦後のフランス文学だったように思います。さらに言えば、戦前から戦後一九六〇年代ぐらいまでは、外国語文学において、英文学が突出しているわけではなく、ロシア文学、ドイツ文学、フランス文学がもう少し身近にあったように思います。実際、たとえば新潮社の世界文学全集の巻を見てみると、一九二七年から三〇年（昭和初期）に発行された全三八巻のうち、イギリスが六巻で、アメリカは一巻のみ、両方併せても七巻で、五分の一弱、戦後すぐ一九五二年から五六年の全四六巻では、イギリス五、アイルランド二、アメリカ三の合計一〇で、四分の一弱、少し増えています、五七年から五九年の全三三巻ではイギリス七、アメリカ三の合計一〇で、三分の一。敗戦後にどんどん比率が増えて行っているのがわかります。現在では、世界各地の文学が紹介されますから、国別の比率は少なくなります。この統計を見てもわかるように、イギリスの国力低下に伴って、それまでのイギリスの文学批評の保守性がクローズアップされ、英文学に制度的不遇の時代が来る、ということにはならないで、英文科はますます栄えて、大学の大衆化とともに、英文学専攻の学生を夥しく産出していったのが日本の敗戦後です。アメリカ文学という鉱脈が出現したからです。

とはいえ、アメリカ文学自体が英文学会のなかで市民権を得るには、しばらくかかり、わたしが英文科に入学したのは一九七二年ですが、そのときにはまだ英文学はイギリス文学が中心で、アメリカ文学はそれから派生したものという雰囲気が感じられました。しかし、このようなタイムラグがあったとはいえ、アメリカ文学は、自然発生的に普及したのではなく、そこには明確なイデオロギー的援助が介入していました。

その一つが、敗戦のわずか五年後の一九五〇年に初めて開かれ、京都セミナーの前身となった「東京大学・スタンフォード大学アメリカ研究セミナー」に対するアメリカ側の経済的・政治的・学術的支援があったことです。国際文化会館が一九九八年に刊行した調査報告書(『戦後日本の「アメリカ研究セミナー」の歩み』)によれば、日本側の「関係者は、セミナーの非政治性を強調しているが、GHQの存在は関連資料のあちこちに見られ」、「アメリカ側が作成した一九五〇年の報告書は、冒頭で、ロックフェラー財団の財政援助とともに、GHQの民間情報教育局(CIE)およびSCAP(連合国軍最高司令官総司令部)の助力に謝辞を記しており、本文中でも、スタンフォード大学の教授陣が「GHQ

と友好的で協力的関係を保」っていたという記載がありますから、[22]冷戦構造を見据えて、「文化外交ミッション」を担っていたことは、想像に難くありません。

文化外交ミッションの内実は、「アメリカ流に普遍化されたデモクラシーの、後進国への伝播」つまりアメリカによる民主化と西側化ですが、つい先ごろまでは敵国であったアメリカの、このイデオロギー的福音を、これほどすんなりと受け入れるには、日本にすでに素地が形成されていたからと考えられます。それは、ホイットマンの自由詩の翻訳や読解をつうじて喧伝されていた民主主義や、因習からの自由の謳歌、それらに対する積極的な価値評価です。そして、それに関わった人たちは、夏目漱石、内村鑑三、岩野泡鳴、有島武郎、白鳥省吾、富田砕花、白樺派、高村光太郎、野口米次郎（ヨネ・ノグチ）などです。

横道に逸れますが、この野口米次郎はイサム・ノグチの父で、慶應義塾大学を中退し、一八九三年（明治二六年）に渡米し、西海岸で苦労しつつ、ホアキン・ミラーの知遇を得て英詩を研究したのち、シカゴ、ニューヨークで通信員として新聞のコラムなどを担当し、また英詩を作り（詩集 *Seen and Unseen* 1897, *The Voice of the Valley* 1898, *From the Eastern Sea* 1903）、ヨーロッパでも評価されますが、日露戦争で帰国し、そのまま日本に留まり、一九〇六年から（つまり漱石と入れ替わるようにして）慶應義塾大学で「英文学」「英米文学史」を教えます。彼はオックスフォードや中国・インドで日本美術について公演し、この経歴も面白く、すでに亀井俊介先生の仕事や、[23]外山卯三郎編集の『詩人ヨネ・ノグチ研究』三巻本が出されていますが、[24]その他に、Miss Morning Glory という女性の変名でアメリカで小説（*The American Diary of a Japanese Girl*, 1902）を書いたことは、最近着目されて、研究も太平洋を挟んでなされはじめています。そのさいに日本の英文学の制度とジェンダー／セクシュアリティを包含した視点の研究が興味深いものとなるでしょう。ちなみに今月一一月二〇日（二〇一〇年）から、彼がアメリカで恋愛して子どもを作って捨てた女、レオニー・ギルモアの映画（『レオニー』）が公開されます。彼女は、津田梅子が学んだ女子大ブリンマー大学の卒業で、イサム・ノグチの母です。

話を元に戻しますと、旧大陸からの文化的訣別を告げている思想家エマソンも、明治時代より、日本の知識人に普遍的価値として吸収されていました。

しかし、じつはホイットマンやエマソンが、新しい時代の民主主義という普遍的価値を体現する文筆家として紹介され、盛んに翻訳がおこなわれていた二〇世紀前半は、同時に移民法によって、日系移民の排斥化が激化し、日本人の子孫がアメリカで生まれないように、写真花嫁たちを「奴隷」としてジャーナリステックに激しく攻撃していた時代でもありました。つまりアメリカが白人化に意識的となり、東洋人を他者として排した時代——人種をめぐるアメリカのデモクラシーの矛盾が、直接に日系移民に向けて放射されていた時代——です。しかし日本では、そのようなことはほとんど論じられません。文学受容と政治環境はここでも乖離していたのです。こうしてみると、ホイットマンで卒論を書いた漱石が朝日新聞に入社して作家にならずに、東京帝国大学に残って、ホイットマンなど英文学を研究していたら、日本の英文学はどうなっていただろうと想像します。

もう少し時代を区切って一九三〇年代頃を見てみると、佐伯彰一さんが大変興味深いことを語っています[25]（「一九三〇年代の批評」）。それは、自由主義的な批評家における左翼関心が実態から遊離して、ナイーブで観念的であるところが、太平洋を挟んで、日米で非常によく似ていたことです。それを佐伯さんは、双方の国の文学評論の伝統の弱体さ、自国の文学に即した土着の批評理論を築き上げていない国の悲哀と断じています。しかし逆に言えば、文学評論の弱体さ自体が、アメリカの場合は、戦後観念化されつつも、その観念のなかにアメリカ性を捏造し、パックス・アメリカーナの世界文学化をおこなうという離れ業を可能にしたと考えられるでしょう。かたや日本においては、敗戦の原因を直視することなく――あるいは直視することを避けるために――そのようなアメリカニズムを、魂の内奥で苦悩するアメリカ文学、世界文学という図式にして、諸手を挙げて受け入れたという構図が成立し、太平洋を挟んで、一九三〇年代と五〇年代が奇妙にも似てくるようです。

一九三〇年代の文学左翼の転向については、八〇年代後半のリヴィジョニスト・スタディーズ以降によく指摘されますが、文学左翼をやむなく排して、戦後のアメリカニズムの文芸研究に経済面で支援したロックフェラー財団は、さきほどの国際文化会館のレポートにもありましたように、日本においても、東京大学・スタンフォード大学アメリカ研究セミナー（一九五〇―五六）の経済的支援者でもあり、それを受け継いだ京都アメリカ研究夏期セミナー（一九五一―八七）第一期（一九五一―五八）の大口出資者でもありました。実際、すでに東京大学・スタンフォード大学アメリカ研究セミナーから二〇年を経過した、一九七一年の時点でもなお、アメリカ側の研究者によって、ロックフェラーの後押しがあったことが、肯定的に報告されています[26]。また一九九八年、今から一〇年余り前に東京大学のアメリカ太平洋地域研究センターの式典で挨拶したルイーズ・クレイン米国大使館文化担当公使は、フルブライトとカルコン（日米文化教育交流会議［The United States-Japan Conference on Cultural and Educational Interchange］）の功績の大なることを賞賛しています。[27]

実際、東京大学・スタンフォード大学アメリカ研究セミナーの第一回に参加し、日本アメリカ学会を創設し、国際文化会館を設立した高木八尺は、雑誌『アメリカ研究』に掲載された論文のある章のなかで、次のように語っています。

アメリカにおける「アメリカ文明」の研究の原動力は、……内外に重責を荷うアメリカ国民が自由文明の本質乃至は理想の再確認の上に立ち、改めて強力な発足をしようとする要請であると思われる。［中略］

……一言に尽せば、私には、アメリカ研究の重点は、アメリカ文明の本質――リベラル・デモクラシーの先鋒たるアメリカのイデオロギーの本体の究明に存するように思われるということを指摘したいのである。[28]

興味深いことに、アジア太平洋各国におけるアメリカ学会の成立年をみると、なんと日本がもっとも早く一九四六年に（日本）アメリカ学会が誕生していますが、これは本国アメリカより五年も早いことです。ちなみに次は六四年のフィリピン、オーストラリア、ニュージーランドです。韓国は翌年六五年に、六七年に沖縄が琉球大学アメリカ研究所を開いています。環太平洋を離れると、イギリスの最初の小グループ結成が一九五五年、ドイツが一九五三年です。

思えば、さきほど述べましたように、英文学（イギリス文学）が日本で制度化されるときはちょうどイギリス本国で英文学が制度化されはじめた時代と軌を一にしていましたが、日本でアメリカ文学が導入されるとき、これまた合衆国でアメリカ文学が学術化されるときだったわけです。つまり両方の場合とも、何か実体が先にあって、それを追いかけると言うよりも、研究制度は、時期的にはさほど違ってはいない状況です。さきほど挙げた年数は、アメリカ学会ですから、アメリカ文学会とは異なります。けれども、アメリカ学会の構成員のなかに多く文学研究者が含まれていたことを思えば、アメリカ文学研究という制度的概念が誕生したのは、日本のほうが早いのではないか、実際、アメリカの American Literature Association は一九八九年に始まっています。つまりアメリカ文学を研究制度として考えるのが、なぜこれほど早く日本で確立されたのかを考えると、おそらくは、英語を母国語としない国において、英文学がすでに半世紀ほどの期間で確立していたことのほかに、アメリカ文学として受け入れたいという欲望が、日本のなかに強烈にあったのではないかと思います。それはイギリス文学研究から差異化したいという欲望であったように思います。比喩的に言えば、師弟関係ではなく、「友だち」になりたいという欲望なのではないでしょうか。

イギリス文学への姿勢は、文学史から入り、*Beowulf* からその文学の歴史をひもといて、そして大英帝国の威光を感じるといった受容に比べ、アメリカ文学は、さほどその全体像を気にしなくて構いません。むろん本当はそんなことはないのですが、たとえばヘミングウェイを論じるときに、アメリカ文学の総体を意識する必要はないような雰囲気があったように思います。言葉を換えれば、アメリカ文学は、どこで輪切りしても良いという雰囲気があり、その輪切りした切り口は、最初の頃は「デモクラティックで自由に向かう新しい人間像」であっただろうし、その像が、安保闘争などのなかで翳りをみせてくれれば、「心の内奥で苦悩する、これまた新しき人間」という姿を見せてくれた。つまり、アメリカは普遍であると同時に、万人の未来であり、だからこそ、万人の苦悩でもあった、だからこそ日本の英文学研究は、「アメリカ文学」というカテゴリーを必要とし、そしてそのカテゴリーの後塵を拝するのではなく、その「友だち」になろうとしたのではないでしょうか。

戦後、学科名で、英文学科から、英米文学科にわざわざ命名変更したのは、その証左であると思います。イギリス文学とアメリカ文学は、国が違うだけではなく、研究姿勢が違うので、両方を、英語で書かれた文学という意味で、英文学とは言いたくはなかった、そこで含意されるイギリス中心主義から離脱したかったのではないかと思います。

東京・スタンフォード大学アメリカ研究セミナーが開始されたのは、一九五〇年、サンフランシスコ講話条約が締結される一年前のことで、この条約がのちに安保条約、すなわち"Mutual Cooperation"がついた"Treaty of Mutual Cooperation and Security between the United States and Japan"となるのです。

佐伯彰一さんは、「戦争にもかかわらず、敗戦にもかかわらず、と舌打ちしたい気持を抑えがたいのは、ぼくひとりではないと思うのだが、戦後においては、事態は、あるいは症状は、一層こじれて厄介なものとなっている。アメリカは、外にある他国であると同時に、敗戦、被占領といった経過を通じて、ぼくらの内側深くいりこんでもいる」と述べています(29)（「ドラマとしての日米関係」）。「内側深くいりこんでいる」とはどういうことだろうか、と思います。それは「友だち」であり、かつ「友だち」ではないというジレンマ、焦燥なのではないかと思います。

友人というのは、その双方のあいだに共約可能なものをもっている存在ではないかと思います。友人は、たとえば親族など直接的な関係性の語彙によって規定されている関係ではなく、つまり誰とでも友人になる蓋然性があるわけですから、双方を媒介する共約可能性をもたなければなりません。逆に言えば、共約可能性をもてば友人になり得ることもが許されるのです。アメリカ文学の場合、戦後のアメリカニズムは、世界中に友人と「錯覚する」研究者を輩出するのに格好の装置だったのでしょうし、実際、さきほどの民間助成金の有り様をみても、そのように奨励された学問装置だったのだと思います。

イラクではイラク戦争から一〇年ほどが経とうとしているのに、いまだ先の見えない泥沼が続いていますが、イラク戦争を開始するときに、イラクに民主主義を広めるという「大義」のためには、フセイン大統領とその側近組織を倒せば、簡単に成就できるだろうという楽観論がありました。これの根拠として、当時盛んに喧伝されていたのは、日本の戦後政策にアメリカが成功したという「実績」です。自爆というファナティックな洗脳は、一部の独裁者がおこなっているものなので、それを倒せば、人民は真の民主主義に目覚めるというシナリオです。残念なことに、イラクは、いまだにアメリカの「友人」とはなっていません。

いいえ、日本とて、アメリカの友人であると現実的に信じているわけではなく、文学、いや文学研究というきわめてメタフォリカルな、メタフィジックな次元での幻想でした。したがってそれは、六〇年安保、七〇年安保を経由して（安保だけではありませんが）、文学研究の下部構造のようなものに侵蝕されていくはずでした。その一つの証左が、一九七一年に出され、さきほど紹介しました佐伯彰一さんの言葉だと思います。

他方アメリカ文学は——というか、アメリカでおこなわれている英文学は——世界の「友人」になるということに関して、期せずして、見事な転換を遂げました。それは、デリダの思想をディコンストラクションとしてアメリカ化することです。

もちろん、ポール・ド・マンや、ヒリス・ミラーや、ジェフリー・ハートマンや、ハロルド・ブルームが、冷戦構造を強化するためにディコンストラクションを導入したわけではありません。それは、後期資本主義へと移り変わる社会において必然的に現れ、受容されるポスト構造主義的な批評視座です。事実わたし自身、大学院に入ったまま鬱々としていましたが、デリダやバーバラ・ジョンソンなどの仕事に触れて、息を吹き返した思いがしました。これこそ、わたしが求めていた方法だと思ったのです。

自分自身を振り返ると、わたしは一九七二年に「英語英文学専攻」に入学しました。さほど熱心な学生ではなかったせいか、またアメリカやイギリスというローカリティに自分を浸透させていくことに抵抗があったので、卒論ではエドガー・アラン・ポウの推理小説について書きました。推理小説なら、どの国も同じだと思い、浅はかなことに、そこに刻印されているイデオロギーには気づかずに、日本の推理小説ファンに共通する語りの手法を調べてみたかったのです。萩尾望都の『ポーの一族』のファンだったことも一因です。何の関係もないですから、「愚かな事よ」と当時も言われていました。修士の時には、バルトやソンタグなど（ポスト）構造主義を学び、物語論的なことでポウの作品全体を語り手という見地で分析しました。けれども、何かそれでは頭打ちだと漠然と考えていたときに、デリダを中心とするディコンストラクションに出会って欣喜雀躍したのを覚えています。

おそらく佐伯彰一さんが分節的に認識された「こじれて厄介なもの」――アメリカ文学を研究することとの行き詰まり――が、アメリカの地における理論の怒濤のような導入によって融解し、ふたたび、アメリカへの帰依が始まった、その現場にわたし自身がいたように思います。そしてその興奮は、最初に赴任した大学の農学部学生相手の一般教育の授業で、バーバラ・ジョンソンのデリダの『散種』の序文(30)をテクストにするという無謀な試みをしたことにも現れていると思います。アメリカの研究者は無論のこと、農学部の学生も、みな同様に、この思想に蒙昧を開かれ、欣喜雀躍すると思っていたのです。

そうして八〇年代が過ぎ、そのポスト構造主義にも欠損感をもち始めていた八〇年代の終わりに、リヴィジョニスト・スタディーズ、ニュー・アメリカニズム、新歴史主義に出会い、ふたたび蒙昧を開かれた思いになります。わたしが卒論で、アメリカのローカリティに云々する論文は書きたくないと思った理由が、ここで説明されたように思ったからです。それは新しい批評的／批判的な視線でアメリカを見ることでした。しかし、そのようなイデオロギー的読解は終着点がないこともそのときに自覚しました。「『ロマンス』の占有[31]」と題した論文の最後で、これについて書きました。

しかし、審美的読解のイデオロギー性を暴こうとするイデオロギー批評も、上記の二例のように、そのイデオロギー批評自体が超越的イデオロギーを内包する「解釈のロマンス」(O'Hara) となるか、あるいは、一切の目的論的思考を拒否して、絶望的にイデオロギーの亀裂を掘り起こすアナーキーな批評となる可能性をもつ。ピーズは第三の立場として、解釈学的深層が物語表層に転じる部分に「遂行力」(performative powers) を有する「ポスト国家物語」の可能性があると訴える。しかしいずれにしても、ロマンスはそれがテクスト産出の地点においても、テクスト批評の地点においても、巧妙に占有される物語形式であるだけに、ロマンス占有の批判的読解は困難であると同時に、今後の我々に委ねられた、必須の課題である。

このとき、不用意に使った「我々」とはいったい誰か、ということに、当時のわたしは意識しないまま、引っかかっていたのだと思います。というのも、イデオロギー批評はとても興味深いもので、それこそ、わたしが好きな推理小説のように（というと、本当は語弊があるのですが）、七〇年代に学部の学生だったとき、自分の中で言語化されずにわだかまっていたもの——自分が英文学を研究する上で避けては通れないけれども、それがなんだかわからないもの——を、日の下に引っ張りだしてくれたからです。しかも、それは次々とおこなえるのです。イデオロギー批評には終わりがありません。しかし自分自身が発信する立場になるとそれは別です。読むのは面白いけれども、書けない、という苦痛を何年か味わいました。いや、書いてはいるのですが、砂を噛むようなものです。そしてそのとき出した結論は、自分自身の文体が変わるのだ、ということでした。新しい文体を模索しているために、書けなくなっているのだと。

しかし、それもあったかもしれませんが、それだけではない、もっと大きな原因があったように思います。それは、さきほどの「我々」が提起する問題、自分の位置はどこにあるのか、という問題です。この頃、人種、階級、ジェンダーの批評軸が喧伝されていました。それは、これまでの批評で看過されていた批評視座を取り戻すためですが、単にこれらの視座は、今度はそれを勘案して、テクストを読み直せば済むというものではなかったのです。少なくともアメリカでは。それは、自分が何であるかをつねに問われる批評です。むろん、狭いアイデンティティ・ポリティクスを問題にしているわけではありません。いわゆる白人が人種を論じても、冠教授が階級を論じても良いわけですし、ジェンダーに至っては、女だけの問題では毛頭ありません。けれどもこれらを論じるさいには、そのテクストと、テーマと、批評家のあいだに、ある種のポリティカルな磁場がかならず発生します。自分が直接には関係していない国・社会のなかに発生している抑圧構造を、学問として対象化して論じることの居心地の悪さが、「読める」けれども「書けない」、「書いても面白くない」という難事となって、わたしに降りかかってきたのです。言葉を換えれば、ある共約可能性を互いに有して、「友だち」であったはずの「友だち」が、かつての友情に潜んでいた策略に気づいたそのときに、「友だち」の場所から遠く離れてしまった——共約可能な磁場が、すとんと奈落に落ちていった——という感覚です。

九〇年代初めは、みなさんもご存じのように、ポストコロニアリズムという言葉が生まれ、その批評が大きな勢いをもってこようとした時代、そしてセクシュアリティ研究、クィア理論もまた制度化されていく時代でした。いま述べたような自分自身に対する苛立ちと、書けないという絶望感を持っていたわたしは、トリン・T・ミンハの映像と彼女の著作に、当然のことながら強く引かれました。当時スピヴァクよりもトリンに引かれたのは、彼女がベトナム系アメリカ人であったからかもしれません。またセクシュアリティ研究については、この「『ロマンス』の占有」を発表したのと同年の一九九三年の秋に、「"Separate Spheres"と"Gender Discourse"」という題で、日本アメリカ文学会全国大会のシンポジウムで発表しました。(32) シンポジウム自体のタイトルは、「Antebellum Literature——文学と社会」です。この両タイトルからは、レズビアニズムについて話されると思われなかったのでしょう、またシンポジウムですから他の登壇者の話も聞きたいと思われたのでしょう。大勢の方が見えられていましたが、休憩時間に会場をわたしが出たときに、そこにわたしがいることが気づかなかったらしく、幾人かの聴衆の方が、「こんな話題が学会の発表になる時代が来たのですね」と苦笑混じりに話されていました。それは一九九三年のことですが、一九九六年からわたしが『英語青年』に「レズビアン研究の可能性」の六回にわたる連載(33)を書き始めたときに、わたしのことをおもんばかって、ある人から、かなり叱責する口調で、「君の品位を落とすような文章は書かないように」という手紙をもらいました。別の人は、「いつまでもフェミニズムやセクシュアリティ研究をやっていてはいけない、君はその方面だけの批評家だとみなされてしまう、それでは勿体ない」と、親身なアドバイスをしてくれました。

しかし、わたしがここで言いたいことは、「そのような逆境にもめげずに自分の政治的立場に立脚したテーマを見つけて、それを追及することこそが、日本の英文学という制度百年の末に到達した見地だ」などということでは、毛頭ありません。それはまだ、漱石が直面した課題――齋藤勇の『思潮を中心とせる英文學史』で空白のまま残された後進の読者が進むべき道、わざわざ「アメリカ文学」と命名してまでも、それとの協調関係を取りたいと願った願望と挫折――それらを解決することにはなりません。なぜなら、なぜそれが「アメリカ文学」でなければならないのか、なぜそれが「英文学」でなければならないのか、そのアメリカ文学研究なり、英文学研究なりを誰に向けて発信するのか、向けられた人は、英文学やアメリカ文学をどう読んでいるのかという問題が解決されていないからです。

「いや、研究というのは押し並べてそういうもので、さほど人口に膾炙しなくても良いし、すぐに何か社会に結びつく必要もない。そもそも文学や芸術的営為はそういうものだ」という反論もあるでしょう。たしかに文学や芸術の評価は、さほど直裁のものでもありませんし、民主党の仕分け人が言うほど、「エヴィデンスを見せる」ことのできるものでないことは事実です。けれども、少なくとも英文学という学問装置は、それだけをもって、自らの検証を免罪することはできないと思います。なぜなら、英文学という「インダストリー」が、いまだに他の文学分野と比べて、学生も教員もそれに関わる人数が多く（文学が文化に変わったとはいえ、そしてわたしたちが日々、お尻を叩かれて、外国語教育の徹底をするようにと言われているにもかかわらず）、やはり他の分野から見れば巨大で、日本の人文科学とくに文学部分に占める割合がきわめて高いからです。昨今の大学の置かれた状況を見ると、英文科は縮小の方向ですが、他の文学分野は日本文学と（わずかに中国文学と韓国語をのぞき）、廃止の方向と言っても過言ではないでしょう。

では、過去に英文学が置かれてきた歴史的文脈や、そこで取ってきた学問的姿勢を鑑みて、今後どのようにわたしたちは生きていけばよいのでしょうか。これについて、明確な答えを持っているわけではけっしてありません。

昨日、たまたまガヤトリ・スピヴァクからEメールをもらいました。たいした用事ではないので、それに簡単に返事したあと、わたしも今日の講演の原稿のことで頭がいっぱいでしたので、講演の題は、『ある学問のルネサンス？——英（語圏）文学をいま日本で研究すること』で、これはあなたの著作の『ある学問の死』とF・O・マシーセンの『アメリカン・ルネサンス』[34]をもじったものだと書いたものですから、彼女から折り返し返事が来て、「英文学を読む日本にはルネサンスはありえない。ありえるのは、さほど重要でない言語のなかで流通している（彼女が著作で冷戦構造の時に作られたと述べている）比較文学という学問分野なのであって、国民国家の支配言語と英語とのあいだの交通は、双方向的なものであり、わたしが比較文学について述べていることとは違う」という反論がすぐに来ました。「いや、そう意味で――つまり比較文学だけの土壌で――わたしは話そうとしているのではない。わたしがマシーセンを出したのは、そもそも初めから、わたしが望む英文学という装置は生まれていないので、それを『再生』することはできない。だけれども、再生ということを使って、別のことを言いたい。それは『友情』に関係することだ」というようなことを説明するはめになってしまいました。けれども期せずして、彼女の反論は、わたしが向かっていく先に設定していることを整理するのに、格好のきっかけになるように思いました。

それでは「友情」に再び戻りたいと思います。

京都セミナーでは、財政的には徐々にロックフェラー財団が後方に退いて（もはや日本に支援する必要はない、その時期は終わったと思ったのでしょう）、そののち、京都セミナーやそのほかの文化・教育交流を支える基金として、日米友好基金（The Japan-United States *Friendship* Commission　強調竹村）が設置されました。これは、一九七二年の沖縄「返還」をきっかけに、日米間の相互理解と文化交流を促進する奨学金プログラムとして、米国政府によって一九七五年に創設されたもので、設立当初の運用資金として、米国議会から一八〇〇万ドル、日本政府から一二五〇万ドルが拠出されました（その後は、日米間の景気の動向等により変動）。この基金には、「友情」（friendship）という単語が奇しくもつけられております。わたしはさきほど、友情というのは、親族関係のような規定の関係性ではない、別種の共約可能性のうえに構築された関係だと述べました。そして、その共約可能性は、双方のあいだで、たとえそれが仮想的な共約可能性であっても了解されるものであると。だからこそ、「友人」という実体が曲がりなりにも成りたつのです。しかし『ハムレット』のなかに警句として発せられているように、またメルヴィルの「ベニト・セレノ」や、漱石の『こころ』にも描出されているように、友人ほど当てにならないものはありません。漱石の場合には、いやそのほかにも、単なる当てにならないと言うだけでなく、そこには、もっと深層のホモエロティックな欲望があるのですが、それはさておき、「友人」とは、じつは、大変定義しにくいものです。

デリダはその著書『友愛のポリティックス』(35)を、アリストテレスのパラドクシカルな呼びかけ「おお、友人たちよ、友人はどこにもいない」("O my friends, there is no friend!")ではじめて、友情の政治化の系譜を省察しています。ここで出てくる二つの相いれない時間、「肯定」(友人がここにいること)と、「否定」(友人がどこにもいない)は、友情が本来持っている「いつまでたっても実現しないこと」(not-yet-coming-ness)を差し示すというのです。別の言葉を使えば、アリストテレスの呼びかけは、《ここにはいない、そして未来にもいない》友人へ向けられた頓呼法《とんこ》(すでに失ったものを擬人化して呼びかける修辞法)であり、grief(悲哀)であるのですが、それでもわたしは、aspire(希求)であると思いたいのです。「友情の可能性」をどこまでも追いかけていく心性——「友情の不可能」性を帯びつつ「可能性」を実現しようとする苦闘——わたしは、それを友情と定義したいのです。

けれどもこの「友情」の(不)可能性は、通常は社会のなかでもっと読み取りやすい、そしてもっと受け入れやすい「同胞」(fraternity)に縮小されていきます。そして、それが家族愛とか同族愛とか、団結心とか、国民国家への忠誠に繋がっていくのです。また「同胞」は馴化しうるので、つねに政治的教育という全体化に関わります。ヘーゲルの公式化にそれがよくあらわれています。

この「友情」の袋小路に一つの動きを与えてくれるもの、それが「読むこと」ではないでしょうか。齋藤勇を筆頭に英文学の創設の父たちは「細読」を唯一、もっとも効率的なテクスト読解の方法だと奨励しました。しかしその「細読」には、OEDを正しく引くことを初めとして、必要な文献を照査する等々（これらは大事なことではあるのでしょう）といった、英文学者としてのプロフェッショナル・アイデンティティに則った手続きが必要で、その結果としての行き着く先は、既成の解釈の上塗り、相変わらずのリベラル・ヒューマニズムの自足的解釈であることが多かったように思います。

では、違う種類の「細読」とはどんなものでしょうか。それはおそらく、読むことによって、読んでいる自分が孤独になるような読み、「朋党を結び団体を作」るようなものではないと言った(36)ことに気づくような読み、漱石が「夫だから其裏面には人に知られない淋しさも潜んでゐ［て］……ある時ある場合には人間がばらばらにならなければならない」ような読み。つまり、すでに申し上げたように、スピヴァクが「自己の他者化」と呼ぶものです。この読み、漱石が「自己本位」と呼び、スピヴァクが「自己の他者化」と呼んだ読みは、還元不可能な単一性《サンギュラリテ》を忍耐強く保っていくことであり、その単一性こそが、「友がここにいる」が「友はどこにもいない」という撞着語法を未来に向かって、生きることではないかと思います。デリダもまたそれを、Grievance/grief（苦悩／悲嘆）と呼びました。しかし、そのようにアメリカ文学を読むこと、英語圏の文学を読むこと、イギリス文学を読むことは、グローバル化が経済学の面だけで捉えられようとしている現在、必要な読みではないかと思います。

英文学が制度であるなら、その制度は、これまでは内部的には同胞（fraternity）を作りだし、「同胞化」（fraternalization）をおこなっていきながら、外部的には「友情」（friendship）の錯覚＝勘違いを構築していたように思います。けれども、デモクラシーの明暗を書き刻んでいるアメリカ文学や、言語の普及性をグローバルに体現している英語圏文学や、文学とイデオロギーの恣意的連動の場であったイギリス文学の、それぞれのテクスト（群）のなかに、還元不可能な単一性を読み込んでいくとき、「同胞」は意味を失い、「友情」に名を借りた権威発動も消え去って、「いま、ここ」から、この読みから、英文学という制度自体が変容していく可能性があるのではないでしょうか。それは、再生ではない再生、一度として生まれなかったもの――これからも生まれないもの（自足したかたちでは生まれないもの）――の永遠と続いていく再生なのではないでしょうか。英文学の「読み」は、「未だ来ざるもの」、「未だ来ざる人生への深い理解」、それは、「未だ来ざる人と人との関係」、つまり「友情」として、それを喚起する手立ての一つとしてその文学力を保持していると思います。

ご静聴ありがとうございました。


（二〇一〇年一一月六日　慶応義塾大学にて）

文献註

（1）齋藤一『帝国日本の英文学』人文書院、二〇〇六年。
（2）宮崎芳三『太平洋戦争と英文学者』研究社、一九九九年。
（3）「特集：いま英文学とはなにか」『文学』岩波書店、一巻三号、二〇〇〇年。
（4）Smith, Sidonie. "The Conventions of Narrating Lives." *MLA Newsletter* 42–43 (2010): 2–3.
（5）「ポストファミリーの撹乱／暴力――二〇〇三年暮れアメリカ文学フェミニスト読解」日本アメリカ文学会東京支部一二月例会、二〇〇三年一二月一三日、於慶應義塾大学（司会：竹村和子、パネリスト：新田啓子・舌津智之・中村理香、コメンテーター：上野千鶴子）。
（6）亀井俊介「文学の『研究』と文学の『営み』――若き日の夏目漱石をめぐって」日本アメリカ文学会第四九回全国大会、二〇一〇年一〇月一〇日、於立正大学。
（7）夏目金之助『文学評論』『漱石全集　第一五巻』岩波書店、一九九五年、四九頁。
（8）前掲、五三―五四頁。
（9）日本の英学一〇〇年編集部編『日本の英学一〇〇年（大正編）』研究社、一九六八年、四七頁。
（10）齋藤勇『思潮を中心とせる英文學史』研究社、一九二七年、vi―vii頁。
（11）前掲、vii―viii頁。
（12）Woolf, Virginia. *A Room of One's Own*. London: Hogarth Press, 1929.（ヴァージニア・ウルフ『自分だけの部屋』川本静子訳、みすず書房、一九八八年）
（13）Hearn, Lafcadio. *A history of English literature*. Tokyo: Hokuseido, 1941. 240.（ラフカディオ・ハーン「英文学史」『ラフカディオ・ハーン著作集　第一一巻』野中涼・野中恵子訳、恒文社、一九八一年）
（14）夏目漱石『三四郎』『漱石全集　第五巻』岩波書店、一九九四年、三八三―八九頁。

(15) 前掲、齋藤『思潮を中心とせる英文學史』一八四頁。

(16) 前掲、宮崎『太平洋戦争と英文学者』一三〇―三一頁。

(17) Miyoshi, Masao. "The Invention of English Literature in Japan." Eds. Masao Miyoshi and H.D. Harootunian. *Japan in the World*. Durham and London: Duke UP, 1993. 271–87.

(18) 夏目金之助『私の個人主義』『漱石全集　第一六巻』岩波書店、一九九五年、六〇八―〇九頁。

(19) Spivak, Gayatori Chakravorty. *Death of a Discipline*. New York: Columbia UP, 2003. 13.（ガヤトリ・C・スピヴァク『ある学問の死―惑星的思考と新しい比較文学』上村忠男・鈴木聡訳、みすず書房、二〇〇四年）

(20) *Ibid.*, 13.

(21) 市川三喜「英語研究者に望む」『英語青年』創刊五〇周年記念号、研究社、一九四八年、三五―三六頁。

(22) 国際文化会館編『戦後日本の「アメリカ研究セミナー」の歩み：アメリカ研究総合調査研究者育成プログラム調査部会報告書』国際文化会館、一九九八年、二五頁。

(23) 亀井俊介監修・解説『ヨネ・ノグチ（野口米次郎）英文著作集：詩集・小説・評論』（英文復刻集成）全六巻＋別冊解説、エディション・シナプス、二〇〇七年。

(24) 外山卯三郎編著『詩人ヨネ・ノグチ研究』全三巻、造形美術協会出版局、一九六三／一九六五／一九七五年。

(25) 佐伯彰一「一九三〇年代の批評」『内なるアメリカ・外なるアメリカ』新潮社、一九七一年、一〇七―二七頁。

(26) Jensen, Merrill. "The Kyoto American Studies Summer Seminar and the International Exchange of People and Ideas."（明石紀雄訳「京都アメリカ研究夏期セミナーと人と思想の国際的交流」）『同志社アメリカ研究』八巻、同志社大学アメリカ研究所、一九七二年、二一―二八頁。

(27) ルイーズ・クレイン「創立三〇周年祝辞」『CAS　ニューズレター』一巻一号、東京大学教養学部附属アメリカ研究資料センター、一九九八年、四―五頁。

(28) 高木八尺「アメリカにおける歴史研究の動向とわが国におけるアメリカ研究の任務に関する一示唆」『アメリカ研究』(旧)アメリカ学会、一九五〇年、四〇―四一頁。

(29) 佐伯彰一「ドラマとしての日米関係」『内なるアメリカ・外なるアメリカ』二八頁。

(30) Derrida, Jacque. *Dissemination*. 1972. Trans. Barbara Johnson. Chicago: U of Chicago P, 1981.

(31) 竹村和子「『ロマンス』の占有――独立戦争から南北戦争まで」『英語青年』一三九巻二号、研究社出版、一九九三年、二―六頁。

(32) 竹村和子「"Separate Spheres"と"Gender Discourse"」日本アメリカ文学会第三二回全国大会、一九九三年一〇月一〇日、於弘前大学。

(33) 竹村和子「レズビアン研究の可能性」全六回『英語青年』一四二巻四―九号、研究社出版、一九九六年七月―一二月(「(一)『ロマンティックな友情』からセクソロジー前夜まで」/「(二)『呪いの文学』から『ガイドブック文学』まで」/「(三)フェミニズムとの関わり」/「(四)女は『欲望の主体』となるか」/「(五)『カミングアウト物語』と有色人レズビアンの対抗表象」/「(六)セックスの形態学」)。

(34) Matthiessen, Francis Otto. *American Renaissance: Art and Expression in the Age of Emerson and Whitman*. London and Oxford: Oxford UP, 1941.(F・O・マシーセン『アメリカン・ルネサンス――エマソンとホイットマンの時代の芸術と表現』(上下巻)飯野友幸・江田孝臣・大塚寿郎・高尾直知・堀内正規訳、ぎょうせい出版、二〇一一年)

(35) Derrida, Jacques. *The Politics of Friendship*. 1994. Trans. George Collins. London and New York: Verso, 2005. 1.(ジャック・デリダ『友愛のポリティックス 1』、鵜飼哲・大西雅一郎・松葉祥一訳、みすず書房、二〇〇三年)

(36) 前掲、夏目金之助『私の個人主義』六〇八―〇九頁。

あとがきにかえて

まず幻になってしまった第12章から始めさせてください。これは、竹村和子さんの二〇〇四年一一月、十文字学園女子大学でおこなわれた日本イギリス児童文学会での講演をまとめたものであり、「血わき肉おどる冒険談に読みふける少女――トムボーイの陥穽」と題されています。本書のための原稿量は充分にあるからこれを載せても載せなくってもよい、と竹村さんは言っておりましたが、講演用の原稿は三分の二程度で終わっており、私や友人が病室でそれらのチェックを手伝いましたが、最初の数ページのみでした。当初本書に入れるつもりがあったのならば、きっと最後まで校閲できると期待していたのでしょう。他の章が、言ってみれば、気のぬけない、いささか緊張感をともなった論考だとすれば、これは、子ども時代の児童書の読書体験から始まり、本のなかにあったおいしそうな食べ物の記憶（常日頃、いつ食べたなにがなにが忘れられないと古い記憶をよく覚えていて話すほどの食道楽、料理上手でした）とか、『おもちゃ屋のクリック』という本はわけのわからない話（あとで調べわかったらしい）だとか、めずらしく時々に笑いを誘う内容になっています。

子ども時代に読んだ本は、『ロビンソン・クルーソー』、『海底二万マイル』、『宝島』、『ソロモン王の洞窟』、『ほら男爵の冒険』といったようなもののようです。なかでも繰り返し読んでいたのは『クオレ』で、「これもまたいまから考えると、きわめて国粋主義的な、ホモソーシャルな(ということはミソジニーを内面化した)少年を作り上げる物語で、わたしは、これらを翻訳で読んでいる戦後の日本の少女だったわけですが、ナショナリズムとインペリアリズムとセクシズムを、心の糧にして子ども時代を生きていたことになります。というのも、みなさんとおそらく同じように、物語こそが、わたしの生きるエネルギーのような子ども時代を過ごしたからです」(「血わき肉おどる冒険談に読みふける少女」から)と語り、自分が、いまにいたってポストコロニアル研究をやっているのは、子ども時代の読書の贖罪ではないか、と笑わせていました。

このように竹村さんの読書体験は、多くが「血わき肉おどる冒険談」であり、女の子がなぜ冒険物語に耽溺しつつ性自認をしていくのかを、精神分析の「投射」と「取り込み」という概念を使って説明しています。「そのようなときに、彼女は本の世界ではなく、現実世界のなかで自己を適応させていくためには、さきほど言いましたように、自分の男性的(といわれるもの)を、外の男に投射し(本当は、男の性を持つものがかならずしも男性性を有しているわけではないのですが)、外界の女性性を自分の中に引き入れて、それを自らの女性性と詐称していかなければなりません。しかし男のヒーローに自己同一化する少女は、読書の世界では、男性性を「取り入れ」、女性性を「投射」する。つまり逆のことをしなければならないわけです。だからこそ、現実世界の女性蔑視に敏感な女の子ほど、ひたすらに男のヒーローの物語を読みふけり、物語の外には出ようとしない。物語の外の世界は、その女の子にとって、ろくな事がないからです。物語の中では、物語であるがゆえに、少女は、男のヒーローに、読書のあいだ、自由に自己同一することができます。彼女は、自分でなんでも考えて行動することが出来る男になるのです」（引用同右）。

　私もこのような体験に非常に共鳴できるものがあるのですが、女の子にとって、おしきせの女性ジェンダーを即自的にも脱自的にも生きられない、自己形成の困難な状況が、この原稿では読み解かれています。ただ竹村さんの結論は残念ながら不明のまま残されました。

　聞くところによれば、竹村さんは、中・高校時代、非常に数学の成績がよく、全国テストなどでもトップクラスだったらしく高等専門学校で機械関係の勉強をしてもいいと考えていたとのこと。それがなぜ文学に方向転換したのか、理数科と文科を分ける考え自体が古いのかもしれませんが、竹村さんは何でもよくできた、と言ったほうがよいのかもしれません。好奇心が旺盛で、興味を惹かれればすぐに「どれどれ」と首を突っ込みたいタイプと言っていいでしょうか。映画鑑賞や、音楽コンサート、写真・絵画展、海外旅行にと、時間を惜しんで出かけました。昨今の海外旅行はほとんど、文学（者）を巡る旅だったようです。

　昨年三月中旬、緊急手術ののち、主治医から治療法の確立していない悪性腫瘍の末期だ、と告げられました。竹村さんはこれを冷静に聞いていました。それ以降は医学関係の万巻の書を読破し、あらゆる治療法を試みました。病院も都内二ヶ所、大阪二ヶ所、在宅医療、長野と移り、その努力は、ひとえに良くなりたいという一途な思いに支えられていたと思います。

　それにしても三月末、病のただならざることを告げられ、こころの奥底で、自らの最後を準備し、なおかつ一方ではちょっとした検査結果の朗報に希望をつないできました。また最後まで決して諦めようとはしませんでした。決して諦めない……。こう言うのは何と簡単なことでしょう。断念から目をそらさないまま、希望を捨てないというのはまるで綱渡りのようにも思えます。最後になった長野の病院（緩和ケア病棟）では、病気のまわりに薄い膜のようなものを張って、ひっそりとそのなかに一人で入り込み、どうすればできるだけ楽に過ごせるかのみを考えていたように見えました。

　そして八ヶ岳麓の目もくらむような錦秋が、静かに忍び寄った冬景色にすっかり変わってしまったことを知らないまま、一二月一三日、大好きだった山麓の病院で、彼女はあと一ヵ月半で五八歳になる人生の幕を静かに閉じたのでした。本書を目にすることなく。祈りの中に……。


　最後になりましたが、竹村さんに代わって謝辞を述べさせてください。竹村さんのいない今、本書は字義通り、多くの方々のご協力によって出来上がっています。表紙の作品は、栃木県立美術館から送られてきた「関谷富貴展」カタログの絵の一つを使わせていただきました。最初は素人画家である私に表紙の依頼があったのですが、関谷さんの絵を見て、すぐに気持ちが変わったようです。もちろん私に異存はありません。この間の労をとってくださった県立美術館の学芸課長小勝禮子さんと研究社の高橋麻古さん、そしてもちろん使用を快諾してくださった関谷富貴さんのご遺族にこころからのお礼を申しあげます。デザインをしていただいた柳川貴代さんにも謝意を。長い間、竹村さんのアシスタントとして彼女を全面的に支えてきた花岡ナホミさん、花岡さんのご協力がなければ本書は日の目をみなかったといっても過言ではありません。ありがとうございました。病前からあった本書出版の予定にもかかわらず、次々に入ってくる新しい仕事に忙殺される竹村さんを、病前・中、没後をも辛抱強くお待ちくださり、励ましてくださった研究社の津田正さんには感謝の言葉もありません。

とは言うものの、感謝の言葉ほど言葉がその真意を充分に伝えないものはないのかもしれません。私がこのように書いている行間から、あの恥ずかしそうな微笑をたたえた顔をのぞかせて、私の謝意に唱和している竹村和子さんの声も、どうかお聞き取りくださいますように。

なお、本書出版に直接関わりがないのですが、病中ずっと竹村さんを支えつづけてくれた「チームK（和子）」のみなさんにも謝意を捧げたい。今はこれについて詳しくふれられませんが、チームKの皆さんがいてこその、竹村さんの闘病でした。

本書の校閲は私と花岡ナホミさんでやりましたが、おそらく竹村さんの満足のいくような仕上がりになっていないことがこころ残りです。第11章の注と引用・参考文献はもともとつけられておらず、文献註をあとで作成することになりました。いたらなさをおわびいたします。

二〇一二年四月

河野貴代美（元お茶の水女子大学教授）

＊

本書は、二〇一一年一二月に惜しくも五七歳で逝去された竹村和子氏が、病床にありながら、最後まで肌身離さず傍に置き、倦むことなく校閲し続けることで、死の直前に完成にまで漕ぎ着けた、著者初の米（英）文学論集である。

氏は『文学力の挑戦』という名称をこの本に与えているが、おそらくこのかけがえのない一書の表題として、これよりふさわしいものはなかったのではないかと思われる。と言うのも、私の見聞きする限り、数ある文学研究者の中でも、竹村氏ほど真正面から文学の「力」を信じ、それを基にして、常人なら不可能とも思える困難な企てに「挑戦」することを試み続けた人は希少であると思われるからだ。

但しこう述べたからと言って、氏をドン・キホーテのごとくかなわぬ夢に向かって猪突した人だなどと言うつもりは無論ない。むしろ本人に触れた人なら必ず、物静かで物柔らか、かつ、思慮深く注意深い、といった、正反対の印象を受けるはずだからだ。

あるいは、氏を直接知らない人の場合、フェミニズム／セクシュアリティ理論の画期的書としてその難解さが米本国でも取沙汰されているジュディス・バトラーの『ジェンダー・トラブル』（青土社、一九九九年）の卓越した翻訳・紹介者、さらには、そうしたバトラー理論に触発され、自身もまた、文学はもとより、社会学、哲学、精神分析学等に亘る広範囲な知見や方法論を駆使しつつ、『愛について』（岩波書店、二〇〇二年）をはじめとする、数多くの高度に分析的な論考を著した鋭い理論家としての側面に彼女の人となりを重ねる向きもあるだろう。つまり怜悧で気難しげで、エリート的といった人物像である。だが、これとても一旦傍に近づければ、雲散霧消するはずである。シャイではあるものの、きわめて気さくで率直、ユーモラスといった風貌の人でもあることが判明するはずだからだ。

以上のことは竹村氏の文体にあてはめてみることも可能かもしれない。仮に氏の書き物が難解に見えることがあるにしても、読者を煙に巻くといった学術的韜晦にはまるで無縁なものであることは、少しでも辛抱強く氏の書いたものに取り組めば、容易にわかることだ。氏のスタイルが複雑に見えるとすれば、それはひとえに、氏が全身全霊で立ち向かい、その抑圧構造を明るみにしようとしたもの——すなわち、社会や文化に隈なく張り巡らされ、そこからはみ出るものを悉く周縁化し排除しようとする、「男」／「女」の二分法に基づく、「正しい性配置」や「性規範」、及び、その支えとしての異性愛主義等——が、近代以降いかに巧緻な衣をまといつつ個々人の内部にも巣食ってきたかを熟知しているからに他ならない。そうした体制の中で長く「語りえぬもの」として秘匿されてきたものを言語化することで読者を未知の地平、すなわち、いかなるタブーからも解き放たれた性（＝生）の地平へと誘うことこそが、氏があらゆる書き物の中で目指してきたことである。稠密で粘り強い氏の文体がそのように困難な企てに内包される意図を読者に懇切丁寧に伝えようとする飽くなき欲求に由来することは言うを俟たない。

そんな竹村氏の学者としての出発点が一九世紀米国の審美的作家たるエドガー・アラン・ポー研究

にあったことを知る人は、今となってはさほど多くはないだろう。そうした竹村氏の来し方を知ることは本書の背景を探るためにも有意義なので、ここで彼女の個人的な道のりを少々辿っておこう。

　一九五四年に愛媛県で生まれた竹村氏は、幼い時からシングルマザーとしての母との緊密な関係のもとに成長したという。後に若手研究者向けのある書物で、自分は子供の時から絶対に自活できるようになりたいと思っていた旨、述べているのも、そうした背景による部分が大きいだろう。お茶の水女子大学で米文学を専攻した後、同大学の修士課程でポーに関する修士論文を執筆してから筑波大学博士課程に進んだ彼女は、そこを満期退学した後、成蹊大学や筑波大学などで教鞭をとった。一九九六年には再びお茶の水女子大学に戻り、同大の学部並びに大学院の米文学教育に携わりつつ、ジェンダーに関わる大学内外のさまざまな企画に中心的役割を果たすと共に、近年は、米国はもとより、韓国やブラジルといった海外の学会でも研究発表するなど、日本のジェンダー研究に国際的な広がりをもたせるのに大きく貢献するに至っている。ちなみに私自身が竹村氏に出会ったのは、丁度氏がお茶の水女子大学に赴任する前の時期にたまたま双方ともトリン・ミンハのポストコロニアリズム的批評書の翻訳を手がけていたことが契機となっている。一九九五年に竹村氏がトリンの『女性・ネイティヴ・他者』(岩波書店)の邦訳を出したすぐ次の年に私も同じトリンの『月が赤く満ちる時』(みすず書房)の邦訳を出したのだが、偶然同年にトリンも日本に滞在するようになったことから、共に彼女の講演会等を企画するなどして交流を深め、以後、濃淡はあるものの、ずっと交友関係を結んできたという次第である。実のところ、知り合った当時の竹村氏はどちらかと言うと、一九世紀アメリカ作家を華麗に脱構築理論で読みこなすポスト構造主義的文学研究者といった趣が強かった。だが、その傾向に変化が起きたのが、米文学におけるレズビアン表象にまつわる論考をいずれも一九九六年に刊行された『英語青年』誌上に六回に亘るシリーズとしてスタートさせた時である。それは明白に氏がバトラーから大きな刺激を受け、真剣にセクシュアリティ研究に着手し始めていた時期に重なるはずである。以後、氏が『思想』や『現代思想』等の総合的批評誌にたびたび名を連ねる幅広い批評家・思想家として多くの一般読者の知るところになったことは、今更断る必要もないだろう。

以上、前置きが長くなってしまったが、以下では肝心の本書の内容にも触れておきたい。

冒頭でも述べた通り、本書は竹村氏にとって初の米（英）文学論集にあたる。編集者の高橋麻古氏によると、この本の企画は五年前に竹村氏本人がそれまで書き溜めていた論文に手を入れて一巻本に纏めたいとの希望が出されたことによる。無論、本人にはその意図は毛頭なかったはずだが、結果的には最後の何カ月間かを、氏の原点としてのアメリカ文学の作品群に向かい合いつつ過ごしえたわけで、そのことは彼女にとって望外とも言える幸せなひと時をもたらしたのではなかろうか。と言うのも、病の最中から生み出されたものでありながら、本書を読む者は、いわば自身の精神的故郷としての米（英）文学の世界で自由闊達に思考を働かせている竹村氏の姿を彷彿とさせられるからだ。

とは言え、本書が他のすべての氏の著作に劣らず高度に分析的で理論的な書であることは、断るべくもない。実際、本書から浮かび上がる主要な論点は、氏が『愛について』で示しているものと地続きと言っても差し支えのないものである。すなわち、近代以降の異性愛主義的規範の結果、「語りえぬもの」として秘匿されてきたセクシュアリティに関わる問題系を表面化させているということで、それを氏は各々のテクストにおける空白ないしは無意識とも言えるものを細密に掘り起こすことで可能にしている。それ故、すでに『愛について』で著者の哲学的考察に触れた読者は、それが本書において具体的なプロットや登場人物の解釈としてダイナミックな動きを与えられているのを目にするだろう。

だからと言って、文学批評書である本書が著者の理論書を理解するための手引きといったものとることは、無論、きわめて的外れである。各々の作品内のメインプロットで示される作者の意図とはまるで相容れない意味のせめぎ合いを多様なサブテクストから引き出してみせる際の手腕は、まさに推理小説の祖たるポーの読解者としての著者を思わせるものである。さらに、規格的な読みでは稀にしか注目されないはずのさまざまな副次的人物たちに光を当てる際に示される慧眼は、他者化され周縁化されてきた「語りえぬもの」を表面化させることに意を尽くしてきた著者ならではのものとも捉えられる。そのように重層的な意味空間への可能性をもつことこそが優れた文学作品の証で、そこから引き出しうる楽しみを本書は存分に味わわせてくれるのである。

四部構成の本書には計一一の論考と一つのコラムが収められていて、その各々を具体的に紹介することは不可能だが、全体を通してまず指摘されるのは、扱われている作家や作品が時代的にもジャンル的にもきわめて多様だということである。すなわち、一九世紀半ばの大衆的女性作家たち（スーザン・ウォーナー、オルコット等）による家庭小説から一九世紀半ばから二〇世紀初頭に至る正典的作家としてのホーソーン（『緋文字』）、ジェイムズ（『カサマシマ公爵夫人』）、フォークナー（『アブサロム、アブサロム！』）、ヘミングウェイ（『老人と海』）、ヴァージニア・ウルフ（『ダロウェイ夫人』）を経て、二〇世紀半ばの男性向け「レズビアン・パルプフィクション」や二〇世紀末のドン・デリーロ（『マオⅡ』）、及び、二一世紀に入ってから出されたマイケル・カニンガムの新作などが取り上げられているというわけである。

主題に関してみると、先にも触れたように、著者の一貫した関心を反映するように、大部分の論文がセクシュアリティの問題を扱っており、とりわけその傾向が顕著なのが第Ⅰ部と第Ⅱ部に収められている計五編の論文である。特に、第2章の「子どもの認知とポストファミリー」と題された論文では、ホーソーンの『緋文字』が扱われているが、従来余り取り上げられなかった主人公の娘のパールに着目し、彼女の実父としてのディムスデイルと名目上の父としてのチリングワスの二人がパールとその母であるヘスターと共に形作っている「クィア・ファミリー」こそ、同性愛や近親姦のタブーを打ち砕く未来の親密圏を幻視させるものとしている。以上の論文群とは異なる主題を扱うのが第Ⅲ部における計三篇の論文である。それらは、九・一一以降、著者の竹村氏がグローバルな暴力としてのテロリズムに強い関心を寄せ始めていたことを物語っており、本書の中では異質の論文群だが、「語りえぬもの」を浮上させようとしている点では変わりないとも言える。最後の第Ⅳ部では、文化風土や知性、教育等の問題が計三篇の論文の中で多角的に扱われている。中でも注目すべき力作が、アメリカにおける「反知性主義」の伝統をジェンダーの観点から考察する第10章の「ジェンダー・レトリックと反知性主義」で、そこでは米国では往々にして知性が「女々しさ」と結び付けて語られる傾向にあること、その中で女性知識人がいかに悪質な揶揄の対象となりえるかなどといったことが、マーガレット・フラーからジュディス・バトラーに至る女性知識人たちの道程を辿ることで、興味深く考察されている。最後の第11章「ある学問のルネサンス?」のみが直接的に文学作品を扱わない論考である。英(語圏)文学をいま日本で研究することの意味に関して漱石による卓見から今日のグローバリゼイションの状況までを視野に入れつつ考察する本論考は、著者が病に倒れる数か月前に行った講演を基にしており、亡くなる直前まで手を入れ続けたものである。

全体として、本書に収められている論考は力作揃いで、どれもが本書のタイトルにふさわしい「文学力」を感じさせるものであることを、最後に強調しておきたい。

本書が一巻本としての形をなす時、それを真っ先に手にするはずの著者は、もはやこの世にいない。だが、残された者たちに求められているのは、ただ失われた才能の大きさを嘆いたり称えたりすることには留まらないはずである。本書が、異論・反論を含め、多様な見方や態度を呼び覚まし、そこから未知の地平への可能性についてさらなる問いかけが行われることこそが竹村氏の労作に報いる唯一の道と考えられるからだ。

二〇一二年四月

小林富久子(早稲田大学教授)

初出一覧（但し、いずれも既出のものは若干手直しされてある）

第1章　「孤児の〈女〉はアメリカのイブになるのか」（日本英文学会第七七回全国大会シンポジウム「女を書く」、二〇〇五年五月二二日）

第2章　「「パールは「その役目を果たし終えた」のか――〈他者〉と〈承認〉の物語」（日本ナサニエル・ホーソーン協会第二三回全国大会シンポジウム「ホーソーン文学と他者性」、二〇〇四年五月二二日）

第3章　「親族関係のブラック／ホワイトホール――『アブサロム、アブサロム！』を乱交的に読む」『フォークナー』四号（松柏社、二〇〇二年）、四〇―五三頁

第4章　「別れる理由、あるいは別離という生――シリーズとしてのレズビアン・パルプフィクション」『國文学』四四巻一号（學燈社、一九九九年）、二八―三五頁

第5章　「ミスター・アンド・ミセス・ダロウェイ――二つのテクストの「沈黙」が交差するところ」『アメリカ文学ミレニアム　Ⅱ』（南雲堂、二〇〇一年）、四〇五―二三頁

〈コラム〉「気が滅入る作家――ヘミングウェイと志賀直哉」『英語青年』一五二巻三号（研究社、二〇〇六年）、七―八頁

第6章　「〈テロリストの身体〉のその後――『カサマシマ公爵夫人』の終わり方」『英語青年』一五二巻六号（研究社、二〇〇六年）、一七―二〇頁

第7章　「『戦場』としての身体――グローリア・アンザルデュアにおける読むことができないことの未

来」『イン・コンテクスト』(「Epistemological Framework と英米文学」研究会、二〇〇三年)、一五〇—六三頁
第8章 「「対抗テロリズム小説は可能か——『マオII』(一九九一)から『標本的日々』(二〇〇五)へ」『アメリカ研究』四〇号(アメリカ学会、二〇〇六年)、一九—三七頁
第9章 「虎穴に入れば……——〈フェミニズム・文学・批評〉の誕生と死」『岩波講座文学〈別巻〉——文学理論』(岩波書店、二〇〇四年)、二五一—七八頁
第10章 「ジェンダー・レトリックと反知性主義」『反知性の帝国——アメリカ・文学・精神史』(南雲堂、二〇〇八年)、一七七—二〇九頁
第11章 「ある学問のルネサンス?——英(語圏)文学をいま日本で研究すること」(日本英文学会関東支部例会、二〇一〇年一一月六日)

117–37
ルイス、R. W. B.　Richard Warrington Baldwin Lewis　8, 31
『アメリカのアダム』 *The American Adam*　8
ルービン、ゲイル　Gayle Rubin　79
ロウ、ジョン・カルロス　John Carlos Rowe　148
ロス、ハロルド　Harold Ross　263
ローズヴェルト、エレノア　Eleanor Roosevelt　266, 269
ローズヴェルト、セオドア　Theodore Roosevelt　246, 247, 258, 264, 266, 275
ローソン、スザンナ　Susanna Rowson　11
『シャーロット・テンプル』 *Charlotte Temple*　11
ロレンス、D. H.　David Herbert Lawrence　229
『アーロンの杖』 *Aaron's Rod*　229
ワイルド、オスカー　Oscar Wilde　231, 233, 234
『サロメ』 *Salomé*　233

ホフスタッター、リチャード　Richard Hofstadter　245, 246, 248, 249, 252, 253, 255, 256, 264, 265, 275
『アメリカの反知性主義』 *Anti-Intellectualism in American Life*　253
ボーム、ライマン・フランク　Frank Lyman Baum　9
『オズの魔法使い』 *The Wonderful Wizard of Oz*　9
ホームズ、オリヴァー・ウェンデル　Oliver Wendell Holmes　253
『エルシー・ヴェナー』 *Elsie Venner*　253
ホームズ、メアリー・ジェイン　Mary Jane Holmes　27
『イギリスの孤児たち』 *The English Orphans*　27
ホール、ラドクリフ　Radclyffe Hall　105, 106, 111
『孤独の泉』 *The Well of Loneliness*　105, 106, 111

マ　行

マシーセン、F. O.　Francis Otto Matthiessen　266, 280, 320, 321
『アメリカン・ルネサンス』 *American Renaissance*　320
マシュレ、ピエール　Pierre Marcherey　117–18
三島由紀夫　151
『奔馬』　151
宮崎芳三　287, 297, 298, 300, 301
『太平洋戦争と英文学者』 287, 297, 300
ミヨシ、マサオ　Masao Miyoshi　301
ミラー、J・ヒリス　Joseph Hillis Miller　224–26, 238, 314
『ピグマリオンの変奏』 *Versions of Pygmalion*　227
ミラー、ペリー　Perry Miller　253
『マーガレット・フラー、アメリカ・ロマンティシズム』 *Margaret Fuller, American Romanticism*　253
ミラー、ヘンリー　Henry Miller　228
ミレット、ケイト　Kate Millett　213, 223, 227–37, 271
『性の政治学』 *Sexual Politics*　213, 227–37, 271, 272
メイラー、ノーマン　Norman Mailer　228
メルヴィル、ハーマン　Herman Melville　227, 322
『バートルビー』 *Bartleby*　227
「ベニト・セレノ」 "Benito Cereno"　322
メルキオーリ、バーバラ・アーネット　Barbara Arnett Melchiori　151
モンゴメリ、L. M.　Lucy Maud Montgomery　4
『赤毛のアン』 *Anne of Green Gables*　4

ラ・ワ　行

リーヴィス、F. R.　Frank Raymond Leavis　295
リチャーズ、I. A.　Ivor Armstrong Richards　295
リッチ、アドリエンヌ　Adrienne Rich　110
『女から生まれて』 *Of Woman Born*　110
リピンコット、ロビン　Robin Lippincott　117–37
『ミスター・ダロウェイ』 *Mr. Dalloway*

フェタリー、ジュディス　Judith Fetterley 34
フォークナー、ウィリアム　William Faulkner　71, 73–96
　『アブサロム、アブサロム！』 *Absalom, Absalom!*　71, 73–96
フォスター、ハナ・ウェブスター　Hannah Webster Foster　11
　『コケット』 *The Coquette*　11
福原麟太郎　294
フーコー、ミシェル　Michel Foucault 225
フラー、マーガレット　Margaret Fuller 248–60, 264, 268, 271, 272, 277
　『一九世紀の女性』 *Woman in the Nineteenth Century*　249, 251
ブラウン、チャールズ・B　Charles Brockden Brown　5
　『ウィーランド』 *Wieland*　5
フラナー、ジャネット　Janet Flanner 261–63, 265
フランクリン、ベンジャミン　Benjamin Franklin　252
フリーダン、ベティ　Betty Friedan　271
ブルックス、ピーター　Peter Brooks　277
ブルーム、ハロルド　Harold Bloom　314
フロイント、ジゼル　Gisele Freund　263
ブロンテ、シャーロット　Charlotte Brontë 232
　『ヴィレット』 *Villette*　232
　『ジェーン・エア』 *Jane Eyre*　4
ベイカー、ピーター　Peter Baker　205
ベイム、ニナ　Nina Baym　27, 34, 35
ヘーゲル　Georg Wilhelm Friedrich Hegel 323
ヘミングウェイ、アーネスト　Ernest Hemingway　6, 106, 139–43, 252, 261, 262, 264–66, 268, 269, 312
　「アフリカの緑の丘」 'Green Hills of Africa'　6
　「海の変容」 "The Sea Changes"　264, 266
　『エデンの園』 *The Garden of Eden* 106
　「エリオット夫妻」 "Mr. and Mrs. Elliot"　264, 267
　『勝者に報酬はない』 *Winner Take Nothing*　267
　『老人と海』 *The Old Man and the Sea* 139
ヘルマン、リリアン　Lillian Herman 106, 269
　『子供たちの時間』 *The Children's Hour*　106
　『ジュリア』 *Julia*　106
ベーン、アフラ　Aphra Behn　298
ホイットマン、ウォルト　Walt Whitman 205, 252, 307, 308
　『草の葉』 *Leaves of Grass*　205
ポウ、エドガー・アラン　Edgar Allan Poe　30, 315
　「落とし穴と振り子」 "The Pit and the Pendulum"　30
ホーソーン、ナサニエル　Nathaniel Hawthorne　11, 23, 49, 253, 256, 258, 268
　『緋文字』 *The Scarlet Letter*　22, 23, 45-71
　『ブライズデイル・ロマンス』 *The Blithedale Romance*　64, 256
　「ロジャー・マルヴィンの埋葬」 "Roger Malvin's Burial"　59
ボードリヤール、ジャン　Jean Baudrillard 184, 187, 199

Native, Other　160

ナ　行

中野好夫　294, 304, 305
夏目漱石（夏目金之助）　290–93, 295, 298, 299, 302, 303, 307, 319
　『三四郎』　298
　『文学評論』　291
『日本の英学一〇〇年（大正編）』　293
ヌスバウム、マーサ　Martha Nussbaum　217, 218, 278–80
　「パロディ教授」 “The Professor of Parody”　278
ネルソン、デーナ　Dana Nelson　34
ノグチ、イサム　Isamu Noguchi　307
野口米次郎（ヨネ・ノグチ）　307

ハ　行

パウンド、エズラ　Ezra Pound　265
ハーディ、トマス　Thomas Hardy　232
　『日陰者ジュード』　*Jude the Obscure*　232
ハートマン、ジェフリー　Geoffrey Hartman　314
バトラー、ジュディス　Judith Butler　60, 73, 79, 90, 96, 273, 274, 276–81
　『アンティゴネーの主張』　*Antigone's Claim*　73, 90, 96
バーネット、フランシス・イライザ・ホジソン　Frances Eliza Hodgson Burnett　9
　『小公子』　*Little Lord Fauntleroy*　9
　『小公女』　*A Little Princess*　9
　『秘密の花園』　*The Secret Garden*　9
バノン、アン　Ann Bannon　104–14
　『女への旅』　*Journey to a Woman*　112
　『影のなかにいる女』　*Women in the Shadows*　110
　『変な女の子の自覚』　*Odd Girl Out*　104–10, 112
バーバ、ホミ　Homi K. Bhabha　289
ハーバーマス、ユルゲン　Jürgen Habermas　184, 199
『パリは女』　*Paris Was a Woman*　261
バルト、ロラン　Roland Barthes　224, 315
バロウズ、エドガー・ライス　Edgar Rice Burroughs　9
　『類人猿ターザン』　*Tarzan of the Apes*　9
ハーン、ラフカディオ　Lafcadio Hearn　298
　『英文学史』　*A History of English Literature*　298
バーンズ、デューナ　Djuna Barnes　106
　『女の暦』　*Ladies Almanack*　106
ビーチ、シルヴィア　Sylvia Beach　261
ピーボディ、エリザベス　Elizabeth Peabody　249
ファーガソン、マーガレット　Margaret Ferguson　277
ファスラー、バーバラ　Barbara Fassler　120
フィールディング、ヘンリー　Henry Fielding　4
　『ジョゼフ・アンドリューズの冒険物語』　*The History of Adventures of Joseph Andrews, and of his friend Mr Abraham Adams*　4
　『拾い子トム・ジョーンズの物語』　*The History of Tom Jones, a Foundling*　4
フェダマン、リリアン　Lillian Faderman　113

ソラノ、ソリタ　Solita Solano　263
ソンタグ、スーザン　Susan Sontag　315

タ　行

ダグラス、アン　Ann Douglas　14
『アメリカ文化の女性化』 *The Feminization of American Culture* 14
ダットン、デニス　Denis Dutton　274, 276, 277
タナー、トニー　Tony Tanner　4, 47, 108
『姦通の文学』 *Adultery and the Novel* 4, 108
『単に難解なだけ？――公領域における学問の文体』 *Just Being Difficult?: Academic Writing in the Public Arena* 277, 281
チャイルド、リディア・マリア　Lydia Maria Child　34
『ホボモック』 *Hobomok*　34
チャニング、ウィリアム・ヘンリー　William Henry Channing　253
チョウ、レイ　Rey Chow　277, 281
「理論の抵抗あるいは苦痛の価値」 "The Resistance of Theory; or, The Worth of Agony"　281
ディキンソン、エミリー　Emily Dickinson 255
ディケンズ、チャールズ　Charles Dickens 4
『大いなる遺産』 *Great Expectations* 4
『オリヴァー・ツイスト』 *Oliver Twist* 4
『デイヴィッド・コパフィールド』 *David Copperfield*　4
デリダ、ジャック　Jacques Derrida　184, 187, 192, 197, 199, 203, 273, 276, 289, 314, 315, 322
"Autoimmunity"　187, 192, 197, 203
『エクリチュールと差異』 *L'ecriture et la difference*　276
「歓待について」 "Of Hospitality" 202
『グラマトロジーについて』 *De la grammatologie*　273
『散種』 *La Dissémination*　273, 315
『友愛のポリティックス』 *Politiques de l'amitie*　322
デリーロ、ドン　Don DeLillo　182, 185–94
"In the Ruins of the Future"　193
『マオ II』 *Mao II*　182, 185–94
トウェイン、マーク　Mark Twain　6, 252
『ハックルベリィ・フィンの冒険』 *Adventures of Huckleberry Finn*　6
ド・マン、ポール　Paul de Man　224, 225, 314
富田砕花　307
トムキンズ、ジェイン　Jane Tompkins 14
『感傷的な筋書き』 *Sensational Designs* 14
外山卯三郎　307
『詩人ヨネ・ノグチ研究』　307
トリリング、ライオネル　Lionel Trilling 148
『リベラル・イマジネーション』 *The Liberal Imagination*　148
トリン、T・ミンハ　Trinh T. Minh-ha 160, 318
『女性・ネイティヴ・他者』 *Woman,*

『ボストンの人々』 *The Bostonians* 158
『メイジーの知ったこと』 *What Maisie Knew* 227
ジェイムソン、フレドリック Fredric Jameson 225
『政治的無意識』 *The Political Unconscious* 225
志賀直哉 140-43
ジジェク、スラヴォイ Slavoi Žižek 184, 198
ジママン、ボニー Bonnie Zimmerman 217, 274
「レズビアンとは『こういうものだ』とか『ああいうものだ』とか」 "Lesbians Like This and That" 217
寿岳文章 294
ジュネ、ジャン Jean Genet 231–34, 236–40, 272
「演出者ブランへの手紙」 "Lettres à Roger Blin" 238
『屏風』 *Les Paravents* 233, 235–38
ショーウォルター、エレイン Elaine Showalter 215
ジョンソン、バーバラ Barbara Johnson 273, 277, 314, 315
白鳥省吾 307
スコールズ、ロバート Robert Scholes 139
スタイン、ガートルード Gertrude Stein 106, 255, 261, 264, 265
スタントン、エリザベス・ケイディ Elizabeth Cady Stanton 251
スティール、キャシー・プレモ Cassie Premo Steele 165
『記憶からの癒し』 *We Heal from Memory* 165
ストウ、ハリエット・ビーチャー Harriet Beecher Stowe 32
『アンクル・トムの小屋』 *Uncle Tom's Cabin* 32
ストレイチー、リットン Lytton Strachey 120
スピヴァク、ガヤトリ・C Gayatri Chakravorty Spivak 213, 238, 239, 273, 277, 280, 281, 303, 304, 318, 320, 323
『ある学問の死』 *Death of a Discipline* 213, 320
『スペインの大地』 *The Spanish Earth* 269
スミス、シドニー Sidonie Smith 288
「物語ることのコンヴェンション」 "The Conventions of Narrating Lives" 288
スミス=ローゼンバーグ、キャロル Carroll Smith-Rosenberg 18, 272
「愛と儀式の女の世界——一九世紀アメリカの女たちの関係」 "The Female World of Love and Ritual: Relations between Women in Nineteenth-Century America" 18
セジウィック、イヴ・K Eve Kosofsky Sedgwick 79, 155, 215, 229, 273
『男同士の絆』 *Between Men* 215, 229
セジウィック、キャサリン・マリア Catharine Maria Sedgwick 12, 32
『ニューイングランド物語』 *A New-England Tale* 12, 13, 15, 16
『ホープ・レズリー』 *Hope Leslie* 32
『戦後日本の「アメリカ研究セミナー」の歩み』 306
ソフォクレス Sophocles 60
『アンティゴネー』 *Antigone* 60

May Alcott　20, 23, 24
『仕事——経験の物語』 *Work; A Story of Experience*　20, 22, 23
『若草物語』 *Little Women*　24, 26

カ　行

カニンガム、マイケル　Michael Cunningham　182, 185, 194, 200
『星々の生まれるところ』 *Specimen Days*　182, 185, 193–206
『めぐりあう時間たち』 *The Hours*　194
カプラン、エイミー　Amy Kaplan　29
「マニフェスト・ドメスティシティ」 "Manifest Domesticity"　29
カミンズ、マライア・スザンナ　Maria Susanna Cummins　13
『点灯夫』 *The Lamplighter*　13, 18, 26, 33
亀井俊介　291, 307
カラー、ジョナサン　Jonathan Culler　277
キャザー、ウィラ　Willa Cather　106
ギルモア、レオニー　Leonie Gilmour　308
クーパー、ジェイムズ・フェニモア　James Fenimore Cooper　8, 35
『革脚絆物語』 *Leather-Stocking Tales*　8
『モヒカン族の最後』 *The Last of the Mohicans*　8
クライマー、ジェフォリー・A　Jeffory A. Clymer　153
グラント、ジェイン　Jane Grant　263
グリスウォルド、ジェリー　Jerry Griswold　24
『家なき子の物語』 *Audacious Kids*　24
クリントン、ヒラリー　Hillary Clinton　281
グリーンブラット、スティーヴン　Stephen Greenblatt　225
『ルネサンスの自己成型』 *Renaissance Self-Fashioning*　225
グレアム、ウェンディ　Wendy Graham　149
Henry James's Thwarted Love　149
クンケル、ベンジャミン　Benjamin Kunkel　185, 186
「危険な登場人物」 "Dangerous Characters"　185
ゲーテ　Johann Wolfgang von Goethe　4
『ヴィルヘルム・マイスターの修行時代』 *Wilhelm Meisters Lehrjahre*　4
コーネル、ドゥルシラ　Drucilla Cornell　278, 281

サ　行

齋藤勇　294, 296, 298, 301, 319, 323
『思潮を中心とせる英文學史』 296, 298, 301, 319
齋藤一　287, 294
『帝国日本の英文学』 287, 294
サウスワース、E. D. E. N.　E. D. E. N. Southworth　28
『隠れた手』 *The Hidden Hand*　28, 29
佐伯彰一　308, 309, 312, 314, 315
「一九三〇年代の批評」 309
「ドラマとしての日米関係」 313
ジェイムズ、ヘンリー　Henry James　37, 70, 147–58, 186, 227
『カサマシマ公爵夫人』 *The Princess Casamassima*　147–58, 186

索　引（五十音順）

ア 行

アダムズ、ケイト　Kate Adams　173
　「北米の沈黙」 "Northamerican Silences"　173
有島武郎　307
アリストテレス　Aristotle　322
アルチュセール、ルイ　Louis Althusser　226
『アルプスの少女ハイジ』 *Heidi*　4
アンザルデュア、グローリア　Gloria Anzaldúa　160–79
　『ボーダーランズ / ラ・フロンテラ』 *Borderlands/La Frontera*　160–79
　「ラ・プリエタ」 "La Prieta"　171
『家なき子』 *Sans Famille*　4
イーグルトン、テリー　Terry Eagleton　216, 217, 221, 223, 226, 239
　『文学とは何か』 *Literary Theory*　216, 221
市河三喜　294, 305
岩野泡鳴　307
ウィルソン、エドマンド　Edmund Wilson　264
ウィルソン、ハリエット　Harriet Wilson　32
　『うちの黒んぼ——自由黒人の人生からのスケッチ』 *Our Nig; or, Sketches from the Life of a Free Black*　32
ウィンターソン、ジャネット　Jeanette Winterson　114
　『恋をする躰』 *Written on the Body*　114
ウェブスター、ジーン　Jean Webster　4
　『あしながおじさん』 *Daddy-Long-Legs*　4, 9
ウォートン、イーディス　Edith Wharton　37, 255
ウォーナー、スーザン・B　Susan Bogert Warner　11
　『広い、広い世界』 *The Wide, Wide World*　11
ウォルターズ、スザンナ・D　Suzanna Danuta Walters　111
内村鑑三　307
ウルフ、ヴァージニア　Virginia Woolf　106, 117–37, 298
　『オーランド』 *Orlando*　106
　『自分だけの部屋』 *A Room of One's Own*　118, 298
　『幕間』 *Between the Acts*　127
　『ミセス・ダロウェイ』 *Mrs. Dalloway*　117–37
H. D　H(ilda) D(oolittle)　106
エイミス、マーティン　Martin Amis　184
エマソン、ラルフ・ウォルドー　Ralph Waldo Emerson　248–51, 263, 308
　「アメリカの学者」 "The American Scholar"　248
　「告別」 "Good-bye"　248
エンプソン、ウィリアム　William Empson　295
大橋洋一　221, 224, 225
岡倉由三郎　294
オルコット、ルイーザ・メイ　Louisa

《著 者 紹 介》

竹村和子（たけむら・かずこ）　1954年生まれ。元・お茶の水女子大学大学院教授。専門は、英語圏文学、批評理論、フェミニズム思想。著書に、『フェミニズム』（岩波書店、2000）、『愛について――アイデンティティと欲望の政治学』（岩波書店、2002）など。訳書に、トリン・T・ミンハ『女性・ネイティヴ・他者――ポストコロニアリズムとフェミニズム』（岩波書店、1995）、ジュディス・バトラー『ジェンダー・トラブル――フェミニズムとアイデンティティの攪乱』（青土社、1999）、同『触発する言葉――言語・権力・行為体』（岩波書店、2004）、ジュディス・バトラー／ガヤトリ・スピヴァク『国家を歌うのは誰か？――グローバル・ステイトにおける言語・政治・帰属』（岩波書店、2008）などがある。2011年12月に逝去。

KENKYUSHA

〈検印省略〉

文学力《ぶんがくりょく》の挑戦《ちょうせん》
――ファミリー・欲望《よくぼう》・テロリズム

二〇一二年五月三十一日　初版発行

著　者　竹《たけ》村《むら》和《かず》子《こ》

発行者　関　戸　雅　男

発行所　株式会社　研　究　社

〒一〇二―八一五二

東京都千代田区富士見二―十一―三

電話　（編集）〇三―三二八八―七七一一
（営業）〇三―三二八八―七七七七

振替　〇〇一五〇―九―二六七一〇

http://www.kenkyusha.co.jp

装　丁　柳　川　貴　代

印刷所　研究社印刷株式会社

ISBN 978-4-327-48161-2　C3098
Printed in Japan